CRO.

CW01083577

DONDE NO ESTÉN USTEDES

colección andanzas

HORACIO CASTELLANOS MOYA
DONDE NO ESTÉN USTEDES

TUSQUETS EDITORES

1.ª edición: febrero de 2003

© 2003 Horacio Castellanos Moya

Diseño de la colección: Guillemot-Navares
Reservados todos los derechos de esta edición para
© Tusquets Editores México, S.A. de C.V.
Campeche 280-301 y 302, 06100, Hipódromo-Condesa, México, D.F.
Tel. 5574-6379 Fax 5584-1335
Fotocomposición: Quinta del Agua Ediciones, S.A. de C.V.
Aniceto Ortega 822, 03100, Del Valle, México, D.F.
Tel. 5575-5846 Fax 5575-5171
Impresión: Acabados Editoriales Incorporados, S.A. de C.V.
Calle Arroz 226 Col. Santa Isabel Iztapalapa, 09840 México, D.F.
ISBN: 970-699-070-4
Impreso en México/Printed in Mexico

A Roberto Castellanos Figueroa,
quien no gustaba de mis ficciones,
in memoriam.

Primera parte
El hundimiento

1

Tirado en el pequeño camastro, exhausto, con la ropa arrugada y barba de dos días, Alberto Aragón ha visto entrar a la Infanta, gordita, mofletuda, con los pantalones holgados y la chaqueta de mezclilla azul, la gordita que sólo empujó la puerta de esa habitación de azotea, esa cueva para servidumbre a la que recién lo ha llevado, esa ratonera en la que ahora se apretuja Alberto Aragón sobre el pequeño camastro, rodeado de cajas que, con sus pocas pertenencias, en tan minúsculo espacio parecen llenarlo todo.

Ya pasó lo peor, mi amor, le dice la Infanta, contenta, y se abalanza a besarlo, a acariciarle la cabeza canosa, a cuchichearle, celebrando, porque la travesía ha sido culminada con éxito, prueba de ello es que ambos se encuentran ahí, en ese cuarto de azotea, en un edificio de la colonia Santa María la Ribera, lejos del infiernito del que lograron huir por un pelo, porque ya no les quedaba dinero ni amigo a quien recurrir y lo que seguía era el vergonzoso hundimiento.

Y Alberto Aragón sólo se deja hacer, con su mejor sonrisa, sin moverse del camastro, como guerrero fatigado en espera de la merecida recompensa, no es para menos, ha recorrido tres países, sin descansar, deteniéndose apenas en las aduanas y en las gasolineras, mil trescientos kilómetros de un tirón, su último esfuerzo, solitario en la carretera, con la vieja camioneta Rambler repleta de cajas y la hielera con las botellas de vodka y las aguas minerales en el asiento derecho.

Pero la Infanta quiere saber los detalles del viaje, que le cuente, amorcito, le dice, con regocijo, ya sentada en el camastro, sobándole el torso, luego de bajar la cremallera de ese mono azul de mecánico que Alberto acostumbra vestir, ese mono azul de mecánico que no es cualquier mono, porque pese a los apuros de los últimos tiempos él nunca ha perdido su porte, su elegancia. Y la Infanta apoya su cabeza en el torso desnudo de Alberto, remueve con sus dedos rollizos la pelambre cenicienta: cuénteme, dice, pero antes de reunir fuerzas para abrir la boca, Alberto Aragón señala la hielera, puesta en el piso a un lado del camastro, y le pide que le sirva un trago, la sed es tremenda, semejante esfuerzo casi lo deshidrata, necesita más aguas minerales y hielo, si la Infanta pudiera hacerle el favor, no ahorita, por supuesto, sino en un rato, de ir por ellas, porque con el cansancio que él se carga no sería capaz de cruzar la azotea, entre alambres y ropa tendida, ni de caminar hacia el ascensor y bajar los nueve pisos que lo separan de la tienda más cercana.

La Infanta le sirve el trago en el mismo vaso rojo de latón que lo ha acompañado a lo largo del trayecto, su fiel pareja, recipiente del combustible que le permitió semejante hazaña, el rojo vaso de latón con el que se paseó por los puestos fronterizos, luego de entrar a las oficinas migratorias, en espera de que un oficial revisara la Rambler. Y ahora Alberto se incorpora, bebe, luego besa a la

Infanta, un beso breve, en los labios, con el poco de cariño que puede extraer de sus fuerzas.

Ella dice que lo dejará descansar; irá por las aguas minerales, y después, cuando venga Blanca, bajarán a recoger las cajas que aún están en la Rambler, porque apenas sacaron el par de maletas con las cosas personales de Alberto, y las cajas que llenan el cuartito son las que la Infanta trajo por aire, en el vuelo de LASA, hace una semana, con el dinero prestado por los padres de ella, los progenitores de esa gordita de 25 años, quienes no se explican qué hace ella con un viejo acabado, un viejo 40 años mayor, extranjero, alcoholizado, que ha tenido que huir de su patria sin un centavo, abandonado por todos, despreciado.

Blanca aparecerá en cualquier momento, dice la Infanta, se ha portado de maravilla, Blanca, la vieja sirvienta del embajador don Alberto Aragón, la dueña de ese cuartito de azotea donde ahora ambos respiran el aire pútrido de la ciudad de México, ese cuartito donde esperan permanecer pocos días, mientras él retoma sus contactos, consigue un préstamo y busca un departamento con la mínima decencia. Recompondrá su vida, por supuesto, por eso decidió largarse de San Salvador, regresar a su exilio mexicano, porque allá en su tierra nadie quiso ayudarlo, patria de ingratos.

2

Afuera se pudre la nata grisosa del cielo. La Infanta ha bajado por minerales: está preocupada, esa tez cenicienta de Alberto es mala señal, debe haberse deshidratado con el esfuerzo, necesita darle líquidos, urge rehidratarlo. Para un hombre de 65 años, en sus condiciones, ha sido demasiado esfuerzo. Eso piensa la Infanta cuando cruza la penumbra de la azotea, baja las escaleras hacia el ascensor que llega hasta el último piso, un ascensor que truena por todos los lados, como si en cualquier momento fuera a caerse, porque ese edificio no es nada seguro, está lastimado desde el terremoto de 1985, un edificio que con otro temblor podría desmoronarse. No quiere ni pensarlo. Están de paso. Alberto dormirá ahí pocos días, mientras consiguen departamento. Ella ha tenido que quedarse donde sus padres, allá lejos, en Ciudad Neza, donde aún está su habitación, en la que vivía antes de decidir mudarse con Alberto, su cómoda habitación a la que no puede llevar a Alberto, porque sus padres lo detestan, quisieran verlo muerto, ha torcido la vida de su niña, de esa muchacha que estudiaba último año de ciencias políticas en la UNAM y trabajaba como asistente en la Secretaría de Gobernación cuando conoció a ese cafre, el ex-embajador de El Salvador en Nicaragua, un borracho impenitente y mujeriego, un dandy encantador, la pura elegancia, el seductor que se encontró con la niña en un coctel y la fue envolviendo hasta hacerla abandonar su hogar y trasladarse a vivir con él, en un departamento al sur de la ciudad de México, en la salida de Tlalpan, donde estuvieron un año juntos, un año en el que ella vivió emocionada, en el éxtasis, conociendo a todos esos políticos revolucionarios, exiliados, a la espera de que la guerra finalizara, políticos que no paraban de conspirar para que el proceso de negociaciones con el gobierno les fuera de lo más reditable, y qué mejor lugar para tener una base de operaciones que el departamento de un ex-embajador que había abandonado al gobierno y se había sumado a los simpatizantes de la guerrilla, un ex-embajador que ponía a disposición de los camaradas el cuarto de visitas, el vodka, la comida.

Pero ahora la Infanta ha llegado a la planta baja; comprará seis aguas minerales, hielo y un par de Gatorades, esa bebida rehidratante para deportistas. Alberto no querrá tomarlos, pero ella insistirá, lo convencerá, para que se rehidrate; y también comprará pan, jamón y queso. Con eso será suficiente. Está segura de que Alberto no ha comido nada en las últimas 48 horas, si ella no está él no come, sólo bebe, incluso a ella le cuesta hacerlo comer, casi lo obliga, nunca ha visto un tipo que coma tan poco, pareciera que el vodka le sirve de alimento. Y en las últimas semanas fue peor, como si a medida que crecían los problemas el hambre lo hubiera abandonado, como si con la desaparición de los amigos hubiera desaparecido el hambre. Por eso estaba segura de que una vez que ella abandonara San Salvador, una vez que subiera al avión que la traería de regreso a México, Alberto dejaría de comer. Esta era una de las cosas que más le preocupaba: que pasara esa semana sin alimentarse e iniciara el viaje de regreso en la Rambler sin fuerzas, consumido por el vodka y la falta de alimentos.

Tuvo que haberse venido con él, acompañarlo, aliviarlo en la travesía, ser su soporte, como en los tres últimos años, uno vivido en México y los otros dos en San Salvador, luego del fin de la guerra, cuando Alberto decidió que debía regresar y ella, entusiasta, quiso acompañarlo, porque con el regreso de todos los exiliados, con la llegada de la paz, con la apertura democrática, Alberto tendría un montón de oportunidades y ella experimentaría la vivencia de una sociedad que sale de la guerra, luego de una negociación en que no hubo vencedores ni vencidos, una experiencia única, y con un compañero como Alberto, poseedor de los mejores contactos, ella aprendería cantidad. Ése fue su entusiasmo. Dos años en San Salvador: un año y seis meses de descubrimientos y exaltación, y luego seis meses de crisis hasta llegar a esa pocilga, a la lipidia, al desamparo.

Pero Alberto no quiso que lo acompañara en la travesía terrestre. Que ella aprovechara el boleto de avión que le habían enviado sus padres, le dijo, un boleto que le llegó precisamente luego que la Infanta llamara desde San Salvador con la intención de convencer a sus padres de que le prestaran dinero, porque estaban en las lonas, acabados, vendiendo los muebles, y Alberto ya había sido abandonado por todos esos que se decían sus amigos, sus camaradas. Pero la Infanta no le iba a decir a sus padres que Alberto estaba quebrado, sumido, y que necesitaban dinero para sobrevivir un rato más, sino que se inventó una enfermedad, un dengue que la

17

tenía en cama y por eso le urgía que le enviaran unos centavos. Algo se habrán olido los viejos, quienes habían hecho el firme propósito de no soltar un centavo que pudiera caer en manos de ese mequetrefe salvadoreño, de ahí que decidieran mejor comprar un boleto de avión para que la Infanta regresara a México, a recuperar su salud. Y cuál no sería la alegría de los viejos al recibir a su hija en el aeropuerto de la ciudad de México y descubrir que ella no estaba enferma, aunque dijera lo contrario, que su gordita del alma estaba regresando del todo, sin ese viejo retorcido que la había descarriado, por fin la gordita volvía a casa, a su habitación, a los cuidados de su madre, a buscar un empleo que le permitiera rehacer su vida en México, luego de su estadía en ese horrible país centroamericano en el que los habitantes sólo sabían matarse entre ellos, un país al que sólo pudo ir engañada por los encantos de esa serpiente.

3

Qué goma, qué cruda, qué resaca. Por Dios. Nunca había sentido algo semejante: la resaca de dos días, sumada al cansancio extremo, a la falta de alimentos, al esfuerzo de pasar tantas horas frente al volante, sin dormir, porque la obsesión era llegar lo antes posible, culminar la travesía. Está tirado en el camastro y tiene la sensación de que algo se le ha abierto en el pecho, una ranura, una rajadura, por donde se le está yendo la vida, como airecito, exhalación, vaho. Sensación horrible. La peor cruda de la vida. Por suerte la Infanta está con él, la niña que no lo abandona, la que ahora ha bajado por el hielo y las aguas minerales, para que él se recupere, para que pueda tomarse otros tragos, como debe ser. Pero está en la ciudad de México, qué carajos, lo logró, puede descansar tranquilo, ya después verá cómo ir resolviendo las cosas. Lo importante era salir de aquella ratonera, de ese San Salvador en el que estaba asfixiándose, a punto de la muerte, porque todos esos canallas lo dejaron solo, hubieran querido verlo hundirse hasta el fondo, humillado, pidiendo, rogándoles una mano, pero no tendrán ese gusto, consiguió salir, por eso está aquí. Rehará su vida. Buscará a las viejas amistades, sobre todo a Jaime, a su amigo del alma, al que siempre lo ha sacado de los peores apuros, su gran enlace, su contacto privilegiado con el gobierno mexicano.

Pero ahora debe descansar, reponerse, esperar que la Infanta regrese con la compra. ¿Quién hubiera imaginado que él, Alberto Aragón, terminaría tendido en un cuartucho de azotea, en un espacio cedido por la mujer que le sirvió de empleada doméstica durante doce años? ¿Quién iba a imaginárselo en semejante cuchitril luego de haber vivido en aquella casa de la Primera Calle Poniente en la colonia Escalón, aquella casa espaciosa y elegante, montada en las faldas del volcán, desde cuya terraza podía contemplarse la ciudad de San Salvador desparramada sobre el valle? Una casa alquilada gracias precisamente al excelente salario que Jaime le consiguió para su retorno a El Salvador, un salario de diplomático sin cartera –como gustaba definirlo Alberto–, un salario que le permitió aterrizar en su ciudad natal como todo un caballero, instalarse sin estrecheces, buscar casa con holgura, un salario que además no le exigía otro trabajo que permanecer informado sobre la reinserción de la cúpula ex-guerrillera a la nueva vida política abierta por los acuerdos de paz, una labor que incluía también los esfuerzos para acercar a los ex-dirigentes rebeldes con aquellos empresarios y políticos derechistas amigos de Alberto Aragón de toda la vida. Por eso escogió la casa de la Primera Calle Poniente, ni mandada a hacer, a una cuadra de la embajada israelí, a cincuenta metros de la residencia del embajador mexicano, enfrente de la mansión de Henry Highmont, su viejo amigo desde la adolescencia, el ricachón de la familia de abolengo, el compañero de juerga y de club cuando ambos eran jóvenes de whisky y pistola al cinto, cazadores de las nenas más encumbradas y ariscas, el viudo de la reina Margot, la más bella entre las bellas, madre de la pequeña Margot.

¿Quién iba a imaginárselo en ese cuchitril después de haber vivido en tantos sitios placenteros, decentes, al menos dignos? La vez anterior que desembarcó en México, por ejemplo, trece años atrás, con la aureola del embajador que acababa de renunciar a su puesto por discrepancias con el régimen criminal que se había instaurado en su patria, el ex-embajador de El Salvador en Nicaragua que había renunciado públicamente criticando a la Junta Militar de Gobierno de su país y que había expresado sus simpatías por las fuerzas guerrilleras que la combatían, el diplomático que había presentado su escandalosa renuncia precisamente dos días después de que los rebeldes lanzaran su «Ofensiva final» contra las tropas gubernamentales y el fragor de los combates acaparaban la atención internacional, una renuncia que no era ajena a los planes del gobierno sandinista y del gobierno de México para aislar internacionalmente al régimen salvadoreño, una renuncia que había sido concertada en detalle con el canciller nicaragüense y con el embajador mexicano, su querido amigo Jaime Cardona, quien entonces le ofreció asilo y seguridad económica en México: Alberto Aragón llegó ese 17 de enero de 1981, primero a un hotel de la avenida Reforma donde aterrizaban los exiliados importantes y luego a la suite amueblada de la calle Hamburgo, en los linderos de la Zona Rosa, una suite ubicada en el tercer piso de un célebre edificio donde habían vivido estrellas de la farándula mexicana de los años cincuenta, una suite con amplios cristales que daban a la calle y que Alberto Aragón convirtió en nido para conciliábulos de comunistas centroamericanos, funcionarios mexicanos y una que otra estafeta de los derechistas salvadoreños. En esa suite conoció también a Blanca, la señora del aseo, siempre puntual y diligente, con quien al correr de los años fue construyendo una amistad que, por esos avatares del destino, le permitió conseguir este cuchitril de azotea en el que ahora pernocta.

4

¿Por qué tarda tanto la Infanta? Le urge que ella venga con el hielo, odia beber sin hielo, en verdad a lo largo de sus casi cincuenta años como bebedor siempre se las ha arreglado para que no le falte hielo, sin importar las penurias ni los imprevistos, el hielo nunca ha estado ausente en su vida, ni siquiera ahora cuando ha caído lo más bajo, con el equivalente a treinta dólares en el bolsillo, dependiendo completamente del dinerito que ha conseguido la Infanta, el hielo puede faltar. ¿Pero qué lo lleva a divagar sobre el hielo cuando tiene tantos retos por delante, el primero de ellos ni más ni menos que conseguir dinero para sobrevivir? Debe ser el calor, el asfixiante calor que hace en ese cuartito sin ventilación, un calor que él no había sentido antes porque el cansancio era mayor, porque estaba agotado en demasía, porque lo único que le apetecía era tirarse en el camastro a descansar, a dormir, a recuperar fuerzas, tal como hizo.

Quiere decir que ya está reponiéndose, que puede intentar incorporarse, poner los pies en el piso y respirar a profundidad, para que la vida vuelva, porque las últimas horas las ha pasado como zombi, en piloto automático, extrayendo energías quién sabe de dónde, desde que llamó a la Infanta de la caseta telefónica a la entrada de la ciudad para informarle que él ya estaba ahí, lo había logrado, unos minutos pasadas las tres de la tarde estaba ingresando a esta ciudad en que ha vivido tantos años y tantas veces a lo largo de su vida, ingresaba con su impulso postrero y el vaso de latón rojo entre las piernas, conduciendo como autómata en busca del Sanborn's de Insurgentes y Aguascalientes, a la entrada del cual lo esperaba la Infanta, quien lo conduciría a este edificio en el que ahora comienza a sudar con tremenda ansiedad, porque la Infanta no aparece con el hielo y las aguas minerales, y el vaso de latón rojo permanece vacío en el suelo, junto a la hielera. Necesita aire, orearse, que el viento del atardecer le golpee el rostro, que una nueva sensación penetre por sus poros, la sensación de que ha salido del pozo, de que ya no seguirá cayendo, de que ahora comenzará a remontar, aunque en este instante se sienta exhausto, aunque a sus 65 años cueste recomenzar la vida. Pero no se incorporará hasta que la Infanta regrese, qué tal si le flaquean las fuerzas, mejor espera, con los ojos cerrados, un zumbido nuevo en la cabeza y esa presión constante en el pecho.

Lo primero que debe hacer, en cuanto se reponga, es llamar a Jaime, avisarle que ya ha llegado, que tiene que conseguirle un empleo de inmediato, y pedirle prestado dinero, por poco que sea, para sobrevivir con lo mínimo y poder echarle combustible a la Rambler. Pero, ¿y si Jaime continúa estando tan inaccesible como en los últimos meses? Desde San Salvador lo llamaba por teléfono casi cada semana, pero pocas veces pudo hablar con él, siempre ocupado, dándole largas a las propuestas de Alberto, repitiendo una y otra vez que las cosas en México habían cambiado, que ya no podía ayudarle, que se rebuscara como pudiera. Sí, Alberto lo sabe, su hundimiento está conectado con la caída de Jaime, con el hecho de que el grupo político al que Jaime pertenece no haya logrado hacerse con la candidatura presidencial del PRI, un grupo político que fue defenestrado en el partido de gobierno, excluido de los presupuestos, satanizado, en especial cuando la cabeza del grupo, el aspirante a la candidatura, el flamante secretario de Estado, osó cuestionar la decisión en su contra, oponerse al dedo implacable del presidente de la República –un enano déspota y criminal que escogió como sucesor a otro secretario de Estado que sería asesinado cuatro meses más tarde. Fue el último día de noviembre de 1993 cuando la debacle de Alberto Aragón comenzó, una vez que Jaime le comunicara que todo se había ido al carajo, el proyecto de poder del grupo había fracasado, su misión en San Salvador estaba cancelada, ya no habría más dinero que girarle. Fue el último día de noviembre de 1993 cuando Alberto Aragón se quedó de pronto sin su excelente ingreso mensual, sin ese salario gracias al cual mantenía su alto nivel de vida en San Salvador, un dinero que le asignaban como asesor del secretario particular de un secretario de Estado mexicano que de pronto cayó en desgracia, ese secretario de Estado que esperaba convertirse en presidente de la República y uno de cuyos hombres de más confianza era el embajador Jaime Cardona, quien estaba seguro de que sería designado canciller del nuevo gobierno y por eso se daba el lujo de mantener a su viejo amigo Alberto Aragón como enlace en El Salvador, como un informante de primer nivel en un país vecino que recién salía de una guerra civil y en cuyo proceso de pacificación México había jugado un papel fundamental. Fue a partir de esa desdichada decisión tomada por el presidente mexicano el 28 de noviembre de 1993 –y reconfirmada a Alberto Aragón dos días más tarde, cuando por fin Jaime aceptó la llamada y le espetó «todo se fue al carajo, cuate, ya no habrá más lana»– que aquél tuvo que deshacerse de la casa de la colonia Escalón, dejar de ser el diplomático retirado vividor de la intriga y asumir la mueca del hombre con necesidades, el gesto de quien busca ayuda sin revelar su tremenda vulnerabilidad. Porque hasta que perdió el apoyo de sus patrocinadores mexicanos descubrió que ni los comunistas ni los derechistas de su país estaban dispuestos a ofrecerle un empleo, ahora podían prescindir de sus servicios, ya no necesitaban mediadores ni enlaces, hablaban directamente entre ellos, al menos eso era lo que Alberto se explicaba, quizá para no enfrentar con descarno el hecho de que nunca tuvo un amigo entre aquellos que pernoctaron en su casa, comieron su comida y bebieron su licor.

Y esos seis meses, de diciembre de 1993 a la madrugada de ayer cuando arrancó con la Rambler repleta de cajas y maletas hacia la frontera guatemalteca, fueron una prueba de sobrevivencia cada vez más asfixiante, primero porque tuvieron que mudarse a una infame casita de la colonia San Luis, a un costado del Hospital Militar, una casita de clase media baja en cuyas dos reducidas habitaciones apenas cupieron amontonados los muebles que meses más tarde tuvieron que empezar a vender, a rematar en realidad, a fin de conseguir el dinero indispensable para la renta, la comida y el vodka, pues los ahorros volaron en pocas semanas y el prés-

26

tamo que le dio Henry tampoco era como para hacer magia; y segundo porque en esos seis meses los comunistas que habían usufructuado su casa en México y en la Escalón pusieron pies en polvorosa, en especial esos dos dirigentes a quienes siempre había hospedado y tratado como amigos, Mario Campiña y Tony Avalos, de pronto salieron del mapa, desaparecieron, ni lo visitaban ni recibían sus llamadas, como si Alberto hubiera contraído una sarna contagiosa a la que ellos temían por sobre todas las cosas. Nada de esto hubiera sucedido si su amigo Abi estuviera vivo, se repitió Alberto una y otra vez, el empresario exitoso y jefe de finanzas del partido jamás le hubiera negado un préstamo ni lo hubiera dejado a la intemperie, pero Abi había muerto de cáncer pulmonar un año antes del fin de la guerra.

No fue una coincidencia, pues, el hecho de que Alberto Aragón saliera de El Salvador la madrugada después de la toma de posesión del primer gobierno de posguerra –encabezado por «un gordo dundo e impresentable», según Alberto–; no fue una coincidencia que escogiera la madrugada del día 2 de junio de 1994 para luego decir que por nada del mundo se hubiera quedado ni 24 horas en un país que regresaba a las pezuñas de la derecha troglodita santificada en elecciones y con la bendición de sus ex-amigos comunistas.

5

Delgada, pálida y fibrosa, con la tez agrietada, la nariz ganchuda y su pelo lacio recogido en una cola de caballo, Blanca entra detrás de la Infanta a la pequeña habitación que había sido su morada hasta tres días atrás, cuando recogió sus cosas y se mudó a casa de su hija, allá por el lado de Iztapalapa, a fin de brindarle un lugar donde caer a su antiguo patrón, un sitio humilde que nunca estará a la altura de don Alberto, pero que ahora él necesita con urgencia, tal como se lo hizo saber la Infanta luego que ésta regresara de San Salvador, un sitio que ella ofreció de inmediato y con gusto, sin pensarlo, ayudará a don Alberto en lo que pueda, un caballero pocos años mayor que ella que dejó de ser su patrón para convertirse en su amigo, un caballero que siempre la ha tratado con respeto y cortesía y jamás le falló cuando ella necesitó su ayuda. Por eso ahora está ahí, con su vestido floreado, detrás de la Infanta, con quien se encontró a las puertas del elevador cuando ésta regresaba de la tienda con los bastimentos para recuperar a Alberto; por eso ahora se frota las manos con preocupación y murmura ¡Dios mío! al verlo tirado en la cama con el aspecto de alguien gravemente enfermo, nunca en los trece años que tiene de conocerlo lo ha visto en semejante estado, así se lo dice a la Infanta, cuchicheando, porque ya Alberto abre los ojos y esboza una sonrisa.

Alberto trata de incorporarse y la Infanta le ayuda hasta que logra sentarse en el borde de la cama, con el cabello despeinado, la tez igual de cenicienta y la mirada perdida. Blanca lo saluda de beso y le dice: qué alegría que llegó bien, don Alberto, aunque en verdad quisiera echarse a llorar y los ojos se le humedecen, porque ese rostro demacrado la asusta e intuye la dimensión de la derrota sufrida por un hombre a quien ella tanto admira. Alberto toma el vaso de latón y le pide a la Infanta que se lo llene de hielo, mientras él saca la botella de vodka de la hielera. Ella le dice que antes debería tomar el Gatorade, para rehidratarse, y comer un sándwich, para reponer sus fuerzas; Blanca la secunda. Alberto se despabila, toma el bote de Gatorade, lo observa y en seguida dice que esa bebida es para deportistas, para tipos que sudan haciendo ejercicios y que él no es deportista ni suda haciendo ejercicios. Pone el bote sobre una de las cajas y le indica a la Infanta que le destape un agua mineral. Ambas le insisten en que beba el Gatorade y coma el sándwich, pero él parece que no las escucha mientras se prepara su bebida, y es que él nunca ha escuchado a nadie que le haga la mínima insinuación en el sentido de que se abstenga de beber licor, eso es algo que lo irrita, sobre todo cuando se trata de mujeres, de sus mujeres, como sucedió cuando la Infanta le dijo, apenas conocerlo, que a ella le parecía que él bebía demasiado, que debería bajarle a las copas, y Alberto sin perder la compostura, hasta con delicadeza, le respondió que el ya tenía más de veinte años de ser un bebedor cuando ella apenas nacía, por lo que le rogaba que por favor no volviera a mencionar ese tema, si ella quería establecer una relación de pareja con él más le valía aceptarlo así, con la copa en la mano, o que mejor ni le siguieran. Desde entonces ella supo que no había que insistir, la fórmula es dejar el Gatorade y el sándwich listos para que los ingiera cuando a él se le antoje, seguramente más tarde, cuando esté a solas.

Blanca aprovecha para indicarle que cierre bien la ventanilla de la habitación antes de dormirse (entonces Alberto descubre que sí hay una ventanilla sobre los pies de la cama, pequeña como claraboya), pues en la noche el viento golpea y el frío se cuela inclemente; también le explica que el bañito es bastante incómodo, pero que el calentador, aunque viejísimo, funciona, si bien hay que esperar veinte minutos a que caliente el agua antes de meterse bajo la ducha –ahora mismo le mostrará a la Infanta el truco para encenderlo, para que cuando él quiera bañarse ella se lo encienda. No hay problema, me puedo duchar con agua fría, dice Alberto, luego de haberse empinado el vaso.

Ambas mujeres salen a la azotea, a la tarde que cae, a la ventolera que sacude las cuerdas de los tendederos y silba entre los cuartos. Blanca está que se quiebra, dice que habría que llevar a don Alberto al hospital, lo mira muy mal, teme lo peor, pero también sabe que ese hombre es un necio y por nada del mundo iría en este instante en busca de un médico, lo sabe orgulloso y digno, lo conoce incluso más que la Infanta, esa casi niña de la que desconfió tres años atrás porque le parecía que nada bueno podría surgir de una relación en que un abismo separa las edades, y temía que esa muchacha buscara quién sabe qué en don Alberto, y también temía que éste pudiera chochear y verse inmiscuido en un romance peligroso, que lo hundiera, algo nunca sucedido, al menos durante los once años que él había vivido en México, once años durante los cuales Blanca había conocido y frecuentado a sus distintas mujeres, a las que él trataba con la mayor caballerosidad y cariño, pero de las que podía prescindir sin parpadear, tal y como Blanca había atestiguado, once años hasta que llegó la Infanta, esa chica menor que la hija de Blanca y sobre quien ahora pesa la responsabilidad de conservar a un hombre agonizante, una responsabilidad tremenda para una chica que ahora vive de nuevo en casa de sus padres, mantenida desde hace una semana, como niña de dominio.

Blanca le muestra cómo se enciende el calentador de agua, le recomienda que nunca dejen sin candado la puerta de la habitación –una media docena de inquilinos ocupan los demás cuartos de azotea y no le parecen de fiar– y le pregunta si ella pasará esta noche con Alberto. La Infanta le dice que no era su intención, porque tiene su ropa y sus cosas personales en casa de sus padres, pero ve a Alberto demasiado mal, agotado, enfermo, como para dejarlo solo. Blanca asiente.

Entran de nuevo a la habitación y se encuentran con Alberto bastante recuperado, como si el vodka hubiera hecho magia; ha abierto una maleta y saca de ella varias prendas. Dice que necesita bañarse, ahora mismo, para quitarse ese mal olor de dos días de viaje. Le pide a la Infanta que encienda el calentador de agua, toma su albornoz y la cartera de piel en la que guarda sus instrumentos de aseo, y sale al fresco y a la penumbra con su vaso de latón en mano. No ha tocado ni el sándwich ni el Gatorade.

6

Tira del cordel para encender el foco. ¡Madre mía: qué estrechez! ¿Cuánto tardará en acostumbrarse a un espacio tan pero tan reducido? No alcanza ni los cinco metros cuadrados. ¿Dónde pondrá sus cosas? La ducha, el lavamanos y el retrete se enciman el uno sobre el otro; casi tiene que encaramarse al retrete para poder cerrar la puerta. Es como si su espíritu no hubiera terminado de constreñirse, como si cada vez pudiera hacerse más pequeño, más irreconocible, ajeno a lo que siempre se ha creído; como si nunca fuera a terminar de caer y cada nuevo espacio significara un escalón más bajo, un hueco más hondo donde pronto no podrá reconocerse.

Coloca la cartera de piel y el vaso de latón en una pequeña tabla que sirve de repisa, cuelga el albornoz en la ducha, baja el cierre de su mono azul y se apresta a sentarse en el retrete cuando entonces descubre que carece del sentadero protector y tendrá que apoyar sus nalgas en la fría porcelana, algo que le resulta particularmente detestable, un punto de no retorno, como si fuese animal, pero tampoco tiene suficiente fuerza en sus piernas para acuclillarse sin tocar la fría porcelana, así que poco a poco deja caer sus asentaderas hasta que éstas se acostumbran a la gélida superficie, y en seguida la incomodidad desaparece y defeca lo que ha permanecido en sus intestinos durante los dos últimos días, casi nada, porque aparte de un emparedado en Tapachula no comió otra cosa a lo largo de la ruta.

Y ahora que ya se acostumbró a la porcelana, con la placidez que sigue a la evacuación, cómodamente apoltronado, en espera de que el agua termine de calentarse, Alberto toma su vaso de vodka y sorbe de a poquito; se siente lúcido, con más energía, hasta optimista, seguro de que saldrá adelante, no es la primera vez que se ve en aprietos, incluso podría decir que su vida ha estado repleta de aprietos mayores, mortales, de los que pudo salir adelante, ¿por qué ahora iba a ser diferente? Está más viejo y cansado, pero ha ganado en experiencia, el mismo hecho de que haya podido abandonar El Salvador y llegar a México es una muestra de que puede convertir una derrota en victoria, varias veces lo ha logrado, ahora que lo recuerda está a punto de emocionarse, la primera vez que salió de un apuro mayúsculo, no sabe por qué se le viene esa aventura ahora a la cabeza, seguramente porque la rememoraron con Henry en esa última ocasión cuando Alberto fue a pedirle prestada un poco de plata y a contarle que se iría del país en un par de semanas porque ya no tenía salida, quizá por eso el recuerdo está fresco: tenía quince años cuando se sumó a los contingente militares que desde Guatemala invadieron El Salvador con el propósito de derrocar a la dictadura del general Maximiliano Hernández Martínez, lo ha contado tantas veces, se ha jactado de ello en tantas veladas: él con su fusil Garand cruzando el fronterizo río Paz, con sus botas de campaña y su fusil Garand adentrándose en el llano de El Espino, apenas un mocoso convertido en soldado revolucionario luego de sólo dos jornadas de entrenamiento en una finca en las afueras de la Ciudad de Guatemala, una aventura en la que se embarcaron muchos niños de buena familia porque los ricos y los gringos también estaban hartos del dictador, y corría el año 1944 cuando las dictaduras centroamericanas comenzaban a tambalearse y el general Ubico ya había caído en Guatemala, por eso los llevaron a ese campamento improvisado en la zona fronteriza desde donde lanzarían la invasión bajo las órdenes de media docena de capitanes y tenientes, unos doscientos combatientes mal entrenados y mal armados que tenían que cruzar el llano de El Espino y atacar el cuartel de la ciudad de Ahuachapán, lo que supuestamente marcaría el inicio de una asonada a nivel nacional.

Y ése que cruza el río en la oscura madrugada no es el Alberto Aragón que ahora divaga, rememora, saborea sentado en el retrete, sino Albertito, el adolescente audaz, quien no sabe manejar bien su Garand pero avanza ansioso de aventuras entre sus mejores amigos del colegio –el Flaco Pérez, la Abuela Gutman y Henry Highmont–, avanza a marcha forzada porque deben llegar a la ciudad antes que amanezca, para que la sorpresa esté en sus manos; deben recorrer esos diez kilómetros de llano en el mayor sigilo, siguiendo a los guías, a tropezones porque muchos de ellos carecen de práctica para caminar a oscuras en el campo, aunque el terreno sea plano, aunque los guías conduzcan las columnas por veredas anchas y limpias, los púberes reclutas huelen aún a loción fina, como si por momentos necesitaran que sus sirvientas les arreglaran el uniforme, esos uniformes que los hacen lucir ridículos porque a la legua se les nota que la guerra no es su oficio, que la disciplina castrense les es ajena, que no hubo tiempo de instruirlos mínimamente, lo señorito lo exudan por todas partes, no hay manera de que ese contingente de caballeritos pueda ser confundido con el grueso de la tropa, menos ese cuarteto de consentidos del que Albertito Aragón forma parte, quienes anoche destaparon una botella de ron Zacapa, el más caro, una botella que quién sabe cómo hicieron para introducir al campamento sin que los oficiales se percataran, que sólo compartieron entre ellos cuatro y que los puso exultantes, bravucones, pero que a esta hora de la madrugada, mientras avanzan a paso rápido, se les ha convertido en resaca, Albertito lo sabe mejor que ninguno, por el temblor contenido en el cuerpo y la resequedad en la boca, no por el miedo ante la inminencia del combate, no porque ahora por vez primera enfila hacia lo desconocido, hacia la posibilidad de la muerte, en medio de la oscuridad y el silencio, sino por el maldito ron que bebieron anoche.

Alguien toca la puerta del baño, el golpeteo de unos nudillos ansiosos devuelve a Alberto al retrete, al minúsculo baño que –ahora lo recuerda– debe compartir con los vecinos de otros cuartos de azotea. Los nudillos insisten antes de que Alberto pueda reaccionar, pero en seguida reconoce la voz de la Infanta, quien le dice que ella y Blanca bajarán al estacionamiento en busca de las cajas que han quedado dentro de la Rambler, y le indica que espere unos diez minutos antes de meterse bajo la ducha, mientras tanto puede rasurarse sin gastar mucha agua caliente. Alberto no se ha movido del retrete: siente que la odia, por primera vez desde su reencuentro unas horas atrás, la odia porque una semana de separación ha bastado para que ella reasuma ese tonito de mando propio de su madre, ese tonito de mierda que Alberto detesta por sobre todos sus defectos, un tonito que le recuerda a la gorda trompuda a la que él debería llamar suegra, pero a quien ha visto tan pocas y desagradables veces en su vida (¿cuatro, cinco?, en una ocasión las contó) y con quien no tiene nada en común como no sea el afecto de ese pedazo de carne al que él llama la Infanta. Pero lo que en el fondo ha molestado a Alberto, lo que no ha podido tolerar, es el hecho de que la interrupción de la Infanta haya roto el encanto con que su memoria se deslizaba sobre aquella madrugada lejana cuando él y sus amigos de adolescencia entraban en la vida fusil en mano y mochila al hombro, porque a partir de esa madrugada se convertirían en verdaderos hombrecitos, bautizados en el fuego, en el tufo de la pólvora y en la rabia ante la traición. Pero cuando tronó la primera descarga Alberto no tuvo tiempo de pensar en ello, nada más vio desmoronarse a la Abuela Gutman a su lado, con la cabeza destrozada, y escuchó el alarido del teniente que les ordenaba tirarse cuerpo a tierra, y entonces comprendió que aquello era una emboscada, algo que no habían previsto, pues se suponía que eran ellos quienes sorprenderían a los soldados gubernamentales en sus posiciones, que ellos cruzarían el llano con relativa facilidad y en seguida asaltarían el cuartel ubicado en el centro de la ciudad de Ahuachapán para encender la mecha de una insurrección en todo el país, y en vez de esa histórica entrada triunfal lo que entonces recibieron fue fuego cerrado, víctimas de una emboscada artera, de una traición que años después Alberto descubrió que había sido perpetrada por el capitán Rivera, el jefe de su columna –un pícaro que llegaría a coronel y a presidente de la república–, una emboscada que diezmó a las columnas invasoras y de la que Alberto se salvó por un pelito, de milagro, tirado en tierra junto al cadáver de su amigo la Abuela Gutman –sí, era un joven con rostro de viejita, de ahí el apodo–, paralizado de terror entre el cadáver de la Abuela y otros cuerpos irreconocibles en aquella oscuridad rota a fogonazos, bajo las nutridas descargas, entre los gritos de los heridos y las desconcertadas voces de mando de los oficiales; paralizado de terror, sin saber hacia donde moverse, con el fusil bajo su cuerpo, incapaz de empuñarlo, víctima de la invisible mano de la muerte que le apretaba el cuello y le impedía respirar, hasta que al escuchar las voces de Henry y del Flaco logró escapar de ese instante que le pareció interminable y pudo arrastrarse hacia donde creyó que estaban sus amigos, cuando el teniente daba la orden del repliegue, pero nadie osaba levantarse del suelo, porque parecía que los disparos procedían desde todos lados. Entonces, de súbito, hubo un intervalo sin detonaciones y ahí comenzó el desbarajuste, la estampida: Alberto avanzó a gatas como veinte metros y en seguida comenzó a correr a todo lo que daban sus piernas, a correr como un desesperado, huyendo de esa mano invisible que casi acaba con él, sin detenerse a ver qué había sido de sus amigos, sin escuchar ninguna orden, sus piernas veloces remontaban la ruta por la que habían venido, con el diablo en los talones, aprovechando la incipiente claridad del amanecer, para alejarse lo más posible de la balacera que se había desatado de nuevo a sus espaldas, deshaciéndose incluso de la mochila y del rifle que le estorbaban en su carrera; corrió sin detenerse los siete kilómetros que lo separaban del río fronterizo, sobrepasando en su huida a compañeros de contingente en los que no reparaba, a los que no quería escuchar, corrió hasta que sintió las piernas dormidas y la garganta abrasada de sed, hasta que alcanzó el río con el corazón en la boca y se zambulló para cruzarlo y llegar al otro lado de la frontera, a territorio guatemalteco, donde finalmente se sintió a salvo y pudo abrevar y abrevar hasta que calmó su sed, mientras esperaba a que entre los compañeros que llegaban, muertos de pánico, aparecieran el Flaco y Henry, calmó su sed que no era la misma de ahora, cuando sentado en el retrete bebe vodka de su vaso de latón y piensa que ya es hora de irse poniendo de pie para encontrar la forma de rasurarse en ese minúsculo espacio en que tendrá que maniobrar con pericia para servirse del lavabo y del espejito.

7

Ha salido del baño, enfundado en su albornoz, gallardo su andar, el pelo húmedo e impecablemente peinado, la tez limpia y reluciente –en la mano derecha el vaso de latón y el mono azul colgando del brazo, en la otra mano la cartera de piel. Ha salido del baño a la azotea donde la temperatura ha bajado de golpe, donde la noche ha caído con una miríada de luces, porque desde esa altura puede ver gran parte de esta ciudad interminable en el horizonte. Está cruzando la azotea hacia su habitación, cual noble que pasea entre sus jardines, cuando de pronto dos sombras pasan a su lado, dos sombras en las que no reparó hasta que casi choca con ellas, dos sombras silenciosas, hostiles, intimidantes. Alberto se dice que seguramente son los inquilinos de los otros cuartos de azotea, tipos un tanto siniestros, a los que ni siquiera distinguió el rostro, que tampoco saludaron y siguieron de largo, cabizbajos, elusivos. Abre la puerta: las dos mujeres no han regresado aún, quizá se les ha dificultado subir en un solo viaje las cajas que quedan en la Rambler. Se pone el pijama y encima su bata de seda, porque ya son las nueve de la noche, nada tiene que ir a hacer a la calle, la ducha de agua tibia ha relajado sus músculos, beberá un par de copas más y se echará a dormir hasta mañana, cuando comenzará realmente su nueva etapa. Llena otra vez su vaso de hielo, vodka y agua mineral. Busca su portafolios, lo abre, saca una libreta de recordatorios desprendibles y apunta sus tareas para el siguiente día: «Buscar a Jaime, al Mayor y al Flaco», escribe con su letra temblorosa, ilegible. Luego arranca la hojita y la pega en la pared, junto a la cabecera de la cama. Qué suerte que se acordó del Flaco Pérez mientras estaba en el retrete, se felicita, lo había olvidado por completo, un amigo de adolescencia y juventud de quien se ha distanciado, un amigo con quien compartió aventuras en la invasión a El Espino y en los golpes de Estado de 1959 y de 1972, pero quien dejó de hablarle desde 1980, cuando Alberto aceptó convertirse en embajador del gobierno demócrata cristiano y el Flaco Pérez trabajaba para las FPL, la organización guerrillera más radical del país; un amigo a quien ahora puede recuperar, a quien ahora necesita recuperar, podría ser su salvador, el Flaco, un ingeniero que posee su propia empresa de construcción y quien nunca regresó a El Salvador desde que salió al exilio luego del fracasado golpe de Estado de marzo de 1972, una asonada que también obligó a Alberto a asilarse en San José de Costa Rica y en la que el Flaco fue el máximo dirigente civil, uno de los tres integrantes de la autodenominada Junta Revolucionaria de Gobierno, a la que no le duró el gusto de controlar el país ni 24 horas, pues la contraofensiva de las fuerzas gubernamentales los obligó a salir en desbandada, a refugiarse en las embajadas de países vecinos, y a partir de entonces el Flaco se estableció en México, montó su propia empresa de construcción y empezó a apoyar a la guerrilla más radical, a la única que garantizara acabar de una vez por todas con la putrefacta estirpe militar, y cuando veinte años más tarde esa guerrilla y el gobierno derechista pactaron su acuerdo de paz para poner fin a la guerra civil –lo que abrió las puertas del país a miles de exiliados–, el Flaco Pérez dejó en claro que él ni loco regresaría a El Salvador, un sitio en el que permanecía el mismo ejército corrupto con los mismos criminales que le habían metido noventa tiros entre pecho y espalda a su amigo del alma, al coronel Reyes, máximo jefe de aquel golpe de Estado, quien regresó de su exilio con la idea de que las cosas habían cambiado. Pinche Flaco –piensa Alberto mientras se empina su vaso de vodka– tenía toda la razón, lo esencial no cambió en el paisito: la impunidad, la prepotencia, la miseria, la ingratitud. Por eso ahora será fácil restablecer la amistad perdida, porque Alberto viene precisamente de vivir, de sufrir aquella miasma, y le contará al Flaco lo que ha padecido, claro, Alberto y todos los demás estaban equivocados, ilusos ellos, y sólo el Flaco en su intransigencia tuvo razón. Le pedirá dinero prestado y un empleo, aunque sea de poca monta, algo que le permita reinstalarse en esta ciudad tan hostil y en la que ya no quedan compatriotas conocidos; le pedirá en nombre de la vieja amistad, de las viejas complicidades, después de todo Alberto tuvo que exiliarse por prestar su casa para que el grupo del Flaco realizara dos reuniones conspirativas de cara al golpe de Estado, un golpe del que Alberto vino a enterarse sólo a última hora porque el Flaco y el grupo de militares no querían que los comunistas supieran de la asonada e intentaran subirse en ella con su típico oportunismo, porque si los comunistas se enteraban de inmediato también lo hubiera sabido la CIA y por ende el gobierno salvadoreño, y los golpistas hubieran perdido el factor sorpresa, de ahí que prefirieran que un amigo de los comunistas como Alberto supiera lo menos posible, aunque le pidieran que organizara sendos convites en su casa como cobertura para reunirse a dar las últimas puntadas al golpe. Y estaba, además, la amistad del Flaco con Carmelo, el hermano mayor de Alberto, a quien acribillaron a tiros un mes antes del golpe de Estado, en un confuso incidente relacionado con la conspiración, porque Carmelo era el jefe del grupo de alcohólicos anónimos al que pertenecían el Flaco y los militares golpistas, un hermano mayor con el que Alberto nunca tuvo buen trato, eran demasiados los doce años que los separaban, y éste aborrecía el tono de predicador con el que Carmelo trataba de hacerlo abandonar la bebida y convertirlo en alcohólico anónimo. También en recuerdo de la muerte de Carmelo, el Flaco tiene que echarle un mano.

Alberto está recostado en la cama. Piensa que el pequeño televisor portátil –uno de los pocos aparatos electrodomésticos que sobrevivió a la venta indiscriminada que se vieron obligados a hacer en San Salvador en las últimas semanas– está empacado en una caja que permanece en la Rambler. Ojalá y lo suban ahora mismo: será lo primero y quizá lo único que instalará en esta habitación, en la que además casi nada cabría. ¿Cuánto tiempo tendrá que permanecer aquí? Espera que menos de una semana, los días suficientes para conseguir el dinero prestado que le permita rentar un departamento, dinero que saldrá de Jaime, del mayor René Béjar o del Flaco, o de los tres juntos, aunque cada vez le entusiasma más la idea de recurrir al Flaco, hace tanto tiempo que no lo ve, no podrá negarle un favor a esta altura de la vida, sería una infamia, y el Flaco puede ser un loco, mal hablado y sectario, pero tiene buen corazón. Tampoco el mayor puede fallarle, ese enlace privilegiado de la inteligencia militar que el gobierno mexicano le asignó a su llegada al país para que lo apoyara en lo que fuera necesario, un tripudo simpatiquísimo de la vieja escuela nacionalista, bebedor tequilero de primera, siempre custodiado por su secretario y su chofer (ambos también militares), abridor de las más cerriles puertas burocráticas, quien le consiguió su primer empleo como aviador (término local para nombrar a aquél que cobra mensualmente en una dependencia gubernamental sin presentarse jamás a la oficina y sin ningún trabajo asignado) y artífice de casi todas las demás aviadurías que le permitieron a Alberto vivir una década con holgura en la ciudad de México.

Instalará el televisor en cuanto lo traigan, se repite, no quiere perderse el partido de beisbol, si mal no recuerda esta noche juegan los Mets contra los Medias Rojas, disfrutará el encuentro antes de dormir, lo acaba de decidir, aún tiene un tercio de botella de vodka y un poco más de energía. ¿Cuántas botellas bebió durante la travesía? Caben tres en la hielera y ya sólo queda este tercio –aunque tiene otra de reserva en su maletín marrón. He aquí una decisión estratégica que debe tomar esta misma noche: ¿seguirá bebiendo vodka Botrán, tal como lo hizo los dos años que vivió en San Salvador, o volverá al brandy Presidente, su bebida de cabecera durante sus once años de exilio mexicano? Quizá lo más prudente sea volver al brandy, «haz como vieres» dice el refrán, y si en San Salvador optó por el vodka decente más barato, ahora en México volverá al brandy decente más barato.

¿Por qué se demoran tanto estas mujeres? Ya ha pasado tiempo más que suficiente como para que suban las cajas que quedaban en la Rambler. Seguramente se fueron por ahí a hacer compras o a algún mandado y no le avisaron porque en ese momento él estaba en el baño. Se queda recostado en la cama, con el vaso entre las piernas, dormitando, quién sabe cuánto tiempo, hasta que despierta con la impresión de que alguien camina en la azotea, cerca de la puerta de su habitación; oye cuchicheos. Esos dos tipos que se encontró hace un rato tenían muy mal aspecto. Pero ahora no se trata de su paranoia, de sus alucinaciones alcohólicas –como las llama la Infanta cuando quiere fastidiarlo–, no, ahora está seguro de que alguien está detrás de la puerta: deben ser ellas, acercando las cajas. Y en efecto, la Infanta toca, se anuncia y en seguida entran. Algo grave ha pasado, lo traen en el rostro, destilan angustia. Alberto se incorpora, piensa que los dos sujetos de la azotea quizá les faltaron al respeto. Les pregunta si ha sucedido eso. Ellas voltean a verse, desconcertadas. Algo peor, dice la Infanta, y le brotan las lágrimas y en seguida se echa a llorar de manera incontenible, como si una tragedia le hubiera partido la vida. ¿Qué ha pasado?, pregunta Alberto, sin comprender. Y es Blanca quien tiene que decirlo: se robaron su carro, don Alberto. ¿Cómo?, exclama él, como si no hubiera entendido, como si no quisiera escucharlo. Se llevaron la Rambler, balbucea la Infanta, sorbiendo mocos. Alberto se sienta en el borde de la cama, perplejo. No puede ser, musita. Malditos, dice la Infanta. Pero Alberto ya no la escucha: está en un lugar profundo, oscuro, vacío, donde sólo retumba algo parecido a un tiro de gracia, un lugar de donde no quiere regresar. Pero de pronto siente que la Infanta lo ha tomado del brazo y lo sacude, diciendo: Alberto, Alberto, no te pongas así... Y siente que Blanca lo ha tomado del otro brazo, como si él estuviese a punto de caer y necesitase ayuda, cuando está firmemente sentado en el borde de la cama. Pero lo que ambas quieren es que reaccione, porque le ven la mirada perdida, el gesto de ausencia; expresan un miedo animal a que él se quede, que ya no regrese, se le desconecte el mecanismo, a que una red de neuronas diga «chao», de ahí su reacción histérica, la agitación con la que lo sacuden de los brazos, pero él ya regresó, está ahí, sin quererlo, y voltea a ver a la Infanta mientras ésta entre lloriqueos le cuenta la historia: cuando bajaron el carro ya no estaba, al principio ella creyó que buscaba en el lugar erróneo, pero después de recorrer como loca todo la cuadra constató que, ciertamente, el carro no estaba donde lo habían dejado; lo primero que hizo fue preguntarle a unos chavos que jugaban futbol ahí mismo, en la calle, pero ninguno había visto nada; después fue con la señora que vende tamales y se apoltrona bajo unos arbustos, en la acera que conduce a los edificios, y ésta le dijo que no se había fijado en ninguna Rambler azul, que en esa zona, como no hay vigilancia, siempre se están robando los autos; entonces se vino de prisa a la habitación, a recoger su bolso de mano, pues en él porta una fotocopia de la tarjeta de circulación de la Rambler, y luego fueron a poner la denuncia al Ministerio Público, ubicado por suerte a pocas calles de ahí, donde dejaron el número de teléfono de la hija de Blanca para que les avisen en cuanto encuentren el carro –la Infanta se abstuvo de decirle que no dejó el teléfono de casa de sus padres por temor a que estos le escondan el mensaje.

8

La está echando, ahora que Blanca acaba de partir y seguramente baja en el ascensor, le está diciendo que se vaya, que regrese a casa de sus padres, en nada ayudará que se quedé en ese cuarto de azotea, en nada ayudará que ambos tengan que apretujarse en esa camita en la que apenas cabe una persona, que se vaya, en este mismo instante, eso es lo que él quiere, lo razonable, lo que ella debe hacer, no tiene por qué repetírselo, ¿acaso no entiende?, ya no hay nada que hacer, la Rambler estará en un deshuesadero, todo se fue al carajo, habrá que comenzar de cero, pero precisamente por eso quiere estar a solas, para aclarar sus ideas, para ordenarse, para saber desde dónde y cómo empezar. Alberto habla desde la cabecera de la cama, recostado en la pared, sin soltar su vaso de latón rojo, con cierto énfasis, aunque contenido, como si ya sólo estuviera harto, más allá de la rabia y del coraje, y lo último que se le antojase fuese una noche de compasión –quiere beber hasta noquearse, en silencio, nada más.

La Infanta argumenta desde el otro lado de la cama, sentada, con los pies en el suelo, los codos en las rodillas y su cara de desolación apoyada en las palmas de las manos. Dice que ya es muy tarde para regresar hasta

Ciudad Neza, que Alberto no debe ser ingrato, tienen una semana sin verse, la cama puede ser pequeña, pero bien caben los dos, apretaditos, no quiere dejarlo solo, menos ahora, después del robo del auto, deben enfrentar la situación juntos, tal como lo han hecho en los últimos meses, planear sus siguientes pasos entre los dos, si él se queda a solas lo más probable es que se deprima, que beba sin ton ni son. La voz de la Infanta quiere ser dulce, reconfortante, pero le gana la pesadumbre.

Alberto se sirve los restos de vodka de la botella, lo bebe de un trago y una descarga le eriza los nervios. ¿Beber sin ton ni son? ¿Deprimirse él, que ha sobrevivido a las peores tormentas? ¿A qué se refiere esta niña? ¿Qué quiere darle a entender? Está de pie –ese pequeño espacio le impide pasearse y casi hasta gesticular–, de cara a la Infanta, cuando le dice, mordiendo las palabras: quiero que te vayás, ya, si es muy tarde para tomar el colectivo a la salida del Metro, te vas en taxi, que lo paguen tus papás, entendeme, ésta pudiera ser la cama más ancha del mundo, pero quiero estar solo, solito conmigo mismo, sin nadie, ¿es tan difícil comprenderlo?

Entonces la Infanta se encoleriza. Le espeta que es un mugroso desagradecido, un egoísta, en vez de agradecerle que ella haya hecho las gestiones para buscar a Blanca y pedirle que les prestara su habitación de azotea, en vez de agradecerle que ella lo haya apoyado siempre en estos meses de penurias, lo que hace es echarla del lugar que ella misma consiguió, tratarla como a una extraña, desquitarse con ella la rabia que le ha producido el robo del auto, algo de lo que sólo él tiene la culpa, por no haber bajado todas las cajas de una vez, dejándolas a la vista para tentar a los ladrones, a quienes no podía interesar tanto la vieja Rambler como el hecho de tener el vehículo con la mercancía lista.

Alberto abre su maletín marrón y saca su botella de reserva. Entonces se queda boquiabierto, parado en seco, sin dar crédito a lo que escucha. Ahora resulta que él es el culpable de que se hayan robado la Rambler; ahora resulta que no es su vieja amistad con Blanca lo que ha permitido conseguir la habitación, sino las gestiones de esta mocosa; ahora resulta que él tiene que agradecerle que lo haya acompañado durante estos meses de penurias, cuando lo que más lo ha mortificado es tener que mantener a esta gorda inútil y buena para nada. Carajo. Bien dice el refrán que quien con niñas se acuesta orinado amanece.

Vierte más vodka y agua mineral en su vaso. Siente que sus nervios están a flor de piel. Tiene que controlarse. Lo peor sería que ahora lo atacara la mielitis. Pero las palabras le salen incontenibles: la verdad es que ya no tienen por qué seguir con esta farsa, ella puede regresar a casa de sus padres pero no para esta noche sino para siempre, él enfrenta suficientes dificultades con el pequeño detalle de tener que rehacer su vida como para que además se vea obligado a soportar a una niña caprichosa y estúpida, de hecho nunca le había ido tan mal en la vida como durante el tiempo que ha vivido con ella, no entiende cómo la ha podido tolerar tanto...

La Infanta explota, lo interrumpe a los gritos, entre llanto y moqueo: sólo un miserable puede comportarse de una manera tan ingrata, ella no tiene la culpa de que él sea un borracho inútil que vive de sus fantasías, ella no tiene la culpa de que él sea un fracasado, un mitómano, un farsante que se las da de dandy y no tiene dinero ni para comprar un sándwich, un imbécil que se atosiga de supuestas glorias pasadas y a quien sus dizque amigos tiran a la basura con una mano en la cintura, un viejo que se comporta como adolescente, porque el único niño caprichoso y estúpido aquí es él, y ella no tenía ninguna necesidad de ir a tragar toda esa mierda a San Salvador y si lo hizo fue porque estaba enamorada de él, que le quede claro, y que si en su propio país nadie lo quiere, si en su propio país es incapaz de conseguir un mendrugo de pan para sobrevivir, eso no es culpa de ella sino de él, y que si esta noche quería quedarse no era para fastidiarlo sino para defenderlo de sí mismo, de su inmadurez, de esa tendencia a la autodestrucción que lo tiene donde está, pero en lo que a ella respecta ahora él puede pudrirse en el infierno.

Y sale, con portazo, furibunda.

9

Yace tendido en la cama, derrumbado, las energías de pronto lo abandonaron, ni siquiera apagó la luz ni se quitó la bata ni se metió bajo las sábanas, apenas logró colocar el vaso en el suelo y recordar que aún no se ha cepillado los dientes; quisiera estar absolutamente noqueado, que ese hilito de conciencia desapareciera, se esfumara, pero un timbrazo resuena dentro de su oído izquierdo, un timbrazo que cada cierto tiempo lo trae de vuelta a la cama, a la pequeña habitación de azotea, al escalofrío de futuro sobre el que no quiere pensar nada, a la memoria donde la jeta de la Infanta predomina, donde las palabras hirientes de la Infanta predominan, una memoria en todo caso nebulosa, porque no sabe cuántos vasos de vodka ha bebido ni tiene idea de la hora que es, porque apenas saborea la retorcida satisfacción de haberla hecho perder los estribos, de haberla obligado a abandonarlo en la peor noche de su historia conjunta, de haberla forzado a cargar la mala conciencia de dejarlo solo en una negra jornada de agonía, esa pequeña satisfacción de blandir la culpa cuando ella aparezca cabizbaja mañana a primera hora. Pero, ¿ella volverá? Siempre regresó, al menos durante el año en que vivieron juntos en México, porque en San Salvador ella no tenía donde fugarse. Le gusta recordar cuando la conoció, en aquel cóctel en el Club de Corresponsales Extranjeros: ella llegó del brazo de Julito Prieto, el agregado cultural de la embajada salvadoreña, un calvo que se las llevaba de escritor, más o menos de la misma edad que Alberto, un diplomático de pacotilla quien de inmediato –el muy presuntuoso– le presentó a esa joven regordeta que lo acompañaba, una niña de ojos bonitos pero demasiado cachetona para el gusto de Alberto, una casi gordita que empezó a lanzar miradas al ex-embajador salvadoreño que garboso y elegante se pavoneaba entre la concurrencia, hasta que de pronto se encontraron hablando a solas, y él supo que ella ya conocía algo de su historia –la vocación chismosa de Julito tenía que servir para algo– y también supo que ella terminaba su licenciatura en ciencias políticas y laboraba como analista de prensa en la Secretaría de Gobernación, lo que en verdad quería decir que se encargaba de recortar periódicos y clasificar esos recortes. Pero hubo algo en sus ojos que lo prendó, no tanto una mirada lasciva, más bien una intuición: el instinto perverso, excitado ante la posibilidad de transgredir el candor, o dicho con una vulgaridad a la que Alberto nunca apelaría en público, las ganas de que una niña cuarenta años menor desplegara su virtud mamatoria en su órgano viejo y ufano. De otra manera nunca se hubiera fijado en ella o le hubiera durado apenas un par de noches, porque nadie ni remotamente hubiera imaginado que Alberto Aragón iba a terminar sus días con una chica con tan escasos atributos físicos y sin clase, cuando él en sus buenos tiempos había conseguido lo que se le antojaba, desde la viuda de un ex-jefe del ejército pasando por las mejores Miss El Salvador hasta la parvada de aeromozas de aquellos tiempos cuando la guapura y el estilo eran los criterios –nada comparables a las sirvientías de baja estofa de ahora. ¿Cuántas mujeres se ha llevado a la cama a lo largo de su vida? ¿Hace cuánto tiempo no hace una lista? Hubo una época en que le gustaba repasar sus conquistas, clasificarlas geográficamente, ordenarlas por el color del cabello o de la piel, le parecía un rito importante, incluso en un par de ocasiones pasó a máquina sus listados, pero eso sucedió antes de que cumpliera cincuenta años, luego dejó de importarle, una vez que constató que había pasado la cifra de cien, ese número mítico que era la meta de sus seducciones, no volvió a contabilizarlas. Y he aquí que toda esa experiencia acumulada tan sólo le sirvió para acabar sus días abandonado hasta por la Infanta, despreciado por aquéllas que decían amarlo, en especial su exesposa, Estela, la madre de Albertico, quien no sólo lo desprecia sino que lo repudia, como si él hubiera sido el responsable de la muerte de su hijo y no esos militares hijos de la grandísima puta; ella nunca volvió a dirigirle la palabra desde que él aceptó la embajada en Managua cuatro meses después del asesinato de Albertico, pero no seguirá pensando en esa tozuda de Estela, de ella sólo le quedan malos recuerdos, pleitos horribles, demandas, las ganas de ella de quitarle hasta el último centavo a él, si lo viera ahora, si pudiera ser testigo de su hundimiento, sería feliz, no podría contener su sarcasmo, diría con desdén que ella siempre supo que ese tal por cual acabaría así. Mejor sacude su memoria y busca a alguien reconfortante, a la más bella, a la más deseada, al recuerdo por excelencia, a la reina, porque siempre le ha dicho así, la reina Margot, el amor que no pudo ser, el amor que será en otra vida, como a ella le gustaba decir: si se hubieran conocido antes, si él hubiera aparecido primero que Henry las cosas hubieran sido distintas, así le explicó ella, pero jamás se divorciaría para casarse con él, jamás desintegraría su familia ni arriesgaría el patrimonio de sus dos hijos por un nuevo amor, aunque él estuviera tan apasionado y fuera tan lindo, así le dijo, pero eso fue hasta después de que se le había entregado, después de que ella visitara a escondidas en dos ocasiones su casa para que él pudiera saborearla a plenitud –aún recuerda, olor memorable, el perfume de su pubis–, poseerla con la delicadeza de quien sabe que tiene entre sus manos a la criatura más hermosa que la vida podrá darle, pero que también sabe que esa criatura por quien es capaz de tirar todo por la borda es la esposa de uno de sus mejores amigos, del queridísimo Henry, con quien ha compartido tantas aventuras desde la adolescencia, un amigo a quien traicionó sin que le remordiera la conciencia porque por la reina Margot estaba dispuesto a hacer lo que fuera, volver a poseerla lo valía todo, imaginar que viviría junto a ella lo que le quedaba de vida era el motor que mantuvo desbocado a su corazón durante tres meses hasta que a punta de frustración y dolor comprendió que ella no volvería a ser suya, sino sólo de Henry, que para ella había sido un lindo *affaire* sin posibilidad de futuro, y que para ambos se trataría del gran secreto de su vida, un secreto del cual Henry sospechó pero nunca permitió que entorpeciera su amistad ni que arruinara su matrimonio, un secreto que se fue a la tumba con la súbita muerte de la reina Margot a causa de un cáncer fulminante en el sistema linfático. El delgado cuerpo de Margot, la fina pelusilla dorada de sus nalgas, sus ojos azul profundo, su aliento dulce y envolvente, ¡como si la tuviera entre sus brazos!: nada que ver con la Infanta que se ha ido encabronada y cuya presencia en este instante sólo serviría para que Alberto constatara su propia decadencia. Y entonces, de súbito, el timbrazo resuena otra vez dentro de su oído izquierdo, como si un orate quisiera salir del fondo de su cabeza a punta de almadenazos, y se acelera su pulso, siente en el pecho esa presión que le hace difícil respirar y un sudor frío perla su frente. Se ha despabilado: busca el vaso de latón en el suelo, lamenta no haber visto el partido de béisbol a causa del robo del televisor y se dice que no apagará la luz ni se meterá bajo las colchas mientras no haya ido a cepillar sus dientes.

10

Cuando despierta, Alberto duda si se trata de otro intervalo de esa noche tortuosa, descalabrada –está aún sobre las colchas, con el foco encendido y la pastosidad en su boca sabe añeja, cochina– o si ha llegado al nuevo día. Mira su reloj de pulsera: son las ocho y veinte de la mañana. Quiere decir que después de todo su cuerpo ha descansado, al menos un poco, pero ni siquiera así tiene ánimos de levantarse, quisiera permanecer en cama, volver a la oscuridad y a la inconciencia, regresar a otro momento de su vida en que tuviera más fuerzas, cuando el desafío de volver a empezar significaba un estímulo para el despliegue de nuevos bríos y esplendores. Piensa que ahora no sólo se ha quedado sin país, sin trabajo, sin dinero, sino que también ha perdido su auto y probablemente a la Infanta. ¿Qué nuevo perjuicio, qué nuevo zarpazo le depara el destino para hacerle entender que su precipitado hundimiento sólo terminará con la muerte? Siente la vejiga repleta y la garganta reseca; se incorpora con dificultad, toma un largo trago de agua mineral de una botella que estaba en el suelo y busca su cartera de piel. Abre la puerta: el cielo, cerrado de nubes, parece decirle que vuelva a la cama, al encierro en esa pequeña habitación, pero el viento helado lo despeja. El baño está empapado, alguien recién se duchó, quizá uno de los tipos torvos con los que se encontró anoche. ¿Y si ellos se robaron la Rambler? Lo vieron llegar agotado y subir maltrecho con las maletas, vigilaron la azotea para confirmar que él permanecía encerrado en la habitación con la Infanta, y en seguida procedieron a robarse el coche –por eso cuando se los encontró ni siquiera lo saludaron. Orina con mucha dificultad (¿cuándo volverá a tener dinero para hacerse un examen que le permita saber hasta dónde se ha corrompido su próstata?), se cepilla los dientes metódicamente, con parsimonia, como si estuviera quitándose el sarro de varias semanas, y luego hace enjuagues. Quisiera ducharse, pero sólo se lava la cara y se humedece el cabello; el agua está muy fría y la Infanta no le enseñó el truco para encender el calentador. ¿Y si la Infanta no regresa? Más le vale hacerse a la idea de que está solo, íngrimo. Contempla su rostro en el espejito del baño cuando la punzada trapera le atraviesa el hígado, una punzada que lo ataca cada vez con más frecuencia, que se ensaña en su hígado y luego le revuelve las tripas con tal virulencia que él tiene que agarrarse con ambas manos del lavabo y aspirar profundamente, tembloroso, con un sudor frío empapándole el cuerpo. Permanece agarrado al lavabo hasta que del dolor sólo queda la sombra, reflejo siniestro, y su respiración retorna poco a poco a la normalidad, hasta que lo abandona esa sensación de total vulnerabilidad en que el mínimo movimiento amenaza con desmoronarlo. Vuelve a lavarse la cara, a observarse en el espejito, a constatar el temblor de sus manos. Cruza la azotea con paso desgarbado, como si recién hubiese recibido una paliza; escucha voces en una de las habitaciones del otro

60

lado. Entra con la idea fija de que debe comer algo en el acto, de que su estómago necesita algún alimento, aunque en este instante él no tenga precisamente hambre, se trata de poner una especie de colchón para que cuando beba la primera copa del día ésta no caiga en el tejido desnudo e irritado, se trata más bien del terror a que una nueva punzada le desgarre el hígado y por una lógica elemental cree que comiendo ese sándwich de jamón y queso que la Infanta dejó preparado desde anoche su organismo mejorará y la punzada trapera ya no tendrá razón de ser. Pero ahora que recién termina de masticar el sándwich y de beber el Gatorade, cuando se supone que debería comenzar a sentirse mejor, cuando su organismo tendría que salir fortalecido gracias a la ingestión del alimento, en vez de ello Alberto siente subir las arcadas, la inminencia del asco, las inmundas migas en la cresta de la contracción, y entonces se reprocha el haber comido y bebido tan rápido, prácticamente se tragó el sándwich, como si su estómago fuera adolescente y no el órgano ulceroso que con virulencia le reclama. Enfila de nuevo y a toda prisa hacia el baño, con las negras alas del vómito tratando de irrumpir por las comisuras de sus labios, y cuando por fin se acurruca frente a la boca del retrete, lo que expele es mucho más que trozos de sándwich, sangre, bilis y agüita amarilla, expele bocanadas de la poca vitalidad que aún le queda, expele los restos de sí mismo gracias a los cuales todavía puede nombrarse y recordarse, porque si de algo se ha enorgullecido a lo largo de su vida, si por algo cree que merece aplausos y una medalla al mérito, es por haber mantenido siempre la gallardía en el beber, aunque algunas veces en los últimos años le haya ganado el sentimentalismo al recordar el asesinato de su hijo Albertico, siempre ha bebido como un caballero, y contadas –muy contadas– han sido las veces en que se ha visto como beodo imberbe o estúpido amateur teniendo que pagar su falta de sabiduría acurrucado frente a un retrete, incluso en esta ocasión ha regurgitado no por estar en el vórtice de la embriaguez, ni por haber comido con demasiada prontitud el sándwich, sino porque se ha producido un trastocamiento profundo en su existencia, un quiebre que él mismo intuye pero prefiere no tratar de definir. Logra incorporarse poco a poco, abre el grifo para enjuagarse y lamenta haber dejado su cartera de piel con el cepillo y la crema dental en la habitación. Respira hondo.

11

Yace de nuevo tendido en la cama, en espera de que
su aparato digestivo se asiente; ha dejado la puerta entrea-
bierta para que el aire circule, pero también para escuchar el arribo de la Infanta, sabe que no lo dejará tirado,
aunque llegue muy tarde para darse importancia, no lo
abandonará, su corazón es más bien noble, y aunque él
pudo haber sido un tanto cruel con ella en la discusión
de anoche, también la Infanta se propasó, Alberto está seguro de ello. Bebe agua mineral a pequeños sorbos.
Quién lo viera despatarrado en esa cama, ahogándose en
un charco de derrota, con el viento de la agonía silban-
do acechante entre las habitaciones de la azotea. Quién
lo viera en semejante descalabro, cuando a estas alturas
esperaba al menos haber logrado que volvieran a nom-
brarlo embajador, sí, esa era su expectativa, lo que merecía, lo que hubiera hecho mejor que cualquiera, que lo
nombraran embajador de El Salvador en México, la óp-
tima culminación de su vida, un gesto a través del cual
la izquierda hubiera reconocido el importante papel jugado por Alberto en el proceso de negociaciones de paz
tras bambalinas, en el acercamiento informal con la derecha, un gesto con el cual los dirigentes comunistas hubieran expresado su agradecimiento a la hospitalidad y

lealtad brindadas por Alberto a lo largo de la guerra, un gesto cuya realización requería una sola y contundente precondición: que la izquierda ganara las elecciones de marzo, que la coalición encabezada por el FMLN se impusiera en las primeras elecciones de posguerra en El Salvador y le arrebatara el poder ejecutivo a la derecha, algo a lo que Alberto le apostó con un entusiasmo que reflejaba, más que sus simpatías políticas, la conciencia de que ésa era su única ruta para obtener un cargo y un salario a los que de otra forma no llegaría, porque su amigo Jaime ya le había advertido desde México que no habría más dinero, y la derecha de su país –pese a que él contara con tan buenos amigos dentro de ella– no le perdonaría nunca su renuncia a la embajada en Managua y sus declaraciones a favor de la guerrilla, precisamente en uno de los momentos más álgidos de la guerra civil, y algunos duros de los duros lo consideraban un borrachín traidor a quien jamás habría que tenerle confianza de nuevo. Iluso de ilusos: sólo a él pudo ocurrírsele que la izquierda ganaría cuando todo el dinero y el apoyo de Estados Unidos estaban con la derecha, sólo a él pudo ocurrírsele que ese conglomerado de grupos izquierdistas radicales y sectarios apoyaría sin zancadillas la candidatura de un político social cristiano moderado como el Chancleta Veloz. Y como no hubo triunfo sino derrota, y como no hubo rebatinga por el reparto de nuevos cargos sino cuchilladas a mansalva para defender posiciones dentro de las pequeñas estructuras partidarias de los grupúsculos sectarios, tampoco hubo entonces embajada ni el mínimo hueso para el ex-embajador Alberto Aragón, un tipo además que apenas podía ser considerado compañero de viaje por los revolucionarios y al que no se le tenía confianza porque se la pasaba chupando guaro. De ahí que en vez de aterrizar en un vuelo de primera clase, con sus cartas credenciales bajo el brazo, un sueldo de siete mil dólares mensuales en el bolsillo, la casa elegante y espaciosa en Las Lomas y el chofer esperando en el Mercedes Benz a la puerta, Alberto haya tenido que llegar tras una larga travesía en su vieja Rambler, con el cuerpo y el espíritu destrozados, con treinta dólares en el bolsillo, sin otro lugar donde caer muerto que este diminuto cuarto de azotea, sin otra comitiva esperándolo que dos ladrones prontos para robar su auto y, colmo de los colmos, una Infanta que, en lugar de estar ahora mismo a su lado apoyándolo en su esfuerzo por reasentarse en México, ha desaparecido tras una rabieta.

Una ráfaga de aire abre de golpe la puerta. Alberto sale del ensueño con sobresalto, deslumbrado por la luz del sol que irrumpió en el cuarto, aún con sabor a vómito en la boca y la sensación de que su estómago es un nudo tensionado, a punto a reventar. Ya casi son las diez de la mañana y la Infanta no aparece: lo ataca la rabia más que el temor, porque finalmente ella llegará empurrada, como si de él fuera toda la culpa. No puede esperar más; se le pasará el día. Abre la maleta en busca de su mono blanco, se calza unas zapatillas igualmente blancas; del maletín marrón saca la libreta con su directorio telefónico. Tiene que ordenarse, comenzar a moverse, impedir que la mala fortuna lo paralice. Llamará a Blanca para saber si ha recibido noticias de la Rambler; luego buscará a Jaime, al mayor Béjar y al Flaco, y por último marcará el número de la casa de los padres de la Infanta, aunque puede que tampoco lo haga. Eso es:

adelante, que puede prescindir de una niña si de salir del atolladero se trata, que aquí está él vivito y coleando y no se dejará achicar sólo porque una mocosa ha decidido darle una lección que a esta altura de la vida es lo último que él necesita. Y se dispone a pasar una vez más al baño para acicalarse antes de bajar a la calle cuando la tripa alcohólica lo detiene con brusquedad y le recuerda que las soluciones radicales son las más eficaces, él siempre ha conocido el mejor método para cortar de tajo ese temblor en las manos y esa crispación en el estómago, más le vale dejarse de mariconadas, carece de tiempo para meandros, la solución consiste en verter una pulgada de vodka y otra de agua mineral en el vaso de latón y en seguida lijar de un golpe el gaznate, inflamarse con la llamarada. Y así procede. Pletórico, entonces, sale al resplandor y se felicita por no haber dejado las gafas de sol en la guantera del auto.

12

El tipo que sale del edificio y se planta en esa calle de la colonia Santa María la Ribera es un peatón inusual por esos rumbos: su impecable mono blanco, sus zapatillas también blancas, sus gafas oscuras, su cabello plateado, su andar erguido –como si una varilla de hierro hubiese sido injertada en su columna– evocan más bien a un piloto de autos de carrera, ya retirado pero aún dandy y glamoroso, quien otea en busca de su último modelo descapotable en el que lo espera la joven rubia y esbelta. Otea y otea, pero el milagro no se produce: ni encuentra su Rambler ni a una Infanta que llegue. Y es que la idea lo había seducido en el elevador, mientras bajaba los nueve pisos; se le había insinuado primero como posibilidad y en seguida, por virtud de un mecanismo nebuloso, se convirtió en certeza, la certidumbre de que el robo del auto formaba parte de una pesadilla, de algo que no sucedió más que en su cerebro débil y enfebrecido a causa del viaje, de un sueño convulso y paranoico que por suerte terminaría en el momento en que él llegara a la calle y constatara que la Rambler estaba ahí, intacta, fiel, esperándolo. Por eso Alberto permanece un rato plantado en la acera, sin dar crédito, con la vista fija en el sitio donde debería estar aparcada la Rambler y donde ahora está un escarabajo Volkswagen; permanece estático, digiriendo una y otra vez su indefensión, y aunque su mirada recorre la fila de autos estacionados en la calle, comprende que la pesadilla no quedó allá arriba en la azotea, sino que lo acompañará en busca del teléfono público desde el cual empezará a mover los hilos para rehacer su vida. El sol le cae a plomada, hiriente, como si aún estuviese en la costa tropical y no en el altiplano.

Camina hacia la esquina más cercana, con su libreta de teléfonos en el bolsillo del pecho y la billetera en el trasero. No sabe con exactitud donde se encuentra, recuerda el nombre de la colonia pero no podría ubicarse con precisión en un mapa de la ciudad, su sentido de la orientación nunca ha sido algo de lo que pueda jactarse, y con el paso de los años esta deficiencia ha alcanzado niveles extremos, a tal grado que durante los últimos meses en San Salvador poco se atrevía a salir sin la Infanta, una extranjera como monaguilla, quien aseguraba que semejante pérdida del sentido de la dirección sólo puede ser causada por el exceso de alcohol, por la masacre de neuronas en la parte del cerebro de la que depende esa función; sin la Infanta muchísimas hubieran sido sus dificultades para llegar a ese edificio donde está el cuarto de azotea, hubiera pasado horas y horas dando vueltas, preguntando a los transeúntes, pidiendo ayuda a los policías de tránsito. Tiene que fijarse y apuntar el nombre de esta calle, ancha y de doble sentido, de tráfico duro y aceras repletas de comercio ambulante, tiene que recordar el nombre de esta calle donde ha encontrado el teléfono público y está ubicada a menos de cincuenta metros del edificio donde pernocta, tiene que repetirse el nombre San Cosme –que acaba de distinguir en el letrero de la esquina– y asociarlo con algo para que no se le olvide, pero con qué carajos podría asociar ese raro nombre de santo que le es tan ajeno. Saca su libreta de teléfonos, las monedas y descuelga el auricular. Blanca le dice que recién se comunicó con las autoridades y aún no hay noticias de la Rambler; Beti, la secretaria de Jaime, le dice que éste ha viajado a Guadalajara y regresará hasta mañana; el Mayor le recibe la llamada con efusión –«mi querido señor embajador, qué gusto de oirlo»–, pero se disculpa porque esta semana la tiene apretadísima, qué tal si lo llama el lunes, entonces Alberto le cuenta lo del robo de la Rambler y aquél reacciona, le pide los datos y dice que hará lo que pueda; la sirvienta de la casa del Flaco le dice que el ingeniero anda trabajando en Yucatán y que ella desconoce cuando regresará; marca el teléfono de los padres de la Infanta, pero corta la comunicación antes de que alguien conteste.

Y ahí está, sin haber gastado siquiera cinco minutos en hacer sus llamadas, desamparado, carente por ahora de otra idea que le abra puertas, sin energía para encontrar la forma de sacar el mejor provecho de otros teléfonos apuntados en su libreta, más bien con la sensación de que ya hizo su labor del día y que lo que ahora procede es tomarse una copa antes de que la resaca caiga con la violencia de un machete asesino en su cabeza. Y ahí está, en la esquina de San Cosme y San Epigmenio, diciéndose que al menos ya inició los contactos, las cosas tampoco están para matarse, Jaime y el Flaco pronto estarán de regreso y no le negarán la pequeña ayuda que necesita para instalarse, menos cuando sepan lo del robo de la Rambler, cuando se enteren de que no sólo carece de un departamento mínimamente decente sino de que ahora, a sus años, con sus dificultades, deberá moverse en transporte público. Lo que le urge es encontrar una vinatería donde pueda comprar hielo, aguas minerales y una botella de vodka –o de brandy, para cambiar de una vez en caso que le salga más barato–, una vinatería donde pueda aprovisionarse para regresar a su habitación de azotea y hacer frente a la espera de la Infanta, a la espera de noticias sobre la Rambler, a la espera de que sus amigos retornen y le echen una mano, a la espera de que la vida cambie su mueca grosera. Y avanza por San Cosme, se sumerge en el río de gente que coletea entre los puestos de los vendedores ambulantes, camina zigzagueando en ese cauce caótico, torrente de piratería, seguro de que más adelante encontrará la vinatería que supone, avanza a trompicones, apenas con la lucidez suficiente como para no ser arrebatado por la correntada, porque desde hace muchos años no caminaba en una zona así, ha perdido la práctica, si alguna vez la tuvo, el señorito de carro y almacenes precisos, camina con la poca pericia puesta en evitar que le saquen la billetera del bolsillo trasero y los ramalazos de atención en busca del rótulo que anuncie la vinatería esperada, avanza entre improvisados toldos bajo los cuales vendedores despliegan sus mercancías varias, vendedores que ofrecen sus productos a los gritos, decibeles por encima de la música electrónica que retumba desde las potentes bocinas de sus aparatos de sonido. Alberto trastabillea, mareado, ensordecido, a la merced del tumulto, casi da un traspiés frente a un puesto de relojes de pulsera, comienza a sudar, a presentir el inminente y destructivo golpe de la resaca, y la vinatería no aparece, qué tal si camina cuadras y cuadras sin que la vinatería aparezca, qué tal si en ese lado de la calle no existe ninguna vinatería y él termina extraviado en un peligroso recoveco de la ciudad, ya de por sí caminar en medio de esos centenares de desconocidos constituye un peligro al que se está exponiendo irresponsablemente, en cualquier momento le pegan un empujón para despojarlo de su billetera, de su reloj de pulsera y de sus gafas oscuras. Por eso se detiene frente a un puesto en el que venden cinturones, carteras y otros artículos de cuero, para preguntarle al ladino de camisa floreada y cabello hirsuto si de casualidad sabe dónde hay una vinatería en los alrededores; y el ladino, decepcionado porque ese guapo no tiene interés en comprarle nada, le dice de mala gana que siga caminando, que más adelante encontrará lo que busca. Y Alberto no tiene otra opción que seguir avanzando, casi pierde las gafas al chocar con una ringlera de chaquetas colgadas de un toldo, está seguro de haberse despeinado, por suerte no se cayeron las dichosas chaquetas, él se hubiera metido en problemas, pero en seguida se ve empujado por una multitud que se arremolina alrededor de un tipo que invita a punta de alaridos a que los valientes apuesten a encontrar donde está la monedita. Alberto sale de aquel barullo, alcanza la siguiente esquina, empieza a sudar, se pregunta si lo más prudente es continuar la búsqueda o regresar a su habitación de azotea a esperar que la Infanta llegue y asuma la tarea de encontrar la vinatería, pero la sola idea de volver luego de semejante travesía sin una botella entre manos para recuperarse de la fatiga, la sola idea de caer fulminado por la sed y la resaca bastan para que él continúe su camino, resignado a entrar de nuevo a ese maremágnum de gente, toldos con mercan-

71

cías y gritos de vendedores. Y entonces, unos metros adelante, milagrosamente, Alberto logra distinguir las botellas en el escaparate: he aquí por fin la vinatería, escondida detrás de un puesto de discos compactos, hubiera podido pasar de largo si su olfato no lo hubiera alertado, le encanta saber que está en forma, que su instinto lo ha conducido por esta ruta y su olfato le ha advertido del sitio exacto, pero su regocijo dura apenas unos instantes, porque una vez que sortea el puesto de discos y encuentra el pasadizo hacia la entrada de la vinatería, descubre el rotulito colgante tras la puerta de cristal que dice «cerrado», un rotulito tremebundo que lo sume en la mayor consternación y que luego estampa en su jeta la mueca del hombre desesperado, tan desesperado que el indio yaqui de la mata de pelo le dice que la vinatería abrirá hasta dentro de aproximadamente media hora, el indio yaqui encargado del puesto de discos compactos ha percibido el estupor en ese tipo de mono blanco a quien el diablo de la resaca está a punto de fulminar y por eso se apiada de él y le repite que la vinatería abrirá en un rato y que mientras tanto puede ir a sacarse el diablo a la cantina El Despertar, que ésa sí ya está abierta, una buena cantina para gente madrugadora a la que Alberto puede llegar en un santiamén, nada más debe caminar hasta el final de la cuadra y luego meterse veinte metros a la izquierda, ahí la encontrará, sin ningún problema, un oasis donde podrá tomar dos nutritivas copas mientras espera a que la vinatería abra.

13

Ha empujado las puertas batientes de cristal esmerilado de El Despertar, ha entrado a la penumbra fresca y reconfortante, ha percibido ese aroma en el aire que rezuma confesiones y complicidades, ha sentido la mutación de su metabolismo y lo que hace unos segundos era calor, sofoco y angustia, ahora es respiro, calma, certeza de que su sed será inminentemente saciada. Enfila hacia una mesa de rincón, se sienta y coloca sus gafas oscuras junto al salero. ¿Hace cuánto no entraba a una cantina? No recuerda con precisión, pero sabe que fue hace más de tres años, cuando a veces aún servía como guía turístico para uno que otro comandante guerrillero bisoño y provinciano que arribaba a la ciudad de México a participar en las negociaciones de paz, hace más de tres años y seguramente se trató de La Ópera, la cantina del centro de la ciudad donde están los orificios en el techo de unos balazos de Villa o de Zapata –no podría precisar de quién– y que junto con la Basílica de Guadalupe eran los puntos obligados en la romería de los revolucionarios salvadoreños; pero Alberto en México nunca fue parroquiano de cantina, su ritual cotidiano desde hace años consistía en beber en su casa desde las once de la mañana hasta la noche, en recibir a sus amigos y a sus enlaces políticos para rociarlos de licor de tal forma que florecieran los informes y la conspiración, en salir a departir a lugares públicos única y exclusivamente cuando era indispensable, cuando intentaba seducir mujeres como en sus años mozos.

Los pocos parroquianos lo miran con curiosidad –y más de uno con recelo: ha penetrado a una cueva en la que todos se conocen o se intuyen, un antro para los desvelados o tempraneros del barrio. Hasta donde recuerda, tiene el equivalente de treinta dólares en la billetera, sobrante de los cien que cambió en Tapachula, cantidad con la que puede pedir una copa y luego comprar un par de botellas en la vinatería; beberá vodka, aunque sea unos pesos más caro, y cambiará al brandy hasta otro día, cuando su estómago esté en mejores condiciones. La mesera es una chica entrada en carnes; viste minifalda a cuadros y medias gruesas tipo terapéutico; un diente de oro brilla en su jeta. Alberto recuerda el antiguo refrán –«No hay puta sin diente de oro ni pendejo sin portafolios»– y pide un Smirnoff con agua mineral y mucho hielo. Después de todo, piensa, la suerte con su mueca severa aún le hace guiños, de otra manera no se hubiera encontrado a ese indio yaqui de la mata de pelo quien solícito le indicó la ruta de la curación, aún quedan personas confiables, atentas al prójimo, para quienes la vida es algo más que trampa y desprecio. La chica trae su bebida; quizás esas medias sean para esconder las várices o la celulitis. Y hablando de celulitis: ¿y si la Infanta está ahora mismo esperándolo en la habitación de azotea? Vierte agua mineral en el vaso cargado de hielo y vodka, brinda por el indio yaqui y saborea un largo trago.

Y aquí está Alberto Aragón, sosegado, sorbiendo de su vaso, tratando de escapar de cualquier pensamiento que lo hiera, tratando de subir, de escalar, de alcanzar un lugar donde pueda ver las cosas de otra manera, con lucidez, con distancia, donde la desesperación sea un cliente apenas vislumbrado al otro lado de la cantina, alguien ajeno a la solitaria y silenciosa celebración de esta mesa. La chica de la minifalda trae un platito con cacahuates y le pregunta si quiere un caldo de camarón, una botana para que se sacuda la cruda, un caldo picante y ardiente que lo hará sudar la resaca, pero Alberto ya ha sudado en su travesía desde el teléfono público y su estómago no resistiría semejante provocación. ¿Y si nunca encuentra a sus amigos, si estos se niegan una y otra vez a recibir sus llamadas, si le dan largas todo el tiempo, si le salen con excusas para no prestarle el dinero que él necesita con urgencia? ¿Y si se repite el círculo vicioso de San Salvador, donde no sólo lo abandonaron los políticos de quienes ingenuamente esperaba un hueso, sino también sus amigos de siempre, aquellos con quienes compartió correrías e infortunios? Sacude su cabeza; apura el trago. Nada queda de lo vivido sino en la memoria, nada persiste una vez que ésta se apaga; nadie queda ahora en la vida de Alberto como no sea la Infanta. ¿Y si ésta también lo abandona? ¿Y si desde hoy le toca quedarse íngrimo en esa habitación de azotea, sin otro contacto con el mundo que las esporádicas visitas de Blanca? ¿Y si en este mismo instante está viviendo ya en una absoluta soledad de la que no se ha enterado? ¿Tendrá el valor de aceptar que todo ha terminado, tendrá el valor de seguir los pasos de su padre, de tomar la implacable decisión ante la cual al viejo Pericles seguramente no le tembló la mano? Cierra los ojos para recuperar una imagen que sólo está en su cabeza, la imagen que tuvo que construir en su mente para suplantar una realidad de la que él estuvo ausente –porque cuando el viejo Pericles se descerrajó el tiro en la sien, Alberto vivía en Costa Rica–, esa imagen de la que luego ha preferido escapar por una especie de miedo animal al dolor, a la vejez, a la desesperanza. Y ahí va el viejo Pericles, con sus 73 años a cuestas, entero por fuera pero con los pulmones escocidos por el cáncer del fumador empedernido, caminando por la Primera Calle Poniente hacia el Hospital Rosales para sufrir la que será su primera y última quimioterapia con radiaciones, sabedor de que el fin ha llegado y que deberá enfrentarlo con el mismo sarcasmo que le ha permitido sobrevivir en medio de la imbecilidad y la barbarie generalizadas, sabedor de que ningún sufrimiento tiene sentido si de lo que se trata es de engañarse a sí mismo y de torcer por la ruta de la cobardía, que si la muerte está tocando la puerta hay que abrirle, de una vez, sin la dilación del mariconcito que corre a refugiarse bajo la cama y tapa sus oídos para no escuchar los golpes que apuran, sin la ingenuidad del que se postra de hinojos esperanzado a que sus rezos y súplicas hagan que la visitante desista y clemente se retire, la puerta debe abrirse de una vez, con pulso firme, por eso no hubo otra sesión de radiaciones, porque Pericles comprendió que todo dolor y toda esperanza eran inútiles, y del hospital partió hacia su casa, entró a su pequeño despacho, tomó papel y pluma para escribir la nota en la que deslindó responsabilidades, sacó el viejo revólver 38 de la gaveta del escritorio, lo cargó y descargó un par de veces, se quitó los anteojos, encendió un último cigarrillo y paladeó varias bocanadas, apoyó la boca del cañón en su sien derecha y jaló el gatillo.

Alberto siente el nudo en la garganta, los ojos acuosos, la inminente lágrima. Bebe otro trago de vodka y en seguida se pone sus gafas oscuras: detestaría que lo vieran como un viejo llorón en esa cantina que con tanta amabilidad apareció en su día. La chica de la minifalda se acerca a preguntarle si quiere otra copa; él dice que por el momento no, tal vez más tarde, aún queda un dedo de vodka en el vaso. Saca su billetera para contar cuanto dinero tiene exactamente, para saber si le alcanza para beber esa otra copa que le permitiría salir de la cantina cuando con toda seguridad la vinatería ya esté abierta. Entonces los detecta, cuando está hurgando su billetera siente las miradas procedentes del lado de la barra, y ahí están, a tres mesas de distancia, sin disimulo, atentos a lo que él hace, los dos tipos torvos a quienes encontró en la azotea y que sin duda se robaron la Rambler, dos sujetos que se han propuesto desplumarlo y lo han seguido desde el edificio sin que él se percatara, han entrado a la cantina sin que él se percatara, lo han estado cazando sin que él se percatara. Bebe lo que resta de la copa. Tiene que salir de ahí de inmediato, evitar que esos pillos lo sorprendan, pasar rápidamente por la vinatería y alcanzar su cuarto de azotea donde la Infanta ya debe estar esperándolo. Le hace señas a la mesera para que le traiga la cuenta.

14

Antes de ponerse de pie lo pensó, antes de salir al sol deslumbrante e hiriente volvió a preguntárselo, incluso cuando ya estaba en la acera y enfilaba hacia la calle principal tuvo un último atisbo de duda: ¿no estaría exagerando, no estaría dándole rienda suelta a su paranoia, no estaría desvariando a causa de una debilidad prolongada, de una excitación nerviosa extrema? ¿Cómo puede asegurar que se trata de los tipos de la azotea cuando a estos ni siquiera logró verlos con precisión, cuando ni siquiera podría describir sus facciones? ¿No serán tan sólo una pareja de parroquianos en quienes él no se había fijado y que sentían curiosidad por un bicho extraño en esos rumbos? Pero no es una cuestión visual, sino de olfato, de instinto, de estómago, el ladrido del viejo sabueso que lo ha sacado de tantos apuros, que le ha salvado la vida suficientes veces como para que ahora quiera ignorarlo, el viejo sabueso que le dice «a poner pies en polvorosa, camarada», un ladrido de alerta al que obedece y que lo lleva de nuevo a recorrer la tumultuosa calle San Cosme, a avanzar entre los vendedores ambulantes en busca del puesto del indio yaqui donde –antes de torcer hacia la vinatería– volteará a ver si los dos sujetos de la cantina vienen tras sus pasos, donde incluso podrá esperar unos minutos resguardado del sol bajo el toldo en caso la vinatería aún no haya abierto. Pero ha caminado más de media cuadra y ni el indio yaqui ni la vinatería aparecen, ha caminado casi hasta la siguiente esquina y ni señas de su destino, como si la multitud y el bochorno le estuviesen jugando la broma de esconderlos, de desaparecerlos, como si ya hubiese entrado al mundo de las alucinaciones, como si el hormiguero sudoroso y el estridente griterío fuesen parte de una pesadilla de la que despertará en cualquier momento, una pesadilla de aprensión y desfallecimiento de la que podrá salir ahora mismo que está llegando a la bocacalle. Pero ningún despertar acontece, sino la desazón y el desconcierto: no es posible que haya pasado por alto al indio yaqui y a la vinatería, aunque viniera aprensivo por la torva pareja de la cantina; no es posible que haya caminado en la dirección equivocada a causa del azoro y del cansancio. Carajo: tiene que orientarse, ver los rótulos con los nombres de las calles, compararlos con los que tiene apuntados en su libreta. Y entonces se palpa el bolsillo del pecho y descubre horrorizado que la libreta no está ahí, su invaluable directorio telefónico no está donde debería estar, ni en el bolsillo del pecho ni en los del pantalón, la libreta que lo ata al mundo ha desaparecido, quizá la dejó en el teléfono público o en la cantina o alguien se la extrajo en medio del barullo. El estupor lo paraliza, lo deja a merced de la correntada de gente que pronto lo empuja hacia la cuneta, un estupor que con celeridad se convierte en vértigo, un vértigo que lo obliga a apoyarse en el poste del tendido eléctrico, a respirar profundamente para evitar el colapso, porque la pérdida de esa libreta significaría su derrota postrera, le costaría un mundo volver a conseguir los números telefónicos de Jaime, del Flaco, del Mayor y de tantos otros. Debe hacer un esfuerzo por recuperarla. ¿Dónde la dejó? Cree que en la pequeña repisa bajo el teléfono público; en la cantina no recuerda haberla sacado. ¿Cómo se llama la calle sobre la que está su edificio? Alza la vista para leer los rótulos en la bocacalle: San Cosme y Santa María la Ribera. ¿Hacia dónde enfilar? En ese momento los reconoce en medio del tropel, a los dos tipos que estaban en la cantina, no sólo lo han seguido sino que ahora lo señalan en el colmo de la impudicia para que él no tenga dudas de que vienen a cazarlo, a terminar de desplumarlo. Una súbita descarga de adrenalina lo impulsa a incorporarse, a huir de esos cafres, a perderse entre el tumulto, a caminar lo más de prisa posible entre la multitud que se aglutina frente a los puestos de vendedores ambulantes, a abrirse paso a empellones, no es para menos, debe impedir que lo alcancen, aunque los transeúntes lo insulten por los pisotones, debe encontrar la forma de desaparecer, evitar que ellos puedan atacarlo, mientras avanza sin voltear a ver hacia atrás, para no perder tiempo, casi choca con una venta de zapatillas tenis, cada vez le cuesta más trabajo abrirse paso, quizá porque la muchedumbre se aprieta o porque su corazón ya no puede seguir bombeando con el mismo ritmo, si encontrara al indio yaqui le pediría ayuda, pero está perdido, no tiene la menor idea de la dirección en que camina, sólo sabe que debe conseguir un lugar donde esconderse, porque en un luzazo comprende que el indio yaqui está confabulado con los tipos que le pisan los talones, carajo, el indio los envió directamente a la cantina, debe encontrar un policía, eso es, un policía que le ayude a deshacerse de sus perseguidores y a localizar la calle donde está su edificio, le escasea el aire, no puede continuar más a esa velocidad, voltea a ver hacia atrás y descubre que los tipos están a punto de darle alcance, se aterroriza, pero ya sólo puede dejarse llevar por la correntada de gente que fluye hacia la entrada del Metro y bajar en masa las escaleras. Entonces ve a los agentes uniformados junto a los torniquetes y, desfalleciendo, se dirige hacia ellos.

15

Despierta en un lecho desconocido, en una habitación también desconocida, con la punzada trapera en el hígado, con un dolor atroz que lo hace desear de nuevo el sueño, la inconciencia, la nada, un dolor que lo paraliza y lo obliga a evocar a una pandilla de psicópatas que destrozan encarnizadamente su hígado a punta de picahielazos. Ha despertado pero ha vuelto a cerrar sus ojos porque la intensidad que carcome y cuece sus entrañas no le deja ninguna energía para el mundo de afuera, porque toda distracción resulta imposible cuando una corriente de hierro derretido destroza su costado. Está despierto y suda a chorros, febril, con la sensación de que ella tocará la puerta en cualquier momento, de que ahora mismo quizá ya la está tocando y él no puede ponerse en pie para ir a abrirla, no puede responder como debería hacerlo, con decisión y firmeza, como lo hizo el viejo Pericles, sino que tendrá que esperar tendido, inútil, a que ella abra y entre parsimoniosa, segura de que él está paralizado por el terror y no por ese calambre de fuego que se ha instalado en su abdomen. Y en ese vórtice del dolor, cuando supone que la muerte acecha afuera de la habitación desconocida, Alberto llega a la imagen que lo ha atormentado una y otra vez durante los últimos catorce años, al recuerdo que lo hace llorar siempre que retorna, a la visión tremebunda del cuerpo engusanado de Albertico, del cuerpo engusanado de Anita, los cuerpos de su único hijo y de su nuera despedazados en aquella fosa anónima, los cuerpos que había buscado desesperadamente durante una semana aparecían ahora casi a ras de suelo, ya en avanzado estado de descomposición, aparecían a medida que el poblador de la zona cavaba con la pala en el mismo lugar donde una semana atrás los había enterrado, una mañana lluviosa había enterrado aquellos despojos torturados, despedazados y con el tiro en la sien, unos despojos que la noche anterior habían sido tirados por un escuadrón de la muerte a un lado de la carretera, los habían sacado de una pickup y les habían pegado el tiro a esos cuerpos que quizás aún respiraban pero que ya estaban irreconocibles de los golpes y los machetazos con que habían sido torturados, así le dijo el poblador cerca de cuyo rancho tiraron como perros a Albertico y Anita, el poblador que después de que el juez de la zona hacia el final de la tarde los declarara desconocidos procedió a enterrarlos ahí mismo para que la peste desapareciera, porque con aquel calor infernal la carne se descomponía en un santiamén, y los escuadrones de la muerte del ejército habían escogido la carretera Litoral, la que recorría todo el país bordeando la costa, para aventar los cadáveres de las decenas de opositores a los que asesinaban diariamente, una carretera que Alberto había recorrido numerosas veces durante la última semana en busca de los cadáveres de Albertico y Anita, desde que tuvo la certeza de que éstos estaban muertos y no habría posibilidad de sacarlos de ninguna cárcel, desde que confidentes desde dentro del gobierno y del ejército le hicieron saber que esos dos jóvenes que habían sido capturados el domingo a la salida de su casa de la Colonia Costa Rica por un grupo de hombres vestidos de civil y fuertemente armados ya eran cadáveres, desde que en su corazón sintió que Albertico ya no vivía, desde que decidió entonces buscar entre las decenas de cadáveres que aparecían diariamente para tener la certeza de su muerte y darles un entierro digno, desde entonces recorrió numerosas veces la carretera Litoral viendo cadáveres mutilados de la manera más salvaje y preguntando a los pobladores sobre las características físicas de aquellos que habían sido enterrados sin identificar, con la esperanza de que alguno de ellos respondiera al aspecto de Albertico o de Anita, ambos con peculiaridades físicas claramente distinguibles entre el común de los salvadoreños –un tipo muy alto, blanco y con el negro cabello ensortijado, y una tipa también muy alta, pálida y rubia como típica danesa–, desde entonces recorrió infructuosamente esa carretera, carcomido por la angustia, por la ansiedad, porque de sopetón el mundo se le había venido abajo y lo había dejado indefenso en el torbellino de la tragedia, hasta que esa mañana a primera hora recibió el telefonema en el que le decían que a la altura del kilómetro 50 de la carretera Litoral, pasando el segundo túnel, del lado derecho de la carretera, en la jurisdicción de Mizata, habían enterrado una semana atrás dos cuerpos que respondían a las características de Albertico y Anita, eso le dijeron en la llamada, una voz de hombre que no se identificó, porque los tiros no estaban como para estar sacando la cabeza –era el año del terror, de la carnicería, del inicio de la guerra y quince días más tarde asesinarían a monseñor Romero. Y Al-

85

berto supo, cuando colgó el teléfono, que aquélla no era otra broma macabra, que esa información era fidedigna y no una basura más con la que los asesinos se divertían intoxicándolo: la corazonada del padre, se dijo. Presto estuvo en el auto que le había prestado su amiga y ex-cuñada, La Sapuneca, en el que había recorrido el país de cabo a rabo, no pocas veces seguido por los sabuesos militares, el auto en que llegó a la altura del kilómetro 50, donde sin mucha dificultad encontró el rancho del poblador que había enterrado los cadáveres y que ahora, luego de ofrecerle una paga, estaba abriendo la tierra para que aparecieran los despojos ya descompuestos pero aún reconocibles para Alberto. Y en medio de aquel tufo infecto, con el pañuelo cubriendo su boca y su nariz, en ese terreno contiguo a la carretera, de espaldas al mar y frente al hombre que cavaba, no pudo contener el llanto, un llanto convulso, casi explosivo, que borboteaba desde sus entrañas, porque tenía una semana de contenerse, una semana de comportarse como hombrecito ante la peor tragedia de su vida, una semana de controlar sus nervios, de no dejarse hundir, de buscar hasta debajo de las piedras a su hijo del alma y a esa pobre danesa que nunca imaginó el macabro destino que la esperaba.

Parpadea, puro reflejo, sin poder salir de ese dolor que se ha estacionado en su costado derecho con la pesadez de lo que tiende a volverse rutina, de ese dolor que ha tomado total control de su cuerpo y de su mente, un dolor que agarra a su pensamiento por los cabellos y lo arrastra al pantano de la culpa y las recriminaciones, porque Albertico nunca debió haber regresado a San Salvador en el preciso momento en que comenzaba la peor guerra civil de su historia, porque él nunca debió haber permitido que su hijo regresara a San Salvador donde sólo podía encontrar una muerte segura, porque él mismo debió haber sido prudente y permanecer en San José de Costa Rica ajeno a los entusiasmos oportunistas desatados por el golpe de Estado del 15 de octubre de 1979 entre sus amigos comunistas, quienes solícitos aceptaron participar en una fugaz Junta de Gobierno que sólo sirvió para que los gringos y los militares ganaran tiempo a fin de planificar con mayor eficiencia el genocidio, una fugaz Junta de Gobierno torpedeada desde las dos extremas y que sólo sirvió para que éstas se prepararan mejor para la guerra. Si él hubiera permanecido en San José, si él se hubiera mostrado apático, si él hubiera controlado su ambición y no hubiera aceptado la propuesta de sus amigos comunistas de volver a El Salvador a jugar un papel de enlace con los demócrata cristianos, quizá tampoco Albertico se hubiera entusiasmado en retornar al país a meterse de lleno en el activismo político de un partido comunista que apenas duró dos meses en la Junta de Gobierno y en seguida pasó a la clandestinidad y a participar en la lucha armada contra esa misma Junta y el ejército, un activismo político para el que no estaba preparado porque tenía más de siete años de vivir y ejercer su militancia en Costa Rica, un país de hombres mansos y razonables, donde el comunismo era una curiosidad tolerada, y no la peste generalizada que se combatía a sangre y fuego en El Salvador, y por si esto fuera poco, cuando el partido decidió pasar a la clandestinidad y se sumó a las organizaciones guerrilleras, Albertico persistió en sus actividades públicas, sin entrenamiento en los usos de la conspiración clandestina ni en las artes militares, expuesto a lo peor, cordero rezagado en la barranca de la legalista ingenuidad de los comunistas. Pero, y si Alberto hubiera permanecido en Costa Rica, ajeno al huracán revolucionario de su país, curado de una vez y para siempre de toda participación política luego de que tuviera que exiliarse junto con su familia a causa del golpe de Estado de marzo de 1972, ¿hubiera garantizado que Albertico se mantuviera al margen?, ¿hubiera podido controlar el ímpetu de un joven de 27 años, recién llegado de Moscú, egresado de un curso de seis meses en la escuela de cuadros del partido, con todas sus energías dispuestas a participar en el gran cambio que el partido supuestamente propiciaría en El Salvador? Se lo ha dicho una y mil veces: no hubiera podido hacer nada. Pero esas explicaciones de poco le sirvieron: desde entonces la culpa ha estado ahí, en sus entrañas, cociéndolo a fuego lento, una culpa profunda, esencial, atávica, relacionada con esa pasión por la política que ha vivido como su vicio supremo, como su gran perversión, un vicio que lo llevó a perder la vida de su hijo y a terminar sus días abandonado e indigente, una culpa atizada por su ex-mujer, la madre de Albertico, Estela, quien desde que él la llamó a Costa Rica para decirle que Albertico y Anita habían desaparecido, al parecer secuestrados por los escuadrones de la muerte, nunca ha dudado en achacarle la tragedia, una hija de castellanos tozuda y rencorosa que desde que pisó territorio salvadoreño –tomó un vuelo procedente de San José esa misma tarde luego de enterarse que los cuerpos ya habían sido encontrados– trató a Alberto como el único culpable de toda aquella tragedia, incluso en aquel velorio macabro, con la funeraria rodeada por pistoleros acechantes, con el salón vacío porque nadie se atrevía a desafiar las leyes del terror y del Estado de Sitio y únicamente media docena de familiares y un par de amigos de juventud de Albertico estaban presentes, aún así Estela trató a Alberto como si éste fuera el gran culpable.

Alguien ha abierto la puerta de esa habitación desconocida. Alberto ha escuchado el chirrido claramente. Pero mantiene los ojos cerrados, prefiere que lo dejen en paz, no importa quién sea; está sudoroso, febril, con la sensación de que el dolor se expandió y ha perdido fuerza. Ya puede respirar con más normalidad. Poco a poco comienza a relajarse, a percibir el sosiego que sigue a la convulsión, sosiego que despierta la lucidez y activa la memoria inmediata de Alberto, aquélla gracias a la cual recuerda el momento en que se acercó desfalleciente a los dos agentes de policía que estaban a un lado de los torniquetes por los que entraban centenares de personas al Metro, con la intención de denunciar a esos dos sujetos que lo perseguían desde la cantina, dos sujetos que seguramente también habían robado su auto y que ahora querían arrebatarle todas sus prendas y dinero, y cuando se aprestaba a hablarle a los agentes y buscó a sus perseguidores para señalarlos entre el gentío, estos ya casi estaban a su lado y le tendían atentos su libreta de teléfonos que él había olvidado en la mesa de la cantina. La súbita entrega de su preciada libreta de teléfonos desconcertó a Alberto, le impidió reaccionar de inmediato, cambiar radicalmente su visión de esos tipos −muy extraños, por cierto− y permaneció como atontado, sin saber qué decir, lelo entre la multitud y bajo la mirada curiosa de los policías, hasta que logró mascullar «gracias», tomó su libreta y le tendió la mano a los tipos, quienes le sonrieron y volvieron tras sus pasos. Y entonces Alberto supo que debía seguirlos, para abrirse paso más fácilmente entre las masas que bajaban, por lo que luego de guardar la libreta en el bolsillo a la altura del pecho, echó a andar escaleras arriba, un par de metros detrás de los tipos, haciendo un esfuerzo enorme, porque de pronto se sintió cansadísimo, exangüe, como si los restos de su energía los hubiera gastado en la huida y ahora que debía dar alcance a los tipos para preguntarles hacia dónde quedaba la calle de su edificio no tenía ninguna reserva, pero logró salir a la luz de la calle y caminando a todo lo que daban sus piernas, una vez más entre empellones e insultos de los transeúntes que baboseaban viendo las mercancías de los vendedores ambulantes, les dio alcance en la esquina. Sólo recuerda los dos rostros que volteaban y de súbito el mundo hizo un giro violento que cortó su memoria.

16

Observa las paredes calizas, descascaradas, sucias, desnudas, sin un solo adorno. Está sobre un colchón tirado en el suelo; a su lado hay otro colchón y a sus pies una silla con ropa. Huele a encierro, a humedad. Una luz grisácea entra por la ventana. Trata de incorporarse, con dificultad, hasta que logra sentarse. Mira su reloj: son las dos de la tarde. Carajo: han pasado casi tres horas desde su último recuerdo. Se palpa: todo está en su lugar: la billetera, la libreta, las llaves; sus gafas oscuras yacen sobre la silla. ¿Qué ha pasado? ¿Dónde se encuentra? ¿Cómo llegó ahí? Disfruta una sensación de tranquilidad, de paz interior, una sensación que no recuerda haber experimentado, como si el ataque que le retorció el hígado y el recuerdo de Albertico lo hubieran purificado, como si ya nada importara, ni el hecho de que él no sepa dónde está ni quiénes son los tipos que lo han llevado ahí, ni el hecho de que la Infanta seguramente lo está esperando en la habitación de azotea, agobiada por la preocupación y la culpa, ni el hecho de que desconozca si sus amigos le ayudarán y podrá salir de la miseria en que está sumido, nada es tan importante. Se siente despierto, lúcido, silencioso en su interior. Permanece sentado en el colchón unos minutos, sin ganas de salir de esa especie de estado de gracia, hasta que uno de los tipos abre la puerta, un trigueño de rasgos afilados y nariz aguileña, alto y delgado, con cierta picardía infantil en su expresión, gesticulante, afeminado.

Por fin ha despertado el señor, dice el trigueño, creyeron que se les quedaba en el viaje, que colgaría los tenis, el susto que les metió cuando vieron que se les acercaba en la bocacalle a la salida del Metro y de un momento a otro se desvanecía, inconciente, en medio de aquel gentío, bajo ese tremendo sol. Alberto trata de ponerse de pie, pero está débil y el trigueño le dice que no se apure, que permanezca en el colchón, aún no se repone, ahora mismo Yina le traerá un suero oral y Calamandraca una sopa «levanta muertos» para que recupere sus fuerzas. Y anuncia, guasón: niños, nuestro invitado ya despertó, mientras quita las cosas de la silla y la acerca adonde yace Alberto. Entonces entra el otro tipo seguido de una muchacha: él, también trigueño, pero de cara redonda, con gafas de carey y un bulto, una deformidad, en la mejilla izquierda, trae un plato hondo humeante que pone sobre el asiento de la silla; ella, de piel blanca, cabello oscuro, la cara con granos y las piernas sin afeitar, trae un bote de plástico con suero que entrega a Alberto. El tipo del bulto en la mejilla izquierda los presenta: la chica se llama Yina, el guasón afeminado Fito y quien habla Calamandraca. Cortés, despabilado y sorprendido por la atención de los tipos, Alberto se presenta, les agradece, pregunta cómo ha llegado hasta ahí, qué hicieron ellos cuando él sufrió el desvanecimiento, si están muy lejos de donde se encontraron, si en seguida le pueden indicar cómo llegar a la calle en la que se ubica su edificio –y saca la libreta de su bolsillo a fin de buscar el nombre de la calle. Fito el guasón le dice que no hay prisa, primero debe recuperarse, y le señala la sopa, una maravilla inventada por Calamandraca capaz de quitar la peor resaca, de inyectarle energía al más debilitado, una receta original y única, un menjurje mágico que lo hará sentirse nuevo, después de ingerirlo no volverá a ser el mismo. Y mientras Alberto toma la sopa hecha con base en hueso de res, con pocas verduras y muchas hierbas diversas, y bebe el suero oral para rehidratarse, Calamandraca le cuenta que por suerte se desmayó casi enfrente de ellos, por lo que no alcanzó a caer al suelo, pudieron asirlo entre ambos y luego llevarlo en andas hasta el taxi que los trajo a este departamento, conducidos por un taxista que no dejó de verlos con sospechas y que hizo todas las preguntas que pudo, un departamento que está a unas diez cuadras de donde tuvo el percance, si no menos, y que en cuanto él se reponga con mucho gusto le indicarán cómo llegar a su edificio. Calamandraca está de pie, del lado de la puerta; Fito y Yina se han sentado en el otro colchón, frente a Alberto. Ella le pregunta qué tal le está cayendo la sopa; Alberto asiente, con la boca llena. Suerte que nos dimos cuenta de que había olvidado su libreta en la mesa de la cantina, dice Fito, en cuanto nos percatamos de ello Calamandraca fue a recogerla, a traerla a nuestra mesa para ver de qué se trataba y al hojearla descubrimos su dirección en El Salvador y las tarjetas de presentación de salvadoreños, por eso nos lanzamos tras usted, acota Calamandraca, lo habíamos visto purgando una resaca de bachiller en esa cantina que evidentemente no forma parte de sus rumbos, y ahora resultaba que era un compatriota, se mete Fito con más guasa, un hermano lejano quién sabe en qué dificultades, entonces decidimos darle alcance para entregarle su libreta, continúa Calamandraca, supusimos que era muy importante para usted pues no llevaba otra cosa entre manos y por suerte con su mono blanco fue fácil distinguirlo entre la multitud, fácil distinguirlo pero no alcanzarlo, de nuevo chancea Fito, iba como chucha cuta en estampida, como si el diablo le fuera pisando los talones, seguramente creyó que nosotros éramos mañosos que queríamos asaltarlo, ¿verdad que sí?, a lo lejos se le miraba el miedo en el rostro, la pálida que lo acicateaba, pero ya encarrerados nosotros hasta gracia le hallamos a la persecución, dice Calamandraca, lo que nunca imaginamos era que acabaría desmayándose.

Alberto ha terminado la sopa; bebe el último trago del suero oral. Está anonadado por el hecho de que esos sujetos sean salvadoreños, vaya coincidencia extraordinaria, vaya mensaje del destino que aún debe descifrar. Una sensación de placidez se extiende por su estómago, su costado, su vientre. Vuelve a acostarse. Calamandraca le pregunta hace cuánto llegó de El Salvador, a qué se dedica allá, cuánto tiempo estará por acá, qué ha venido a hacer. Alberto siente pereza, ganas de echarse otra dormida, la levedad de quien considera que cualquier explicación es inútil, pero sus buenas maneras pueden más que su deseo de adormilarse, sobre todo con esos tipos que se han comportado como caballeros con él, por eso habla sin énfasis, cuenta como si se estuviera refiriendo al personaje de una novela leída años ha, relata con la sensación de que la angustia y la preocupación que lo han carcomido en los últimos meses han quedado atrás, abandonadas en un sitio remoto, habla sin coartadas, sin autoconmiseración, cuando empieza diciéndoles que ha venido a México a morir lejos de la tierra de ingratos donde le tocó nacer, que seguramente vivirá unos meses más gracias a la ayuda de algunos amigos mexicanos que aún le quedan, pero que su ciclo está a punto de cerrarse, no tiene empleo ni muchas posibilidades de trabajar, administró varias empresas a lo largo de su vida, pero en esencia se dedicó a la política y fue embajador, durante siete meses fue el excelentísimo señor embajador de El Salvador en Nicaragua, lo dice casi con sorna, como si ni él mismo se lo creyera, como si el cargo más alto obtenido en su vida visto desde donde ahora se encuentra fuera la pura ridiculez. En seguida les cuenta que se encuentra sin dinero y, para colmo de males, anoche le robaron la camioneta Rambler en que recién llegaba desde El Salvador. Los tres voltean a verse con sorpresa. Calamandraca dice que lo dejarán solo para que se eche otra pestañita, para que se recupere del todo y entonces puedan platicar a gusto. Salen de la habitación.

17

Y pronto pasa de la duermevela al sueño y el sueño le parece una continuación de la insólita escena de la que acaba de salir, porque está en esa misma habitación de paredes desnudas, sentado en la silla entre los dos colchones, mientras del lado de la puerta han instalado una mesa larga, detrás de la cual están sentados Calamandraca, Fito, Yina y Estela, su ex-mujer, pero ahora los tres primeros han mudado su expresión afectuosa y atenta por un gesto severo que coincide con la rigidez del rostro de Estela, han mudado sus ropas y ahora visten uniformes de fatiga y calzan botas militares. Entonces Calamandraca le pregunta sin preámbulos por qué aceptó el cargo de embajador del mismo gobierno criminal que asesinó a Albertico y a Anita, cómo pudo ponerse bajo las órdenes de esa pandilla de demócrata-cristianos y de sicópatas militares apenas tres meses después de que estos torturaran y despedazaran a su único hijo, sí, se mete Fito y ahora su guasonería es arrogante, cómo pudo traicionar de tal manera la memoria de Albertico y convertirse en representante diplomático de sus asesinos —Yina cabizbaja toma notas en un block y Estela permanece altiva, sin quitarle la mirada implacable de encima. En un primer momento Alberto siente que la sangre le sube hirviendo a la cabeza: ¿quiénes son estos tipos para venir a juzgarlo a él?, ¿qué se han creído?, ¿con qué derecho Estela recurre a semejantes sujetos para que él le dé la explicación que ella nunca ha querido escuchar? Tiene el impulso de ponerse de pie, voltear la mesa y salir de ese sitio, pero entonces comprende que ni siquiera sabe dónde se encuentra, que está a la merced de esos tipos y que Estela los azuzará en su contra en caso que él intente escapar; quisiera beber una copa, pero no ve licor por ningún lado y la mirada de su exmujer lo convence de la inutilidad de cualquier petición alcohólica. Decide, pues, explicarse: la decisión de aceptar ese cargo fue extremadamente difícil, compleja, ajena al maniqueísmo imperante en esa época, una decisión arriesgada, audaz, que contó con el visto bueno de los bandos enemigos, porque así como los demócrata-cristianos necesitaban un representante con capacidad de interlocución en la Managua sandinista, un representante que pudiera hablar con los comunistas incorporados al movimiento guerrillero alzado en armas que contaba con su retaguardia estratégica en la capital nicaragüense, así también a los comunistas les convenía un embajador que pudiera servir de enlace con el gobierno al cual combatían, por eso la decisión estuvo más allá de sus manos e intereses, y si bien al final de cuentas la aceptación última del cargo fue una decisión personal, tomada nada más por él y su conciencia, lo hizo para ayudar al proceso, como un esfuerzo por acercar a las partes y evitar que estallara una guerra civil como la que se desató meses más tarde, un esfuerzo del cual él únicamente sacó enemistades, viejos amigos dejaron de hablarle porque se había vendido a los fascistas, enemistades y deudas, porque la burocracia corrompida de los demócrata-cristianos le regateaba los fondos para mantener la embajada y le atrasaba su salario, unos fondos urgentes no sólo para el mantenimiento de las oficinas sino también para darles de comer a las dos docenas de ex-guardias somocistas que una vez derrotados por los sandinistas se habían asilado en la sede diplomática salvadoreña, dos docenas de criminales de la peor ralea a quienes los sandinistas un año después de tomar el poder aún negaban el salvoconducto que les permitiría salir de Nicaragua exiliados hacia El Salvador, veintitantos cafres que vivían apiñados en una parte de la sede diplomática, temerosos de que la Seguridad del Estado irrumpiera para capturarlos y que en sus ratos creativos se dedicaban a intervenir las líneas telefónicas del propio embajador, vaya ganga, un embajador que ni siquiera podía trabajar con discreción en su propia sede porque los criminales asilados en esa sede se dedicaban a espiarlo, vaya encargo, ser un embajador ninguneado porque el dinero no le alcanzaba ni para comprar un nuevo aparato de aire acondicionado que le permitiera desempeñarse con la mínima lucidez en aquel calor infernal, ¿entienden?, nadie en su sano juicio hubiera aceptado una misión tal, y cuando renunció le quedaron debiendo tres meses de salario que nunca jamás le pagarían, una renuncia por lo demás coordinada con los comunistas y con los sandinistas, una renuncia hecha pública dos días después de que la guerrilla lanzara su ofensiva general de enero de 1981 contra las fuerzas del gobierno y marcara con ello el inicio de la guerra civil que duraría una década, una renuncia presentada en una conferencia de prensa en la que manifestó su intención de integrarse a las fuerzas insurgentes que combatían para derrocar al gobierno que hasta entonces él había representado, por eso no entiende esa acusación de haber traicionado los ideales de Albertico, de haberse vendido a la reacción, de haber profanado la memoria de su hijo, cuando... Estela lo interrumpe, con desprecio: palabras, meras palabras para esconder su oportunismo, siempre jugó a quedar bien con los dos bandos, buscando prebendas hasta el último momento, oportunismo puro, de rata que salta del barco en el momento en que éste se hunde, por eso nadie le cree nada. Alberto conoce demasiado bien ese tono como para pensar que una discusión valga la pena, como para espetarle que es una sandez calificar de oportunistas a las ratas que saltan del barco que se hunde, ese tono cerril y tozudo que gruñe desde el fondo de Castilla La Vieja –como acostumbraba decirle en son de chanza cuando aún había cariño entre ellos y no este desprecio gélido que a él le crispa los nervios. Estela lanza su estocada final: debería darle vergüenza, qué hubiera pensado el viejo Pericles si se hubiera tenido que enterar de la infamia perpetrada por Alberto contra su propia familia. Permanece sentado, no quiere decir una palabra más, está vacío, agotado, con asco de sí mismo por haber tenido que darle explicaciones a esa estúpida enfrente de unos desconocidos, por haber tenido que poner sobre la mesa sin ningún motivo parte de sus razones profundas, por haberse comportado como un zoquete. Y la sed que abrasa su garganta y el deseo de ponerse de pie y salir de ahí pase lo que pase y la imposibilidad de ponerse de pie porque de pronto se descubre amarrado a la silla y los rostros torvos de Calamandraca y Fito que se tornan amenazantes y la angustia apretando sus pulmones. Abre los ojos.

18

Sale de la habitación, aún tambaleante, en busca de algo para tomar, ansioso por sacudirse la pesadilla de Estela y los tres sujetos que ahora lo reciben con igual calidez, sentados a la mesa en la pequeña estancia de ese departamento lúgubre y húmedo, con una botella de ron casi feneciente y un litro de refresco de cola al centro. Fito corre moviendo el culito hacia la habitación a traer la silla para Alberto; Yina va a la cocina por otro bote de suero oral que Alberto debe tomar si quiere reponerse del todo, dice ella, un bote que bebe como niño obediente, temeroso de ese trago de ron que queda en la botella, porque tiene años de evitar el licor de caña de azúcar y sabe que un mal paso en este momento sería como un tiro de gracia a su hígado. Y es Calamandraca quien se lo ofrece, la tentación atenta, bajo la idea de que ese hombre luego de haberse recuperado de semejante percance necesitará un trago que lo nivele. Pero Alberto le explica que tiene quince años de no probar ron, odia esas resacas de azúcar, ahora mismo tiene dos años de trabajar únicamente el vodka, así que mejor no, gracias. Fito dice que pueden ir a la cantina de al lado. ¿Es la misma en la que dejé mi libreta?, pregunta Alberto. Estamos en otra zona, compadre, vamos a aquella cantina de vez cuando porque abre temprano y la botana es sabrosa, dice Calamandraca. Entonces Alberto aprovecha para preguntarles de qué parte de El Salvador son. Fito y Calamandraca proceden de San Miguel; Yina viene de un pueblito perdido de Nicaragua llamado Avispero, por eso debés tener cuidado, porque esta nena al menor descuido te pica, te mete el aguijón, dice Fito con gesto obsceno. Yina sonríe mostrando sus dientes extremadamente separados entre sí; de súbito suelta un puñetazo que alcanza el hombro de Fito. Quietos, ordena Calamandraca, como si se tratara de meter en cintura a un par de críos. Alberto pregunta desde cuándo viven en México, a qué se dedican. Pos estamos de paso, hijo, vamos y venimos, viendo qué se transa, remeda Fito el acento de la plebe mexicana. Alberto dice que no comprende cómo pudo tener lugar semejante encuentro, entre centenares de miles de posibilidades, venirse a topar con una pareja de compatriotas en una cantina de la ciudad más habitada del mundo, aún no termina de creerlo, las leyes del azar han jugado en esta ocasión a su favor. Calamandraca propone ir ahora mismo a la cantina de al lado para brindar como se debe por este asombroso encuentro, para que Alberto también pueda equilibrarse con un buen trago de vodka después del suero y la sopa, y para que conozca a Ramiro, un periodista mexicano que vivió diez años en El Salvador, cubriendo la guerra, la buenísima onda el compadre Ramiro, un parroquiano permanente del Bar Morán, que así se llama la cantina, desde el mediodía hasta la noche puede encontrársele en su mesa con el vaso de ron y su refresco de toronja, despachando como si fuese su oficina, en verdad es su oficina, precisa Yina desplegando sus dientes. Para Alberto no hay nada de qué seguir hablando, se muere por un vodka, pero antes pasará al baño a enjuagarse el rostro y acomodarse el cabello, que luego de tantas horas en cama necesita acicalarse un poco, refrescarse, no es para menos, su vida se ha renovado gracias a estos sujetos y lo que antes era un callejón oscuro, miserable y solitario, ahora se muestra como una senda nueva, vital, prometedora. Frente al espejo se pregunta qué estará haciendo la Infanta, si lo espera en el cuarto de azotea, preocupadísima y ya ha dado aviso de su desaparición a las autoridades, o si ni siquiera ha llegado, para darle una lección, según ella, por el pleito de anoche; le parece que ha pasado una eternidad desde la noche anterior. Se siente mejor: el dolor ha cejado, pero le queda un reflejo, la sensación de una rotura en el hígado, una sensación de fragilidad como si en cualquier momento la punzada pudiera volver a desgarrar por completo su costado.

Salen a la calle, al potente sol de verano, al ruido del tráfico histerizado por un embotellamiento, al ajetreo de los transeúntes. Alberto se pone sus gafas oscuras, mira el viejo edificio del que acaba de salir, comprueba que efectivamente está junto a la esquina donde lee el rótulo de la cantina y más allá, sobre un poste, los nombres de las calles Edison y Ramos Arizpe. Antes de pasar por las puertas batientes, Alberto distingue a su derecha, al final de la manzana, una explanada y al lado una mole de edificio que le parece el Frontón México; intuye que más allá seguramente está la cúpula del Monumento a la Revolución —por primera vez en lo que va del día tiene la sensación de haberse ubicado, de haber reconocido algo de la ciudad. Entra a un ambiente denso, de olores fuertes, ruidoso, lleno de comensales; las fichas de dominó restallan sobre las mesas. Lo conducen a la mesa del fondo, donde el tipo del cabello grasoso y la tez amarillenta los recibe con efusión, los invita a sentarse, llama a un mesero para que consiga otra silla, les pregunta qué van a beber y todos piden cubas menos Alberto. Calamandraca hace la presentación, le dice a Ramiro que este señor es un compatriota, se encontraron de casualidad en El Despertar, una historia curiosa, como de película, con persecución y toda la cosa, dice Fito. Alberto le pregunta para qué medios trabajaba en El Salvador. Fue corresponsal de la agencia IPS, los primeros años, de 1980 a 1983, precisa Ramiro, y después del periódico *El Independiente*, hasta la ofensiva militar de noviembre de 1989, cuando la guerrilla ocupó San Salvador y no tomó el poder por miedo a que los gringos desembarcaran a despedazarla, luego de esa ofensiva le ordenaron que regresara a México, a la mesa de redacción, bajo un montón de pretextos, pero en verdad por las presiones del ejército y del gobierno salvadoreños que detestaban sus despachos y lo acusaban de ser agente de la guerrilla, le enviaban anónimos con amenazas, intrigaban en su contra cada vez que tenían oportunidad con las autoridades mexicanas, hasta que la dirección del periódico creyó que había llegado la hora de sacarlo de ese país antes de que volviera como cadáver. Claro que lo ha leído, por eso le sonaba el nombre, Ramiro Aguirre, lo recuerda muy bien, los mejores reportajes sobre la guerra, dice Alberto y toma el vaso de vodka que la mesera acaba de poner sobre la mesa para brindar por un gran periodista. ¿Y usted, compadre?, pregunta Ramiro. Fue embajador en Nicaragua, mete sus dientes Yina, quien cree que ella debe decir cualquier cosa relacionada con su país; sí, un señor importante, con grandes contactos, dice Fito el guasón. Unos meses nada más, aclara Alberto, renuncié con la ofensiva guerrillera de enero de 1981, quizá usted recuerde. Cómo no, cómo no, dice Ramiro, y de ahí se vino asilado para acá, ¿verdad?, hombre de los comunistas, si no me equivoco. No exactamente, puntualiza Alberto, amigo de algunos de ellos, pero sin militancia, les ayudó en lo que pudo, les sirvió de enlace para que conversaran con sus amigos de la derecha. Yo también les ayudé a los muchachos, comenta Ramiro. Ratas del mismo piñal, dice Calamandraca con sorna, porque el caballero acá no fue ese periodista objetivo, neutral, sin simpatías políticas, ajeno a los partidismos, sino que se metió hasta el centro del baile, colaborador privilegiado de las FPL, la principal organización guerrillera, informante de todo lo que observaba en los círculos del poder gubernamental, amigo de los meros meros comandantes, anfitrión de más de alguno cuando tenían problemas en sus casas de seguridad en San Salvador. Cuéntele, primo, cómo metieron la radio hasta el frente de guerra, dice Fito. Y Ramiro nada más sonríe, cual chico travieso, sobándose los pelos hirsutos de su barbilla, vierte otro poco de gaseosa de toronja a su vaso de ron, y dice que eso sucedió muy al principio de la guerra y que lo invadirá la nostalgia por la Rosi, su carcachita Volkswagen color blanco y modelo 76, la única fiel entre tanta vieja ingrata, la chica que nunca lo abandonó, nunca le hizo el feo a las tareas más peliagudas, como ésa precisamente de hacer un viaje a la semana hacia el norte de Chalatenango durante dos meses consecutivos, la carcacha repleta de piezas de la radio escondidas en las puertas, en el cofre, en los asientos, escondidas con la mayor maestría conspirativa para que Ramiro pasara sin problemas los retenes militares establecidos a lo largo de la carretera Troncal del Norte, escondidas sin que Ramiro supiera exactamente cómo ni dónde, porque él dejaba a la Rosi para que un primo pasara a recogerla y unas horas después se la entregaba en otro sitio con la carga adentro, lista para que Ramiro enfilara hacia las zonas bajo control guerrillero, amparado en su credencial de corresponsal extranjero, conocido ya por varios tenientes y capitanes con quienes había compartido copas, cobijado también bajo su fama de borrachín irredento, de cuate buena onda, y luego entraba por un camino vecinal hasta que un pelotón de primos le salía al paso y procedían a sacar las piezas que meses más tarde permitieron que Radio Farabundo Martí comenzara a transmitir desde el corazón de la retaguardia guerrillera. Y todo gracias a Rosi, la chica leal, una carcachita que valía mucho más que esos autos todo terreno con que los corresponsales gringos corrían soberbios y a ciegas tras las principales batallas, como cuando la guerrilla arrasó el cuartel El Paraíso, aquel 30 de diciembre de 1983, ¿se acuerda, primo?, la carcachita fue la primera que llegó a los escombros humeantes del cuartel cuando ustedes apenas empezaban a replegarse luego de aniquilar a toda la Cuarta Brigada de Infantería del ejército. Tiempos aquellos, dice Calamandraca, y alza su vaso. Todos brindan por Rosi, la pobre, tuvo que venderla cuando salió de El Salvador. Alberto piensa en la Rambler, en que nunca se le hubiera ocurrido ponerle nombre de mujer, aunque en verdad fue fiel hasta el último momento, fiel durante los diez años que permaneció a su servicio, fiel durante el viaje de ida a El Salvador y el viaje de regreso a México, su Rambler modelo 74 a esta hora quizá descuartizada en un deshuesadero; también descubre que ha bebido su vodka de prisa, ya necesita otro, y ahí está Ramiro haciendo señas a la mesera, que esta cantina es su verdadera casa, chingado, y a él lo atienden con prontitud. La mesera es una gorda entrada en años, con cara de zafia, de meretriz retirada, eficiente y distante, con una señal basta. Calamandraca y Fito se encaminan al baño. Ramiro le dice a Alberto, en tono de confidencia, usando la mano de pantalla, como si alguien en la cantina estuviese atento a escuchar esa información, que Calamandraca fue miembro de las fuerzas especiales, los más cabrones de todos, entrenados en Cuba para operaciones guerrilleras delicadísimas, para romper las líneas enemigas en el mayor sigilo, para asaltar trincheras a punta de cuchillo, los más temidos. Alberto lo escucha con sorpresa: en manos de qué tipos ha caído. Calamandraca participó en la toma del cuartel El Paraíso, en la aniquilación de la Cuarta Brigada de Infantería, continúa Ramiro siempre en su tono de confidencia, acabó con las trincheras de avanzada, las postas y las alambradas de los militares, quienes cuando quisieron reaccionar ya tenían a los contingentes guerrilleros en los patios del cuartel, apostados para rematar a los soldados que huían de las barracas bombardeadas por la artillería guerrillera. Calamandraca y Fito regresan a la mesa, achispados, limpiándose las fosas nasales, como si las tuvieran irritadas. Cuéntele, primo, cómo estuvieron los chingadazos cuando se tomaron El Paraíso, le dice Ramiro. Calamandraca bebe su cuba y le hace una seña de interrogación a Yina, como preguntándole en qué avión anda volando Ramiro. Que no se haga, le dice éste, que aquí al señor embajador le encantará esa historia, lo ilustrará sobre los avatares de la guerra. Uy, otra vez el disco rayado, se queja Fito. Alberto siente que el segundo vodka lo ha entonado. Calamandraca dice que esa operación la planificaron milímetro a milímetro, segundo a segundo, incluso hicieron una maqueta del tamaño real del cuartel en el campo de entrenamiento en las afueras de Santiago de Cuba, una maqueta con todas las líneas de defensa, las torretas, las casamatas, las posiciones exactas de cada soldado enemigo, una maqueta construida con base en la información lograda luego de tres meses de tareas de infiltración y observación realizadas por el pelotón de fuerzas especiales al que pertenecía Calamandraca, tareas que requirieron temple y paciencia al máximo para no delatarse, como aquella noche en que Calamandraca había reptado hasta posicionarse a menos de dos metros del primer pozo de tirador enemigo, cubierto por la maleza, las hojas secas y la cerrada oscuridad del cielo, con el propósito de cronometrar los cambios de guardia, cuando a un soldado se le ocurrió salir del pozo a orinar y se detuvo a un paso de Calamandraca, sin detectarlo, se sacó la perinola y expelió el chorro caliente sobre la cabeza de Calamandraca, quien esperaba con los músculos tensos y el cuchillo en ristre, listo para dar el salto en caso de que el soldado se enterara, pero no hubo contratiempo porque el enemigo se sacudió la perinola, en seguida la guardó y volvió satisfecho a su pozo de tirador. Alberto suelta la carcajada. Desde entonces le quedó ese olorcito, comenta Fito. ¿Cómo la ve, primo?, exclama Ramiro. Y empinan sus vasos.

19

Alberto escucha que Calamandraca debió salir del frente de guerra hacia la Nicaragua sandinista unos meses después de la destrucción del cuartel El Paraíso, a causa de una úlcera sangrante en el estómago, la comandancia consideró que lo mejor era enviarlo a un hospital en Managua para que fuera operado en condiciones óptimas. Alberto escucha con la tercera copa en sus manos que ya no hubo regreso a la guerra para Calamandraca, sino una serie de desgracias culpa de las divisiones internas que culminaron con la muerte de los máximos comandantes de su organización guerrillera en una especie de ajuste de cuentas perpetrado en la capital nicaragüense, divisiones que incluso lo llevaron por un breve periodo a la cárcel sandinista bajo sospecha de haber colaborado con los conspiradores en la planificación de uno de los crímenes. Alberto escucha una historia de la que conoce mucho y cuyos detalles deberían interesarle, pero a la que ya no pone atención porque la tercera copa le ha creado un extraño estado de ánimo, como si de pronto se hubiese separado de la realidad que lo circunda, como si hubiese entrado en una cápsula transparente que lo aisla del bullicio de la cantina, de las historias que cuentan y de la algarabía expresada por los sujetos que comparten su mesa, una especie de estado gaseoso en el que su mente parece irse, sin asidero, diluida: se fija en las fotos sepia con escenas de la revolución mexicana que cuelgan enmarcadas de la blanca pared, en el cartel en el que se advierte que la gerencia no acepta tarjetas de crédito American Express ni Dinner's, en la rocola esquinada a un lado de las puertas batientes. Y siente miedo, mucho miedo, semejante al terror que lo paraliza cuando tiene la sensación de separarse de su cuerpo en medio del sueño. Trata de despabilarse: sacude su cabeza, bebe un largo trago y ahora escucha a Ramiro preguntándole si él cree que el comandante Marcial mandó asesinar a la comandante Ana María, es decir, si el máximo jefe de la guerrilla quiso deshacerse de su segunda al mando para evitar que ésta lo relevara mediante una conspiración a punto de culminar. Pero Alberto no ha podido regresar del todo. Les dice que se siente raro. ¿Cómo?, pregunta Yina. Raro, repite. ¿Mareado?, pregunta Calamandraca. Una sensación como de estarse yendo, intenta explicarse. Zámpese otro trago, primo, y verá cómo pronto vuelve a estar bien, dice Ramiro. Y entonces Calamandraca le cuenta a Ramiro el percance que sufrió Alberto: el desvanecimiento a la salida del Metro, la imposibilidad de conducirlo a un hospital porque ellos no tienen papeles legales y en México cualquiera puede terminar preso por llevar a un herido a emergencias, el viaje a casa en taxi, las dos horas de ronquidos de Alberto y el nebuloso despertar. Pura debilidad, dice Yina. Pero sólo el comentario de Fito, siempre guasón, de que nuestro embajador habla y manotea mientras duerme es capaz de traer de nuevo a Alberto a la algarabía de la cantina, sólo el comentario de que el bello durmiente discutía entre ronquido y ronquido es capaz de devolver a Alberto a la realidad donde sus cuatro compañeros de mesa ríen a sus costillas, sólo la pregunta hecha a bote pronto por Ramiro de por qué renunció a la embajada cuando tampoco pasó a integrarse a las filas de la guerrilla obliga a Alberto a meterse de lleno en la conversación, no sin antes beber su vaso de vodka. Y tiene el impulso de responder la generalidad de siempre, la frase hecha en torno a que ya resultaba imposible trabajar para una partida de criminales, pero quizás por el miedo a volver a ese estado gaseoso en el que su mente parece estarse desprendiendo de la realidad, o por la contundencia de la pregunta de Ramiro luego de la pesadilla con Estela, o porque después del tercer vaso de vodka se siente de nuevo entusiasta y locuaz, o porque ya es hora de que estos tipos se enteren de quién es él y de los altos niveles en los que se ha movido, Alberto decide contarles la anécdota entera, relatarles con pelos y señales los acontecimientos que vivió en esos dos últimos meses de 1980, una historia que no pocas veces ha repetido al fragor de las copas ante sus amistades políticas a lo largo de catorce años. Todo comenzó el 11 de noviembre de 1980, dice con el gesto de quien ordena los hechos en su mente, cuando un contingente de guardias nacionales irrumpió en una galería de arte en San Salvador donde pernoctaba el presidente del Colegio de Ingenieros de El Salvador, Micky Kaffati, hermano menor del jefe de finanzas de los comunistas salvadoreños, un contingente de guardias que no sólo capturó a Micky y desde ese instante lo hizo ingresar en la lista de los desaparecidos políticos, sino que también requisó un valioso lote de documentos que estaba en manos del cap-

111

turado y que permitió al Estado Mayor de las Fuerzas Armadas y a la inteligencia norteamericana enterarse de varias de las operaciones de compra de armas realizadas por los comunistas, un lote de documentos entre los que se encontraban además planes relacionados con la ofensiva militar que la guerrilla lanzaría dos meses más tarde. Calamandraca lanza un silbido de sorpresa; Ramiro dice que recuerda un poco los hechos, aunque en ese periodo pasaban tantas cosas cada día y el clima de terror era tal que los periodistas siempre estaban rebasados; Alberto aprovecha para pedir otro vodka, estimulado por el interés despertado entre sus oyentes; Yina pregunta qué relación tuvo la captura de ese turco con su renuncia como embajador. Paciencia, dice Alberto, que va por partes, y aclara que los Kaffati no eran turcos sino palestinos, lo aclara porque siempre le ha parecido de pésimo gusto que a los libaneses y a los palestinos se les diga turcos en algunos países centroamericanos, cuando en verdad no son turcos sino árabes. Que siga la historia, le pide Fito, impaciente. Al principio, durante las primeras semanas, los comunistas y los Kaffati manejaron la desaparición de Micky sin recurrir a Alberto, sin acercarse a la embajada de El Salvador en Managua, seguramente sin mayor capacidad de respuesta debido al delicado momento político que se vivía, un momento en que el ejército trataba de acabar a través de una macabra represión con todas las organizaciones de la izquierda, mientras ésta militarizaba sus estructuras para poder lanzar su gran ofensiva dos meses más tarde. Pero Alberto era amigo del alma de Abdalá Kaffati, el cerebro financiero de los comunistas, un tipo que había hecho su dinero primero a través del comercio y luego había montado un exitoso negocio de bienes raíces que le permitió tener una red de empresas desde Miami hasta Panamá, un negociazo en el que también había participado Micky con su empresa de ingeniería, lotificando playas de Centroamérica cuyos terrenos después vendían como pan recién salido del horno. Antes Abdalá había sido dueño del principal almacén de la ciudad de Usulután, una ciudad enclavada en el corazón de la zona algodonera del país y un almacén que importaba precisamente toda aquella maquinaria e implementos agrícolas que requerían los algodoneros de la zona –Alberto incluso había administrado durante un periodo ese almacén, cuando aprovechó para introducir a Abdalá al círculo de los ricos criollos que miraban con desconfianza a los llamados turcos. Yo escuché hablar del turco Kaffati pero nunca lo conocí, se mete Ramiro, nunca dio la cara, conspiraba tras bambalinas, moviendo el dinero y las compras de la guerrilla, contacto privilegiado de los cubanos para canalizar la ayuda procedente de los países del bloque socialista, es lo que me soplaron, y que casi al final de la guerra murió de cáncer, ¿o no?, dice Ramiro. Alberto asiente con un leve movimiento de cabeza y sigue su rollo: se habían conocido con Abdalá, Abi para su familia y sus amigos, gracias a una pasión común, al vicio que los hermanaba, según Estela, a la puta política, a las jornadas revolucionarias de 1960 que propiciaron el golpe de Estado contra el gobierno del coronel Chema Lemus, cuando ambos fueron a dar a la cárcel y salieron libres hasta que el milico puso pies en polvorosa, desde entonces forjaron esa amistad a prueba de divergencias políticas, porque Abi a medida que hacía más dinero más se involucraba con los comunistas,

113

en tanto que Alberto partió desde 1972 hacia Costa Rica y mantuvo siempre lo que él llamaba una sana distancia con el partido. Oye, qué tremendo *background*, dice Fito el guasón, parece que escucharemos una versión abreviada de la historia del partido comunista salvadoreño. Calamandraca dice que Fito conoce bien a los comunistas, tan bien que le dieron una beca para que fuera a Moscú a estudiar historia del arte. Alberto levanta las cejas. Fui a Moscú por la beca, pero si me la hubieran dado los gringos me hubiera ido a Washington o si me la hubieran dado los españoles estaría en Madrid y no aquí con vosotros, tíos, aclara Fito, remedón. Siga, primo, que ya me quedé picado con la desaparición de Micky Kaffati, dice Ramiro. La mesera trae la nueva ronda de copas; el cuarto vodka y no sabe si el dinero le alcanzara para pagarlo, piensa por un segundo Alberto, pero en seguida vuelve a su relato, a la llamada de Abi a su residencia de embajador en Managua en la que le decía que le urgía reunirse con él, urgencia para hacerlo partícipe de una compleja operación destinada a liberar a Micky, una operación que involucraría a varios protagonistas de primer orden internacional y en la que Alberto estaba llamado a jugar un papel nada desdeñable, un despliegue de músculo diplomático para que los militares y la junta de gobierno demócrata-cristiana se vieran obligados a poner en libertad de inmediato a Micky Kaffati, una iniciativa para movilizar a los líderes políticos de la región a fin de que ejercieran presión sobre el Loco Duarte, presidente de la Junta de Gobierno, y en especial sobre la cúpula castrense. Vaya llamadita telefónica, comenta Fito con su mueca más afeminada, qué amistades las suyas, señor embajador, y en seguida le hace un gesto ansioso de interrogación a Calamandraca, quien le responde con otro gesto pidiéndole que se calme, tranquilo, al ratito. La cuestión es que Alberto tuvo que ponerse en contacto con su viejo amigo y presidente de Costa Rica, Rodrigo Carazo, con el presidente de Venezuela y alto dirigente de los demócrata-cristianos de Latinoamérica, Luis Herrera Campins, y con el jefe indiscutible de Panamá, el general Omar Torrijos, graduado de subteniente en la escuela militar de El Salvador y quien ya había servido de mediador en el caso del secuestro del embajador sudafricano por parte de un grupo guerrillero salvadoreño. Chocho, puro picudo, dice con verdadera admiración Yina, desplegando una vez más su dentadura equina. Y Calamandraca comenta, contundente: ligas mayores. Ramiro se frota las manos, emocionado, como quien está a punto de descubrir al criminal de la película. Y Alberto bebe de su vaso, satisfecho, porque los tiene atrapados en su puño –nunca imaginaron con quién estaban tratando– y comienza a sentirse pleno, casi eufórico, como en sus mejores días, cuando desplegaba sus anécdotas esplendorosamente en la sala de su casa ante un auditorio embobado también por las copas que el propio Alberto invitaba, un auditorio que ahora lo constriñe porque no puede ponerse de pie y pasearse, que es la forma como le gusta contar, paseándose por la sala con el vaso en la mano y la libertad de circulación que le permite enfatizar sus palabras con movimientos del cuerpo, algo impensable en este apretujamiento de mesas, donde además debe alzar la voz más de lo que está acostumbrado para imponerse sobre el griterío de los demás comensales, el restallido de las fichas de dominó y los aullidos de la rocola. Claro que logré que Carazo y Herrera Campins ejercieran presión sobre el Loco Duarte, lo convencieran de la necesidad de hablar con el alto mando militar para que dejaran en libertad a Micky, arremete Alberto, ambos mandatarios habían ayudado al Loco Duarte durante sus años de exilio, incluso el venezolano le había enviado asesores en seguridad y comunicaciones para que no dependiera completamente de la derecha militar, por eso el Loco no podía pasar por alto sus consejos, y Alberto también logró que el general Torrijos se involucrara en el caso, no sólo que hablara con sus contactos en la cúpula militar salvadoreña sino que también pusiera a disposición una nave que aterrizaría en el aeropuerto militar de Ilopango, cerca de San Salvador, a fin de recoger a Micky y llevarlo con destino a Panamá. Picudísimo, dice otra vez Yina, muy emocionada, y entonces Alberto descubre que esta chica es lo más parecido a la Chilindrina, un personaje de la serie televisiva de Chespirito, serie cómica que Alberto siempre ha visto con fruición. Y el 23 de diciembre de 1980, el mismo día en que yo cumplía 51 años, recuerda Alberto, viajó a San Salvador con el propósito de darle un último empuje a la operación para lograr la libertad de Micky, un último empuje urgente porque entonces el tiempo corría en contra de todos y el inicio de la guerra civil con la ofensiva guerrillera estaba a unos pasos, a sólo dos semanas, se sentía en el aire enrarecido y apestoso a terror, y una vez que comenzara la guerra abierta ningún bando estaría dispuesto a soltar sus prisioneros, por eso Alberto ni siquiera pudo celebrar su cumpleaños como le hubiera gustado, sino que después de unas pocas copas tuvo que visitar al canciller para que éste sirviera de enlace con el Loco Duarte y con el máximo jefe militar de la Junta de

Gobierno, el coronel Gutiérrez, quien se comprometió a liberar a Micky el siguiente día 28 bajo la condición de que Alberto lo recibiera y viajara con él a la capital panameña. Uyuyuy, grita Fito alborozado; cuando se bebe, se muere, y cuando no se bebe, se muere, entonces mejor beber, como dijo el papá de Chéjov, brinda Ramiro. Y a partir de entonces los acontecimientos entraron en una vorágine de la que sólo saldría con su renuncia, continúa Alberto: la noche del 27 un avión de la Fuerza Aérea Panameña aterrizó en al aeropuerto de Ilopango, noche que Alberto prácticamente pasó en vela, bebiendo en la casa de su amante de entonces, la guapa viuda de un general que había sido máximo jefe del ejército salvadoreño dos décadas atrás, bebiendo junto al teléfono en espera de buenas nuevas, como si estuviésemos en capilla ardiente, dijo ella, su amante de alcurnia de nombre Regina, un símil que a Alberto no le hizo ninguna gracia, porque él hubiera querido que fuera más como la expectante noche del esposo que espera el alumbramiento de su mujer, o algo así, porque él hubiera querido que aquello se convirtiera en su reivindicación, en la evidencia de que su aceptación de la embajada en Nicaragua serviría para algo positivo, nada menos que colaborar en salvarle la vida a Micky, el hermano de su gran amigo Abi, y además la última capilla ardiente que había sufrido era la de Albertico, por eso la comparación de Regina le pareció de pésimo gusto. Pero llegó el día 28 y conforme pasaban las horas la tensión de Alberto crecía, sus nervios se exasperaban, sobre todo cuando a media tarde el canciller le dijo que ya no lo fastidiara, que el coronel Gutiérrez se había comprometido a llamar cuando todo estuviera listo para que

Alberto se trasladara al aeropuerto de Ilopango a recibir a Micky, y que él, el canciller, no podía estar presionando al jefe militar, así que lo único que les quedaba era esperar. Pero pasó la tarde y entró la noche y nada, la llamada del coronel Gutiérrez no llegaba a la Cancillería, la ansiedad de Alberto se convirtió en angustia, en desesperación, aunque no quería perder la esperanza, y cuando recibía los telefonemas de Abi desde Panamá le decía a éste que tuviera paciencia, pronto darían luz verde, seguramente la negociación dentro del propio ejército era complicada tratándose de la puesta en libertad de un prisionero tan importante, hasta que a eso de las nueve de la noche el canciller le dijo a Alberto que mejor se fuera a casa, que en cuanto el coronel Gutiérrez entablara comunicación el canciller se lo haría saber de inmediato. Y pasó la noche sin que lo llamaran, ¿verdad?, dice Calamandraca, esos cabrones nunca iban a soltar a alguien así, a menos que los comunistas hubieran secuestrado a la mamá de Gutiérrez o a su hijo. Yo no creo que ese pedazo de mierda haya tenido madre, exclama Fito y le hace el mismo gesto ansioso de interrogación de hace un rato a Calamandraca, quien igualmente le responde con otro gesto pidiéndole que se calme, tranquilo, al ratito. Alberto bebe medio vaso porque se ha quedado con la garganta seca. Ramiro escucha acariciándose los pelos hirsutos de la barbilla, con su sonrisa pícara, como si hubiese apostado que la historia terminará tal como él ha previsto. Lo peor fue que a medianoche Abi llamó desde Panamá para decir que el general Torrijos había ordenado que el avión regresara en ese mismo instante a Panamá, una decisión que Abi interpretaba como la constatación de que los militares no pensaban dejar en libertad a Micky, sigue Alberto, de que la operación se había ido al carajo. Y a la mañana siguiente el canciller le dijo que el coronel Gutiérrez había tenido que volar de emergencia a Washington y que por lo mismo el asunto quedaría pendiente hasta el 2 de enero, fecha en que el coronel estaría de nuevo en su despacho. Alberto se dijo que nada podría avanzar en esos tres días, ni siquiera en los trámites burocráticos para que le pagaran los meses de salario que le adeudaban porque las oficinas administrativas de la cancillería estaban de vacaciones, y luego de comunicar la información sobre el viaje de Gutiérrez a Abi y a los demás involucrados, decidió que lo más inteligente era pasársela con Regina lo mejor posible, olvidarse de la matazón de afuera, pasársela bebiendo y cogiendo porque nadie sabía lo que podría pasar al día siguiente, un fin de año macabro, el más macabro en la historia del país, ¿ya estaba usted ahí?, le pregunta a Ramiro. Por supuesto, dice, reporteando entre la regazón de cadáveres en las calles, y aquí el primo era de los que preparaban la ofensiva guerrillera en la capital, agrega señalando a Calamandraca. No le vayan a poner el disco rayado otra vez a éste, advierte Fito. ¿Y al final que pasó?, pregunta Ramiro. Sí, ¿qué pasó?, le hace coro Yina. Nada: que al mediodía del 2 de enero el canciller le comunicó que el coronel Gutiérrez decía que Micky Kaffati nunca había sido capturado por las Fuerzas Armadas y que, por tanto, él negaría haber realizado cualquier tipo de negociación en torno a una persona que ni siquiera estaba presa. ¡Se echaron para atrás!, exclama Ramiro, con enorme regocijo y golpeando la mesa con la palma de la mano, porque él había ganado su propia apuesta. Era de esperarse, dice Calamandraca, quien se va poniendo de pie ante un nuevo gesto ansioso de Fito. Ambos se encaminan al baño.

20

Y ahora, de hecho solo –porque Ramiro también se ha levantado para ir a la rocola a poner un par de boleros y en seguida se queda platicando con parroquianos de otra mesa, y Yina permanece ensimismada quizás a causa de su timidez–, de hecho solo y exhausto, como vaciado, por haber hablado tanto, Alberto rememora los momentos que siguieron a aquel 2 de enero cuando el canciller le dijo que lo más conveniente era que se hiciera el suizo, el desentendido, como si no hubiera tenido nada que ver en todo aquello, y que regresara a Managua y bajara su perfil hasta que se enfriara el caso, el cual por suerte no había trascendido a la prensa. Eso le dijo el canciller y Alberto se sintió como imbécil, derrotado, incapaz de replicar, aunque alcanzó a decir que aquello constituía una humillación no sólo para él sino también para todos los involucrados en el caso: qué le diría a Torrijos, a Carazo, a Herrera Campins. El canciller le dijo que no se preocupara por eso, el Loco Duarte y el coronel Gutiérrez se encargarían de las explicaciones. Entonces, en ese instante, con la indignación borboteando en su pecho pero también sabedor que de nada servirían los exabruptos, Alberto comprendió que no tenía otra opción que renunciar, que lo habían hecho papilla, que lo enviaban de regreso a Managua para que sirviera de hazmerreír a la izquierda y a sus aliados, que los militares nunca habían tenido la intención de liberar a Micky y únicamente se habían servido de Alberto para dejar correr una operación que les permitiría detectar la fuerza real de los izquierdistas a nivel regional. Regina se lo restregó en la jeta de la peor manera: niño, si hasta te escogieron el 28 de diciembre, Día de los Inocentes, para limpiarse el culo con vos, le dijo. Pero tampoco podía renunciar a lo bestia, para caer del comal a las brasas, como a los militares les hubiera gustado, sino que iba a cobrarse lo que le habían hecho, se cobraría con creces una factura que incluía el cadáver de Albertico, quizá también el de Micky, y la cagada con que le habían ensuciado el orgullo. Así, esa primera semana de enero de 1981 se dedicó a tratar por todos los medios de que le pagaran los salarios y gastos de representación que le adeudaban, enredado en trámites administrativos, regateando con la burocracia de la Cancillería, sin dejar de presionar al canciller y al asistente del coronel Gutiérrez sobre el caso de Micky, pero ya carente de expectativas, hasta que recibió un mensaje urgente de Abi procedente de Managua, un mensaje perentorio para que abandonara San Salvador en el acto, y ese mismo día 7 salió hacia Nicaragua en el vuelo de la tarde, impulsado por el mensaje de Abi y por su propio olfato que le decía que el huracán estaba en puerta con sus vendavales de crueldad y de sangre, y efectivamente tres días más tarde la guerrilla lanzó su ofensiva general contra los cuarteles gubernamentales a lo largo del país que dio inicio a la guerra civil.

Entonces, después que lo babosearon, decidió mandarlos al carajo, dice Calamandraca de regreso a la mesa. Es correcto, compita, remeda Fito el acento nicaragüense. Alberto se ha asustado, estaba tan abstraído que no los sintió llegar; ambos vienen achispados, energéticos, irritadas las fosas nasales. La última copa y nos vamos, dice Calamandraca y le hace la seña a la mesera. Ramiro se ha quedado con los tipos turbios de aquella mesa, se queja Yina. ¿Cómo estuvo, pues, el merengue?, lo incita Calamandraca. De regreso en Managua, Alberto se puso de acuerdo con su amigo Miguelito, el canciller de los sandinistas, y con su otro gran amigo, el embajador mexicano, Jaime Cardona, para hacer de su renuncia un acto político público que desprestigiara aún más a esa pandilla de criminales, solapada bajo las supuestas credenciales democráticas del Loco Duarte, un acto político público en el que Alberto denunciaría la política represiva del gobierno que hasta ese instante había representado y anunciaba su decisión de pasar a las filas del frente guerrillero, un acto que serviría como parte de la ofensiva diplomática del frente, cubierto por la prensa internacional pero secundario y efímero en medio de las noticias sobre el fragor de los combates. Bonito show, comenta Fito. La mesera trae la nueva ronda. Y la cuenta, para que no nos arrepintamos, le pide Calamandraca. ¿Y qué hizo?, ¿se metió a la guerrilla o qué?, pregunta Yina. Me vine a México como asilado político, dice Alberto, mientras piensa que si le toca pagar sus cinco vodkas difícilmente le sobrará dinero para comprar en la vinatería la botella que necesita para transcurrir la noche, que si llega a la habitación de azotea sin una botella y tampoco encuentra a la Infanta le espera una noche a

123

la que nunca creyó descender, una noche sin nada que beber y si nadie a quien recurrir, una noche de escalofrío, como para morirse ante los demonios de la sobriedad. La mesera pone la cuenta sobre la mesa. Calamandraca la toma y procede a revisarla. Alberto hace un movimiento para sacar su billetera, con expresión de res ante el matadero, pero seguro de que algo logrará guardar para no perecer. Y en eso aterriza Ramiro, rimbombante, que de ninguna manera, dice poniendo su mano sobre el hombro de Alberto, él invita al señor embajador, carajo, ha sido un honor, no todos los días ocurre un encuentro semejante. No hay maricón sin suerte, dice Fito, simpática su ironía en la mueca afeminada, con todo respeto. Y Alberto sonríe, feliz, porque ahora ha comprendido que debe medir el tiempo en períodos cortísimos y que su única preocupación era cómo sobrevivir esta noche y al parecer gracias a Ramiro eso ha sido solucionado. Vámonos, dice Calamandraca, tirando unos billetes sobre la mesa. Tenemos el tiempo justo, advierte Fito, son las cinco y diez minutos. Alberto se pregunta de nuevo qué será de la Infanta. Ramiro le da un abrazo y le dice: un gustazo, ojalá no sea la última vez. Se abren paso entre las mesas.

21

Caminando sobre la calle Edison, en medio de esos tipos que le han puesto sal a su día, Alberto vuelve a tener un semblante decaído, como si el sol de verano aún calador hubiera consumido sus energías, como si la perspectiva de retornar a su habitación de azotea no le hiciera la mínima gracia y tampoco quisiera volver a enfrentar a la Infanta ni meterse en el círculo vicioso de sus preocupaciones inmediatas. Avanzan por esa calle donde están ubicados almacenes de repartidores de periódicos y revistas, una calle de edificios viejos y lúgubres que desemboca en la esquina de Reforma y Rosales, donde se alza la nueva estatua de El Caballito. Calamandraca le dice que Yina lo acompañará a buscar su edificio, pues él y Fito tienen un negocio urgente que realizar, no pueden atrasarse, los cuatro bajarán juntos al Metro, pero tomarán distinta línea, y no debe preocuparse, Yina conoce bastante bien la zona de Santa María la Ribera, mejor que ellos incluso, no en balde pasó una semana buscando departamento en esa colonia. Si viviera en los tiempos idos, Alberto los invitaría a su casa, a que se tomaran varias copas con él, los acomodaría en los mullidos sillones de la sala y les diría que cada vez que quieran una nueva copa, ni le pregunten, sólo pasen a la cocina a servirse, en la mesa de la cocina encontrarán la hielera, los refrescos y las botellas de vodka y ron, lo que quieran, siéntanse como en su casa, les diría si él tuviera casa como hasta hace unas semanas, si él fuera el señor que fue hasta hace poco, si la vida no le hubiera hecho esta jugarreta de obligarlo a terminar sus días en la pobreza. Enfilan sobre Rosales hacia la entrada del Metro. Calamandraca carga en su espalda una mochila en la que Alberto no había reparado, una mochila de soldado, no de esas imitaciones que venden para colegiales, sino una verdadera mochila de soldado que pareciera pertenecer al cuerpo de Calamandraca y la cual Alberto intuye que está relacionada con el negocio que ellos se proponen realizar. Los tipos han venido refrenando el paso por cortesía, para no dejar atrás a Alberto, hasta que éste les dice que si tienen mucha prisa deberían adelantarse, Yina y él pueden ir más tranquilos, y voltea a ver a la Chilindrina de los dientes separados, para que apoye su sugerencia. Están en la esquina de Rosales e Ignacio Mariscal, frente a la cantina El Palacio. Calamandraca le da apresurada pero calurosamente la mano, le dice que se encontrarán otro día en El Despertar y en esa próxima ocasión lo invitará a tomar una copa en esta cantina, y señala El Palacio, una vieja cueva de periodistas, clásica cantina entre las clásicas; Fito también se despide. Parten a toda prisa hacia la boca del Metro.

Que necesita pasar por una vinatería para comprar una botella de vodka, le dice a Yina mientras entran en la correntada de gente que baja las escaleras. Un olor fétido, como si estuviera descendiendo a los podridos intestinos de la ciudad, golpea las fosas nasales de Alberto, quien de inmediato saca su pañuelo del bolsillo trasero del mono blanco, se tapa la nariz y observa con asombro a una caterva de infantes mugrosos que se abalanzan sobre los transeúntes en los escalones, casi untándoseles, con la palma de sus manos pedigüeña, mascullando el limosneo. Buzo con los huelepega que son ratas, le advierte Yina. Alberto no entiende la frase pero sí el gesto de ella y la palabra «ratas»; apresura el paso. Avanzan por el túnel. De pronto el tufo a podredumbre cambia por un olor a pan dulce quemado, un olor dulzón y penetrante que se vuelve insoportable en el vértice donde desemboca otro ramal del túnel, vértice en el que Alberto descubre una panadería con un horno vomitando el olor repulsivo en una bocanada de calor asfixiante. A medida que avanzan por el túnel principal, Alberto comienza a ser víctima de la claustrofobia, teme volver a sufrir un desvanecimiento, mejor se deja llevar por la correntada pegado a Yina, en eso concentra todas sus energías, en mantenerse junto a quien lo conducirá con bien a la vinatería y luego a su habitación de azotea, esa chica que ahora le entrega un boleto porque ya están cerca de los torniquetes, boleto que Alberto logra introducir en el torniquete mientras piensa que hace más de diez años no entraba al Metro, y se lo dice a Yina, como si pudiera romper el bullicio retumbante entre los túneles, hace más de diez años que no bajaba al Metro, repite, pero ésta seguramente no lo escucha, más bien lo toma del brazo para sacarlo de esa correntada y meterlo en otra que desciende nuevas escaleras hasta que desembocan en el andén en el preciso instante en que un tren hace su entrada. Alberto se siente mareado con el vértigo de las masas, con el ajetreo que se convierte en pandemónium una vez que el tren abre sus puertas y él

127

queda en medio de la tremolina formada por el choque de aquellos que salen contra aquellos que entran, una tremolina de la que sólo logra sacarlo el empujón preciso de Yina que lo impulsa hacia dentro del vagón. Ha quedado ensardinado cerca de la puerta, tan ensardinado que no tiene de donde sujetarse y mantiene el equilibrio gracias a la presión de los cuerpos que lo apretujan, uno de ellos el pequeño cuerpo de Yina, encajado en sus costillas, desde donde le dice que sólo son dos estaciones, que se mantenga alerta para dar el empujón de salida. Y Alberto únicamente quiere controlar su sofoco en medio de esa concentración de olores repugnantes, evitar un vahído que sería mortal en semejante apretujamiento y mucho más a la hora de la estampida, sobrevivir a como dé lugar ese corto viaje de pesadilla. Entonces, una vez que el tren se pone en marcha, escucha la música de órgano, la melodía de Guantanamera tocada por un órgano con percusión de acompañamiento, una música que cada vez suena más cerca y que no sale del sonido ambiental del vagón sino que evidentemente alguien viene tocando, un hecho imposible de imaginar para Alberto hasta que enfrenta al ciego que se abre paso entre el apiñamiento humano con un órgano portátil, seguido por una ciega que mueve como si fuese maraca el bote de aluminio donde suenan las monedas, un órgano que casi le golpea la quijada a Alberto, quien en seguida siente un movimiento extraño entre sus pies, como si un perrito estuviera pasando por ahí, pero cuando baja la vista descubre que se trata de un niño desarrapado, deforme y sin piernas, que se arrastra y con un trapo frota los zapatos de la gente en la brecha que van dejando los ciegos. Anonadado, Alberto contiene el aliento.

22

Ha conseguido salir indemne del Metro pese a que una vez más tiene la boca reseca y padece la sensación de debilidad, de que no le alcanzará el aire para llegar a su habitación de azotea; ha podido hablar con Yina mientras caminaban hacia la vinatería y ha constatado que no se trata de una chica tonta, sino más bien tímida, que estudió tres años de periodismo y que ante la dificultad de conseguir un empleo en Nicaragua optó por seguir a su amante en la búsqueda de otros horizontes; ha logrado saber que el bulto en la mejilla izquierda de Calamandraca es una especie de tumor que no ha podido operarse porque necesitaría un montón de dinero, un tumor que lo hace aullar de dolor en las noches y que según el médico salvadoreño es maligno; ha tratado de enterarse sobre el tipo de negocios que realizan Calamandraca y Fito, pero ella se ha mostrado primero esquiva y en seguida abiertamente reticente a hablar de ello, lo que confirma la sospecha de Alberto en el sentido de que sus compatriotas se dedican al tráfico ilegal, ya sea de armas o de estupefacientes; ha comprobado que Yina en realidad tiene un excelente sentido de la orientación, pues una vez fuera del Metro sabe con toda exactitud hacia donde está la vinatería que Alberto no pudo encontrar cuando salió de El Despertar e igualmente sabe con certeza donde se ubica la calle sobre la cual está el edificio con la habitación de azotea; ha comprado la botella de vodka Smirnoff, dos litros de agua mineral y una bolsa de hielo en esa vinatería a la que no pudo entrar en la mañana y ante la que encuentra al mismo indio yaqui con su puesto de venta de discos compactos; ha llegado a la entrada del edificio del que salió hace más o menos siete horas y voltea hacia el sitio donde dejó estacionada la Rambler para constatar una vez más que ya no está ahí, que desde ahora su destino es el transporte público y el jadeo del caminador; ha propuesto a Yina que lo acompañe a la habitación de azotea, pero ésta se niega bajo el pretexto de que debe alcanzar a sus dos socios ahora mismo, sin importarle la insistencia de Alberto de que le encantaría que ella conociera a la Infanta, cuando lo que éste en verdad busca es llevar a Yina como testigo de las vicisitudes que ha sufrido para explicar su ausencia ante la amante despechada; ha subido en el ascensor hacia la azotea, luego de despedirse de Yina, con ganas de que la Infanta realmente se encuentre en la habitación, porque en este momento no quisiera permanecer a solas, preferiría escuchar los reproches de la Infanta antes que enfrentarse con sus propios pensamientos y ansiedades.

Y entonces, cuando sale a la azotea aún iluminada por el sol vespertino –cargando la bolsa con el vodka, el agua mineral y el hielo–, descubre que la puerta de la habitación está abierta, lo que significa que ella está ahí, esperándolo, quizá con la jeta torcida por el hecho de que él haya desaparecido sin aviso, sin dejar siquiera una nota, seguramente con el ánimo exaltado, con ganas de insultarlo, de trenzarse en una gresca. Cruza la azotea despacio, tratando de ordenar sus ideas, de definir cuál será la excusa clave a partir de la cual tejerá el relato de sus avatares durante este día, pero antes de acercarse a la puerta se dice que ya tiene 65 años, carajo, demasiado viejo como para preocuparse por darle explicaciones a una mocosa, demasiado viejo para preocuparse por nimiedades cuando la vida le está pegando a mansalva por abajo, por arriba, por todos lados. Se detiene en el umbral y, de súbito, estupefacto, comprende: no está la Infanta, ni las cajas, ni sus maletas, ni la hielera; sólo la cama desnuda, el vaso de latón rojo y el candado desvencijado en el suelo.

Segunda parte
La pesquisa

1

Suerte tuve de que Jeremy Irons me contratara para investigar la muerte del ex-embajador Alberto Aragón, gracias a que Jeremy Irons me contrató pude salir del pozo en que estaba sumido por culpa de Rita Mena, de su decisión de abandonarme para ir a estudiar un posgrado de periodismo en Madrid, háganme el favor, cuando a todas luces era evidente que ella no iba a estudiar ningún posgrado sino en busca de nuevas vergas que le permitieran convertir a la mía en un recuerdo ínfimo y aguado: putía caliente, no vas a estudiar nada sino en busca de otras vergas porque ya te cansaste de la mía, le dije la noche anterior a su partida, cuando aún estábamos jadeantes en la cama y yo me negaba a aceptar su abandono, me negaba a aceptar que ella fuera capaz de hacer su vida lejos de mí, porque nunca le creí que realmente se fuera a Madrid, me pareció una charada eso de que estaba realizando trámites para conseguir una beca que le permitiera realizar su maestría en periodismo, no cabía en mi cabezota que alguien pudiera darle dinero a esta reporterita que hacía de mis noches una delicia para que continuara sus estudios universitarios en una ciudad lejana y ajena a nuestras rutas, por eso cuando de un día para otro me dijo que ya todo estaba arreglado y en una semana estaría partiendo hacia la capital española, yo me quedé boquiabierto, sin terminar de creerlo, hasta que me mostró su boleto de avión y los demás papeles relacionados con su inscripción en la maestría en periodismo de la Universidad Complutense, hasta entonces caí en la cuenta de que Rita Mena realmente estaba a punto de abandonarme, de dejarme tirado en San Salvador como a un viejo perro que sólo le había servido para saciar su sed de fornicación, hasta entonces caí en la cuenta de algo mucho más grave, demoledor y horrible: el hecho de que esa chica de 25 años con la que yo pasaba muchas de mis noches desde que la conocí en la redacción del periódico *Ocho Columnas*, no era una chica más con la que me acostaba, como me gustaba creer, sino que se trataba de la chica a cuya piel yo estaba pegado, untadito, enviciado con su olor y su jadeo, y que quedarme de pronto sin ella iba a ser mortal. A medida que pasaban los días y se acercaba la fecha de partida de Rita Mena hacia Madrid mi desesperación crecía, mi ansiedad era tal que me la pasaba metido en el departamento de ella, husmeándola, llevándomela a la cama cuanta vez podía, como si el mundo fuese a terminar, como si después de esa mujer no fuese a haber otra en mi vida, borboteándole todas las cosas lindas que no le dije durante los tres años que había durado nuestra relación, declarándole mi amor, aunque ella me mirara con suspicacia y dijera que pronto volveríamos a vernos, un amor que yo había descubierto de súbito, demasiado tarde, imposible detenerla o seguirla a esa altura, por eso en mi desesperación esa última noche luego de emborracharnos en El Balcón le espeté que en realidad ella iba a

Madrid en busca de nuevas vergas, algo que sólo sirvió para divertirla, para hacerla reír, muestra de que a Rita Mena ya no le importaban mis pataleos ni mis insultos, porque ella tenía un pie puesto en el avión y lo único que le interesaba era que cogiéramos lo más rico posible esa última noche y a la mañana siguiente, antes de que ella partiera hacia el aeropuerto, para llevarse un lindo recuerdo, como dijo, mi olor pegado a su cuerpo feliz de cara a la aventura, su olor pegado a mi cuerpo desgarrado por la pérdida, una bandida la tal Rita Mena que me dejó con el pecho roto, con una rajadura inmensa, herida que traté de sanar bebiendo como desesperado, apelando a Karen, esa amante secreta que laboraba como mesera en El Balcón y que aceptó llegar a media tarde a mi casa para que yo la penetrara rememorando a Rita Mena, para que yo constatara que nada sería lo mismo, que aquel olor y aquella manera de gemir habían partido en el vuelo de la mañana y que por lo pronto no me quedaba otra opción que emborracharme para olvidar el dolor, que meterme toda la cantidad de vodka y de coca que fuera necesaria para tratar de recuperar mi felicidad, toda la cantidad de vodka y de coca que mi cuerpo resistió durante los dos días que siguieron a la partida de la putía culpable de mi dolor, dos días en los que no sólo gasté mis últimos ahorros sino que me endeudé con mi amigo Little Richard, el dueño de El Balcón donde me servían el vodka, y con El Caspas, el narcogato de la Zacamil que me proveía la coca, dos días de reventón después de los cuales terminé tendido en mi cama, empastillado a causa de un ataque de hipertensión arterial, con la peor resaca de mi vida, las ganas horribles de suicidarme o la ansiedad de zamparme un bate de beisbol en el culo, por eso digo que gracias a que Jeremy Irons me contrató para investigar la muerte del ex-embajador Alberto Aragón pude salir del pozo en que estaba sumido, un pozo al que me empujó Rita Mena, ciertamente, pero el cual yo había venido cavando en los últimos meses con especial dedicación, si no cómo se explica que a los cuarenta años de edad me encontrara sin empleo, sin futuro, sin un oficio real, a todas luces un fracasado cuya última derrota había consistido en cerrar el despacho de detective privado que había montado meses atrás en el edificio Panamericano, exactamente cuatro meses antes de que apareciera Jeremy Irons decidí que con la experiencia y los conocimientos adquiridos como jefe de investigaciones especiales en el diario *Ocho Columnas* y como director de Comunicación Social de la Academia de Policía podría montar mi propio negocio, mi despacho de detective privado en el que yo fuera mi único jefe, lejos de las burocracias y de las intrigas que me habían llevado a renunciar a mis cargos tanto en el periódico como en la academia, aunque no al mismo tiempo, debo precisar, porque primero estuve en el *Ocho Columnas* donde casi termino a los golpes con el jeta apestosa de Matías Cano, el inefable jefe de redacción, porque se opuso a publicar la espléndida investigación realizada por Rita Mena y otros reporteros bajo mis órdenes en la que se evidenciaban los vínculos entre ciertos jerarcas bancarios y los capos del narcotráfico, aunque en verdad el encono de Matías Cano contra mi persona obedecía al hecho de que era yo quien lamía las nalguitas y el coñito de Rita Mena y no él, un gordezuelo calvo que se moría de las ansias, y en seguida de mi renuncia al periódico ingresé a esa novel institución surgida de los Acuerdos de Paz firmados por el gobierno y la guerrilla, esa institución destinada a formar los agentes del nuevo cuerpo policiaco que garantizaría la paz y la democracia luego de diez años de guerra civil, una academia donde los instructores puertorriqueños, chilenos y españoles civilizarían a la indiada belicosa gracias a modernos métodos de formación policial, pero resulta que la tal Academia de Policía estaba ubicada en el quinto culo, cerca del Aeropuerto de Comalapa, a cuarenta kilómetros de la capital, por lo que hubo un momento en que me harté de tener que estar conduciendo todos los días mi viejo Datsun hasta un sitio tan alejado, en especial porque mi trabajo consistía en pasar prácticamente todo el día soplándome los huevos, pues la Dirección de Comunicación Social que yo encabezaba no tenía nada que comunicar como no fuera publicar cada año las convocatorias para el ingreso de los nuevos alumnos, y de acuerdo con el reglamento interno de la preciada institución, yo no podía abandonar las instalaciones hasta que sonaba la chicharra de las cinco de la tarde, gracias a lo cual me la pasaba husmeando en las aulas y en las barracas y en los campos de entrenamiento donde jóvenes ex-soldados y ex-guerrilleros, así como neófitos sin antecedentes de filiación política, eran reformateados por carabineros pinochetistas y guardias civiles franquistas para que cuidaran la nueva sociedad democrática que se construiría en El Salvador, así se explica que luego de fungir año y medio como vocero de esa insigne Academia tuviera la brillante idea de renunciar con el propósito de establecer mi propio despacho como detective privado, una iniciativa natural si se toma en cuenta que buena parte del tiempo me la pasaba leyendo novelas policiacas mientras esperaba que sonara la chicharra de las cinco de la tarde, lecturas que me convencieron de que en una sociedad idiota como la salvadoreña bastaba con lo aprendido en la Academia de Policía mientras fisgoneaba en las clases que impartían a los futuros agentes y con mi experiencia como reportero de investigación para montar un despacho de detective privado a través del cual lograría conseguir montones de dinero y aventuras con nenas deliciosas, pero cuál no sería mi decepción cuando después de tres meses de estar sentado en mi despacho del edificio Panamericano no pude conseguir sino un solo caso, el peor que me podía suceder, el asesinato de una señora de sociedad a la que se le calentaba el coño más de lo debido y se lo restregaba en la trompa a tipos demasiado importantes, precisamente políticos y financieros vinculados al narco a quienes yo había querido investigar cuando laboraba en el *Ocho Columnas*, un caso del que por supuesto ya no quiero hablar y que casi me cuesta el pellejo, pero que fue el único que cayó entre mis manos en los tres meses y medio durante los cuales me creí una especie de Christopher Marlowe de aldea tropical, hasta que decidí que aquello no tenía pies ni cabeza, sólo a un alucinado como yo se le podía ocurrir que en una sociedad recién salida de una larga guerra civil podía haber espacio para un detective privado, sólo un delirante lector de novelas policiacas pudo tener la brillante idea de gastar sus ahorros en mantener un despacho en el que además de pagar la renta había que pagarle el salario a Reyna, la secretaria que me había servido en el *Ocho Columnas* y a la que ahora rescaté del desempleo al que la había lanzado el jeta sucia de Matías Cano para que me acompañara en mi aventura detectivesca, cuatro meses de alquiler y cuatro salarios de Reyna prácticamente tirados a la basura, aunque a decir verdad Reyna con sus piernas esbeltas y su culo resuelto hizo lo posible por desquitar el dinero que invertí en ella, buena parte de esos largos días de espera en que no aparecía el cliente tan deseado me la pasaba metido en el trigueño culo de Reyna, no pasaba día en esos primeros tiempos transcurridos en el despacho del edificio Panamericano en que hacia el final de la mañana Reyna no se acercara a mi escritorio, desabotonara mi bragueta y procediera a succionar mi verga, para que en seguida yo le subiera la minifalda, le quitara las braguitas, la tumbara boca abajo sobre el escritorio y penetrara su voraz y rítmico ano, una rutina que comenzó cuando ella era mi secretaria como jefe de investigaciones especiales del *Ocho Columnas* y que retomamos con igual entusiasmo en mi despacho del edificio Panamericano, con absoluta honradez debo reconocer que el trigueño y redondeado culo de Reyna fue mi gran compañero en esos meses en que viví mi fantasía de detective privado y que terminaron en frustración y hundimiento cuando me vi obligado a aceptar que aquello no tenía pies ni cabeza y que lo sensato era desmontar de inmediato mi despacho del edificio Panamericano para no seguir perdiendo un dinero del que carecía, por eso sostengo que la partida de Rita Mena nada más me empujó al pozo que yo ya había cavado, porque cuando comprendí que su salida hacia Madrid era inminente mi despacho en el que tanto disfruté el delicioso culo de Reyna tenía varios días de haber sido desmontado, mi breve y fracasada carrera como detective privado estaba totalmente clausurada, de ahí que pueda decir que el abandono amoroso sólo vino a sumarse a la crisis vital en que yo permanecía sumido y que explotó el día en que Rita Mena viajaba hacia la capital española mientras yo me hundía en una vorágine de alcohol y de coca a la que apenas sobreviví y que me hizo terminar en cama, enfermo, con una resaca mortal y haciéndome la firme promesa de no volverme a embriagar hasta que me encontrara de nuevo con Rita Mena, un hundimiento del que sólo pude salir unos días más tarde gracias a que Jeremy Irons me contrató para investigar la muerte del ex-embajador Alberto Aragón.

2

Fue el subcomisonado Lito Handal quien me hizo esa simpática llamada telefónica a las ocho de la mañana, cuando yo aún padecía los estragos del abandono de Rita Mena y estaba en cama manoseando mis genitales sin ganas de ponerme en pie ni mucho menos de salir a la calle, para decirme que se había presentado una tremenda oportunidad de trabajo, la oportunidad de mi vida, dijo el gracejo Lito Handal, como si yo en ese momento tuviese el estado de ánimo para aprovechar la oportunidad de mi vida, cuando lo cierto es que una charada de esa naturaleza sólo podía parecerme una broma de mal gusto parida por la cabeza calenturienta de ese subcomisionado que a esas tempranas horas de la mañana no tenía mejor cosa que hacer que fastidiar a un tipo como yo, un bagazo que se carcomía en la cama transfigurada en charco de fracaso y autoconmiseración, sólo al mariconcete de Lito Handal se le podía ocurrir llamarme a esa temprana hora matutina para burlarse de mi situación proponiéndome la oportunidad de mi vida, así se lo dije sin dejar de sobarme los huevos y sin caer en su fatua provocación, pero mi queridísimo amigo Lito Handal parecía que estaba hablando en serio, no se trataba de ninguna broma, enfatizó, por supuesto que él

143

ya sabía que yo me había visto obligado a desmontar mi oficina de detective privado en el edificio Panamericano, por supuesto que él antes que nadie estaba enterado de que yo ya había desertado de mi incipiente profesión de investigador privado, nadie antes que él podía darse cuenta de mi defección, y lo dijo así, con un tonito de mierda que estuvo a punto de hacerme colgar el teléfono, ese tonito en su trompa cuando aseguró que yo había desertado y en seguida se refirió a mi defección, como si formáramos parte de un glorioso ejército en el que se hacen juramentos y otras sandeces, pero Lito Handal en verdad se estaba desquitando de las horas en que lo fastidié para que me otorgara mi licencia de detective privado reconocido por la Policía Nacional Civil, lo fastidié de tal manera que la dirección de ese cuerpo policial se vio obligada a aprobar un pequeño presupuesto con el fin de actualizar la vieja legislación en torno a las actividades de los investigadores privados, una legislación olvidada debido a los diez años de guerra civil durante los cuales a ningún cristiano en su sano juicio se le hubiera ocurrido querer llevárselas de detective privado, tuve que llegar yo con mi audaz iniciativa de convertirme en detective privado para sacudir el tinglado institucional que no estaba preparado ni legal ni operativamente para el aparecimiento de semejante raza, y como mi viejo amigo Lito Handal era el jefe de la Dirección de Investigaciones Criminales de la Policía Nacional Civil, lo lógico era que él se encargara de resolver mi solicitud formal en el sentido de que se me otorgara una licencia y una credencial que me permitieran ejercer mi nuevo oficio y me acreditaran ante las diversas autoridades del país, una solicitud que a Lito Handal le

cayó como una certera patada en los huevos, ya que él
sin habérselo propuesto había sido el gestor de mi decisión de abandonar la Academia de Policía para convertirme en detective privado, un comentario suyo dicho al
vuelo durante una de sus visitas a las instalaciones de la
Academia fue el detonante que me llevó a decidir un
cambio de vida, bastó que Lito Handal entrara a mi cubículo y comentara que de tanto huevonear y pasar leyendo novelas policiacas iba a terminar convirtiéndome
en detective privado para que esa idea quedara en ger-
men y fuera creciendo dentro de mí hasta que un día me
decidí a dar el salto, por eso ahora mi amigo el subcomisionado se creía con todo el derecho del mundo para
burlarse de mi decisión de desmontar mi despacho y
abandonar el oficio de detective privado, y para referirse
a mi gesto como una deserción, cuando él mismo había
sido testigo de que el único caso que cayó entre mis manos había sido irresoluble no sólo para mí sino también
para él, porque los altísimos niveles de corrupción en el
aparato judicial y de descomposición social volvían imposible tanto el trabajo del investigador privado como
el de las autoridades policiales, así que de pronto se me
calentaron los huevos de tanto sobármelos y le dije a Lito
Handal que si me había llamado a esa hora de la mañana con el único propósito de burlarse de mi situación,
de atormentarme con su patético sentido del humor,
más le valía encontrar otro tipo de entretenimiento, por
ejemplo podía llamar a su subordinado favorito, el prog-
nático Villalta, para que le frotara el culo con su ríspido
mentón, una sugerencia que no era precisamente brillante, yo lo aceptaba, aunque debía valorarse desde la
perspectiva de haber sido hecha a las ocho de la ma-

ñana cuando no me encontraba en mi mejor momento, pero Lito Handal estaba lejos de inmutarse, mi querido amigo, me llamaba con una real voluntad de ayudarme a salir del huraco en que estaba sumido, no había ninguna broma en lo que me había dicho, la oferta de un empleo temporal que estaba cortado especialmente a mi medida, se trataba ni más ni menos de viajar con gastos pagados a la ciudad de México para investigar la muerte de un ex-embajador salvadoreño, una oferta mandada a hacer para mí, ni siquiera la investigación de un asesinato en la resbaladiza tierra azteca –algo realmente peligroso y para lo que yo no estaba preparado, aclaró con sorna– sino un trabajo de índole aclaratoria, de certificación, un capricho de rico, tal como Lito Handal lo entendía, porque el ex-embajador era un borrachín que había muerto por el hígado reventado o por un último gesto suicida y lo que el cliente quería, por motivos de vieja amistad, era reconfirmar la forma como había muerto su amigo y en especial qué había sido de sus restos. Me dijo que esa era la misión que yo había pasado esperando durante los últimos meses, ahora no era correcto echarme para atrás, podría ejercitar mi olfato de investigador, salir de la depresión que me tenía con la mierda al cuello y de paso viajar a una ciudad que me remozaría y en la que había vivido mis años felices. ¿Qué pensaba? La cuestión era decidirlo ahora mismo, el cliente estaba a la espera, Lito Handal sólo tendría que hacer una llamada telefónica y en seguida el cliente se comunicaría conmigo y vámonos para México, compadre, a beber tequila y a coger aztecas. ¿Me decidía? Le dije que dejara de fastidiar, que llamara de una vez al pinche cliente y que ojalá no me fuera a salir con una de sus típicas pendejadas. Bingo, dijo Lito Handal, el cliente se llama Henry Highmont, pertenece a una de esas familias de abolengo podridas en plata, vas a sacar un buen billete, Pepito, te estaré esperando para que me contés y recordés a tus buenos amigos, dijo antes de colgar. No habían pasado ni cinco minuto cuando el teléfono timbró de nuevo, una llamada para la que yo debía haberme preparado, al menos despojarme de mi mentalidad de derrotado, de hundido, pero para la cual en verdad no estaba preparado, en parte porque no le terminaba de creer a Lito Handal, algo sospechoso tenía que haber detrás de su oferta de trabajo, me negaba a creer que mi suerte estuviera por cambiar, seguramente el subcomisionado estaba tendiéndome una celada para pasar burlándose a mis costillas el resto de su vida, eso temía yo, por lo que cuando levanté el auricular y escuché una voz cortés y gangosa que se presentaba como Henry Highmont y que en seguida preguntó si yo era don José Pindonga, lo primero que se me vino a la cabeza fue una escena en la que el detective Villalta impostaba la voz y se hacía pasar por ese tal Henry Highmont, mientras Handal lo observaba divertido desde el otro lado del escritorio haciéndole señas obscenas de que se estaban cagando en mi quebrantada humanidad, y todo porque el puerco de Villalta tenía meses de estar persiguiendo la carne de Reyna, sin lograr que ella le hiciera el menor caso, rechazo del que Villalta me responsabilizaba porque era yo quien le había advertido a ella que la peor estupidez que podía cometer en su vida era meterse con un policía, y se lo había repetido tantas veces, incluso cuando la tenía ensartada por el culito y le decía que ese hoyito apretado era demasiado rico como

147

para que un quijada de gaveta pudiera apreciarlo, se lo había repetido con tal determinación, que su negativa resultó infranqueable para el detective Villalta, la mano derecha de mi amigo el subcomisionado Lito Handal, y el despecho se convirtió en encono de Villalta contra mi persona cuando le pedí que por favor se abstuviera de visitar mi despacho del edificio Panamericano con el solo propósito de cortejar a mi secretaria y que en caso de que él persistiera me vería obligado a quejarme formalmente ante sus superiores, por eso mi primera reacción fue suponer que la llamada del tal Henry Highmont no era más que una treta gracias a la cual Handal y Villalta querían desquitarse los inconvenientes que yo les había causado, pero cuál no sería mi sorpresa cuando luego de intercambiar varias frases me percaté de que semejante lenguaje era completamente ajeno a las posibilidades de Villalta o de cualquier otro compinche de mi amigo Lito Handal, de que ese tipo que me preguntaba con la entonación de un caballero británico si yo estaba de acuerdo en que nos reuniéramos esa misma mañana, a las once en punto, en el bar del Hotel Camino Real para que discutiéramos con tranquilidad y amplitud el negocio propuesto, era en verdad don Henry Highmont, no una maligna invención de Lito Handal, sino una especie de tabla de salvación gracias a la cual tenía la oportunidad de salir del estado de postración en que me encontraba por causa del abandono de Rita Mena y por mi fracaso profesional, una tabla de salvación en la que debía subirme de inmediato y sin ninguna duda, por lo mismo salté en el acto de la cama, aterricé bajo la ducha, me abstuve de otra paja dolorosa recordando los gemidos de Rita Mena y pronto estuve listo con mi

148

uniforme de combate (la americana de algodón azul, la playera Polo blanca, el pantalón caqui y mis bostonianos negros), dispuesto a salir a tomar un generoso desayuno en El Balcón, porque necesitaba energía para reponerme, para estar a las once en punto en el bar del Hotel Camino Real con el temple de quien ante nada se arredra.

3

Ni a cinco cuadras de El Balcón vivía yo, metido
en un apartamentito de dos habitaciones percudidas, a
punto de llegar a la inmundicia, porque la mujer del
aseo dejó de visitarme cuando haciendo números descubrí que más me valía comenzar a ahorrar todo lo posible si pronto no quería verme en la indigencia absoluta, y a las chicas que arribaban en la noche sólo les
interesaba la cama cuyas sábanas no había dejado de llevar a la lavandería hasta dos semanas atrás, fecha en que
comprendí que podía perder a Rita Mena para siempre
y opté prácticamente por pasarme a vivir en su apartamento que compartía con Claudia, la diseñadora grá-
fica del *Ocho Columnas* capaz de meterse entre las piernas al sujeto más inusitado pero incapaz de traicionar a
su mejor amiga Rita Mena, capaz de cogerse a cualquier
gringo sucio con tal de que fuera gringo pero incapaz de
aceptar mi ofrecimiento repetido en dos ocasiones de que
se echara un buen polvo conmigo; ni a cinco cuadras de
El Balcón vivía yo en mi apartamentito de la colonia
San Luis cuando esa mañana salí en busca de mi viejo
Datsun abandonado en el estacionamiento de la unidad
habitacional durante esos días en que yo había permanecido enclaustrado por mi enfermedad del alma. El he-

cho de vivir tan cerca de El Balcón convirtió a ese bar-
café en mi sitio predilecto, una especie de oficina alterna
en la que se me podía encontrar a cualquier hora del día
y de la noche, donde muchas veces tomaba los suculen-
tos desayunos y permanecía bebiendo hasta la madrugada cuando los meseros comenzaban a subir las sillas
sobre las mesas y mi amigo Little Richard, el barman
nocturno y dueño del negocio, me decía terminante que
me serviría la última copa, ni una más, pues incluso la
puerta del local estaba cerrada ya con candado y la muchachada quería irse, la muchachada era un grupo compacto de meseras y meseros que hacían de El Balcón mi
sitio favorito, en especial la muchachada femenina inte-
grada por culitos núbiles y apetitosos que estudiaban
primeros años de arquitectura, medicina y derecho en la
vecina Universidad Nacional, un grupo de nenas que
despertaban intensos entusiasmos entre la clientela y gracias al cual ese bar-café había logrado posicionarse exitosamente en su primer año de existencia. No habían pasado, pues, ni diez minutos desde mi salida del pequeño
apartamento en que había permanecido enclaustrado los
últimos días, cuando entré radiante y hambriento a El
Balcón en pos de ese desayuno que me daría las energías
indispensables para convertir la oferta de Henry Highmont en la bisagra que abriría una nueva etapa de mi
vida, tan radiante y tan temprano me vieron entrar al
bar-café que hubo exclamaciones de sorpresa por parte
de la muchachada matutina y de Mirna Leiva, mujer de
Little Richard y co-propietaria del negocio, exclamaciones del tipo ¿qué pasó, Pepe, dónde habías estado?, di-
chas con una alegría y una sinceridad que sólo podían
transparentar la emoción de Mirna Leiva, quien me de-

testaba con una sutileza particular debido a que Little Richard me concedía un crédito nocturno al que ella no podía oponerse aunque lo intentara en repetidas ocasiones y, en especial, porque me consideraba el principal atentado contra el grupo compacto de coñitos según ella vírgenes y de los cuales yo ya había probado el de Karen, una trigueña bajita, redonda y caliente, pero aún poco experimentada en las lides giratorias, y también el coñito de Yolanda, una flaquita de piel aceitunada que si hubiera vivido en Nueva York y no en este hoyo putrefacto seguramente modelaría en las más exclusivas pasarelas, un coñito que hasta ese momento sólo había probado con mi lengua temblorosa sin poder penetrarlo porque esa princesa a sus diecinueve años aún no se consideraba preparada para perder su virginidad, la miedosita temblaba como corderita ante la pira del sacrificio cuando yacía desnuda y yo iniciaba mis embates verga en mano, una ricura frágil que esa mañana me recibió con su expresión de mayor angustia pues era público al menos en El Balcón que yo me había derrumbado en un barranco de alcohol y coca por la súbita partida de mi amor Rita Mena, la muchachada me había visto beber como cosaco con esa delirante algarabía del hombre con el pecho carcomido por la peor de todas las tristezas, en El Balcón había pasado la última madrugada antes de caer postrado por los excesos de embriaguez que tampoco me sirvieron para cerrar la herida causada por la pérfida que ahora correteaba entusiasta por Madrid en busca de nuevas vergas, por eso para mí fue muy importante que haya sido en ese barcafé donde aparecí nuevamente con mi atuendo de trabajo como si nada hubiera pasado, como si la crisis que había vivido fuera la invención de un enemigo difamador y malediciente, prueba de ello era que yo estaba ahí, acicalado y listo para mi nueva chamba, tal como le expliqué con detalle a Mirna Leiva, mientras le ordenaba a la princesita Yolanda un jugo de naranja, un omelette de queso con champiñones y un café bien cargado, le ordenaba con suficiente discreción y distancia como para que la zamarra de Mirna Leiva no sospechara que yo ya había lamido con la mayor ternura ese coñito precioso que con toda certeza podía asegurar que sí estaba virgen, no como el de Karen, quien desgraciadamente no se encontraba para presenciar mi magnífica entrada matutina a El Balcón pues ese día le tocaba el turno de la noche. Le dije a Mirna Leiva que quizá por necesidades del nuevo negocio me vería obligado a viajar a México, aunque todavía no estaba del todo claro, mi cliente era un tipo rico y poderoso con quien me reuniría en un par de horas para ultimar detalles y de quien aún no podía revelarle el nombre, le decía a Mirna Leiva mientras untaba mantequilla y mermelada en mi pan con la soltura de un profesional solvente que pronto pagará esa pequeña deuda adquirida con mi amigo Little Richard, esa pequeña deuda a la que ahora sumaríamos el sabroso desayuno que Yolanda recién me había traído pues por salir tan temprano de casa no tuve tiempo de pasar al banco a sacar efectivo, y como todo mundo estaba enterado en ese bar-café yo carecía de tarjeta de crédito, así le dije a Mirna Leiva con mi mirada perdida más allá de los cristales, más allá del tráfico ya histérico de la calle San Antonio Abad, absorto en las minucias de ese venturoso negocio en el que estaba a punto de involucrarme.

4

Nada odié tanto esa mañana cuando estacionaba mi viejo Datsun en el hotel Camino Real que haber hecho el juramento de no beber una copa más hasta volver a encontrarme con Rita Mena o por lo menos hasta que pasara un mes y mi organismo se recuperara del bombardeo al que lo había sometido, nada me parecía más absurdo que caminar bajo los árboles en el estacionamiento al aire libre de ese hotel en una mañana calurosa sin la posibilidad de calmar mi sed con una cerveza bien fría debido a un juramento que me había propuesto cumplir por sobre todas las cosas, nada me resultó tan ridículo como cruzar el lobby del hotel en ruta hacia el bar que en ese instante recién estarían abriendo con la certeza de que Henry Highmont me estaría esperando con el bolsillo abierto para que yo bebiera una copa que no podría pedir debido a un juramento que a esta altura ya me estaba causando demasiados problemas, porque en el momento en que entré a la penumbra del bar y cabeceé en busca del cliente tan deseado supe que mi juramento de no beber una copa más se había convertido en una especie de mierda en la sopa que amenazaba con pudrir esa sensación de bienaventuranza y de abrirme a una nueva vida que me acompañaba mientras enfilaba hacia la mesa donde estaba el único cliente que no podía ser otro que Henry Highmont. Y cuál no sería mi estupor cuando descubrí que el tipo que tenía enfrente era un doble del actor británico Jeremy Irons, un clon, eso era, un clon de ese actor que yo había visto en papeles tan estupendos y a quien siempre he asociado con la elegancia y la fineza, de ahí que a partir de ese instante mi cliente dejara de ser Henry Highmont para transformarse a mis ojos en Jeremy Irons, lo que coincidía a la perfección con el hecho de que yo estaba comenzando una nueva vida en la cual no era lo mismo trabajar para un ricachón salvadoreño con nombre de predicador de la Iglesia de los Últimos Días que para un insigne actor británico que seguramente ya alcanzó el rango de caballero concedido por Su Majestad, sólo un caballero podía tener un porte tan elegante y unas maneras tan corteses, me encantaron sobre todo sus mocasines color vino y un saco de lino marrón comprados sin ninguna duda en una exclusiva tienda londinense a la cual yo nunca tendría acceso porque ni siquiera conozco Londres, muchos menos sus barrios y tiendas exclusivas, el hecho de nunca haber estado en Londres y de carecer de medios económicos para comprar ropa exclusiva no me hace un resentido que envidie a aquellos que sí han visitado Londres y han podido comprar ropas exclusivas, de igual manera que el hecho de ser un poco prieto, chaparro de piernas cortas y un tanto cabezón tampoco me hace envidiar a aquellos tipos altos, delgados y de figura proporcionada como Jeremy Irons, una cosa es reconocer las propias limitaciones y otra convertir esas limitaciones en resentimiento y envidia, de ahí que la emoción que me embargaba luego de estrechar la mano de mi inminente cliente y de sentarme en el mullido sillón del bar era de admiración y quizá un poco de deslumbramiento, por eso me costó reaccionar cuando Jeremy Irons me preguntó qué pediría para tomar, él había tenido el antojo de un martini que en ese instante el mesero traía a la mesa, un martini tremendamente seductor con su aceituna flotante que activó de inmediato mis glándulas salivales y me produjo un retortijón en el espíritu, porque Jeremy Irons me recordó que en ese bar preparaban los mejores martinis de San Salvador y que él era muy exigente en lo relativo a ese cóctel, no aceptaba sino aquellos preparados con ginebra Bombay y con vermouth Noilly Prat, y mientras él me daba esta explicación yo comenzaba a sudar y a sentirme como un perfecto pendejo por culpa de ese juramento hecho a causa de los excesos alcohólicos y de otra índole generados por el abandono de Rita Mena, me sentía más miserable en la medida en que el mesero esperaba a mi lado a que yo ordenara mi bebida y en mi rostro se reflejaba la contorsión de mi espíritu que seguramente Jeremy Irons y el mesero interpretaron de una manera contraria a lo que significaba ese «un agua mineral con un chorrito de limón, por favor», que balbuceé con la mayor vergüenza y casi a punto del llanto, como si dentro de mí hubiera un pistolero desalmado apuntándome para obligarme a cumplir mi juramento, solicitud que puso en el rostro del mesero una incontrolable mueca de desprecio y en el de Jeremy Irons una expresión de sorpresa y diría que de desencanto, por lo que me vi obligado a explicarle que desde cinco días atrás me había propuesto evitar la ingestión de bebidas alcohólicas por un largo periodo después de padecer un ataque de hipertensión arterial, en realidad nada hubiera sido más apetitoso para mí que pedir un martini como el que él en ese momento bebía, le dije, pero mi salud estaba primero y aunque en el fondo y en la superficie de mi ser lo que más deseaba era beber un riquísimo martini como ése que ahora él paladeaba, yo debía controlarme, no fuera a ser que por imprudente acrecentara el deterioro de mi salud y después me viera imposibilitado de beber martinis no sólo durante un periodo de treinta días como en esta ocasión sino por lo que me restaba de vida. Un mes sin beber, dijo Jeremy Irons con un dejo de ironía, dolorosas promesas de la resaca, y alzó la copa para brindar a mi salud, dijo, ojalá yo siguiera teniendo la fuerza de voluntad necesaria para mantener un juramento que en ese momento estaba perdiendo desde mi punto de vista todo sentido, pero tampoco me iba a echar para atrás ahora que el mesero traía mi agua mineral y Jeremy Irons se disponía a entrar de una vez en materia, porque el subcomisionado Lito Handal le había dicho que yo era la persona idónea para realizar el trabajito que él requería, y se refirió así a la labor que yo iba a realizar, como un «trabajito», lo cual no dejó de despertar mis sospechas dada la tacañería ancestral de los ricos salvadoreños, su genética manera de hacer trampas al desvalorizar desde un principio aquello que tienen que pagar, lo que hacía de la denominación «trabajito» un mal precedente de cara a mis expectativas salariales, pero yo intuía que Jeremy Irons era todo un caballero y ese vicio de lenguaje que había revelado casi al inicio de nuestra conversación sólo evidenciaba una mentalidad heredada que yo podría sortear una vez que nos encontráramos encaminados en la negociación de mis honorarios, y no ahora que el cliente apenas comenzaba a exponer su problemática. Mi amigo Lito Handal le había contado que yo viví casi una década en la ciudad de México, donde me había desempeñado como reportero y analista de prensa, me explicó Jeremy Irons mientras paladeaba el tercer pequeño sorbo de su exquisito martini, que cuando acabó la guerra civil yo había regresado a San Salvador a incorporarme como jefe de investigaciones especiales del periódico *Ocho Columnas* y en seguida había pasado a trabajar a la Academia de Policía, el sitio más adecuado para desarrollar mis aptitudes investigativas, dijo, y que a partir de esa experiencia había tomado la arriesgada decisión de fundar un despacho como detective privado, y me quedó sonando la palabra «arriesgada» en mi cabezota confusa que trataba de quitar la vista del espléndido martini, pero que el mercado nacional aún era demasiado constreñido para el ejercicio con solvencia económica de una profesión novedosa y más acorde con países desarrollados que con una cueva de criminales inescrupulosos como ésta, así me dijo Jeremy Irons que mi amigo el subcomisionado Lito Handal me había vendido para el «trabajito» que aquél pasaría a detallarme ahora mismo, un «trabajito» que no implicaba ningún riesgo sino más bien contar con la experiencia y el colmillo para desplazarse a una vasta ciudad como México donde tendría que investigar las condiciones en que murió su amigo del alma, el ex-embajador Alberto Aragón, no se trataba de que mi casi cliente tuviera alguna duda en cuanto a que su amigo del alma pudiera haber sido asesinado o hubiera muerto en condiciones sospechosas, para nada, la cuestión era que el ex-embajador Alberto Aragón había roto todo contacto con sus amigos salvadoreños y al final de su vida, cuando el alcohol ya lo tenía postrado, había decidido ir a morir a México y también que sus cenizas fueran arrojadas al mar en el puerto de Acapulco, supuestamente esa había sido su última voluntad, que no hubiera velorio ni entierro ni ninguna de esas convenciones mortuorias sino que sus cenizas debían ser lanzadas al mar en el puerto de Acapulco por la chica con la que entonces vivía, una jovencita mexicana cuarenta años menor que él, quien lo había acompañado durante los últimos tres años de su vida y que ahora se había convertido en la única persona que sabía exactamente cómo había muerto el ex-embajador y qué había sido de sus restos, nadie más que ella conocía los detalles sobre la muerte de su amigo del alma y sólo ella era responsable de lo que había sido de sus restos, ninguno de sus grandes amigos salvadoreños o mexicanos ni nadie de la poca familia que le quedaba sabía con certeza si el ex-embajador Alberto Aragón había muerto de una congestión alcohólica o si se había suicidado, mucho menos contaban con información que certificara que sus cenizas habían sido esparcidas sobre el mar en el puerto de Acapulco, tal como supuestamente él había exigido como postrera voluntad, esa incertidumbre en torno al destino de sin lugar a dudas su mejor amigo, alguien con quien se conoció en el Liceo Santaneco hacía casi sesenta años, con quien había compartido las más audaces aventuras, los momentos más difíciles, las complicidades que atan para toda la vida, esa incertidumbre en torno al amigo que había muerto lejos y en el abandono lo había motivado a buscar a alguien que pudiera viajar a México para realizar el «trabajito» de investigación, repitió Jeremy Irons antes de dar el cuarto y largo sorbo a su martini. ¿No era más fácil llamar por teléfono y preguntarle a la chica lo que había sucedido?, aventuré mientras bebía mi agua mineral con limón, ¿para qué gastar en un caro viaje a México cuando con una llamada telefónica podía resolver sus dudas? He ahí el problema: nadie en El Salvador tenía manera de ponerse en contacto con la chica en México, no existía ese número telefónico que hubiera resuelto fácilmente la situación, por falta de previsión de los acontecimientos –pues no podían imaginar que Alberto sólo iría a morirse a México– a nadie se le había ocurrido pedirle que dejara un número telefónico de referencia y cuando la chica llamó para informar a la ex-cuñada de Alberto dijo que éste había sufrido un paro cardiaco y que por expresa voluntad del moribundo ella había tirado sus cenizas al mar en Acapulco y que como Alberto estaba en la miseria absoluta carecía de pertenencias que heredar y de testamento que leer, y el impacto de esa noticia expelida a boca de jarro conmocionó de tal manera a la ex-cuñada de Alberto que ésta fue incapaz de reaccionar y pedir un número de teléfono o una dirección a la chica, dijo Jeremy Irons mientras hacía señas al mesero para que le trajera otro martini y otra agua mineral con un chorrito de limón para un servidor que a esta altura comenzaba a sentir el cosquilleo que sigue a la primera copa del día, como si gracias a la contemplación del martini y a la atmósfera del bar, el agua mineral con un chorrito de limón hubiera tenido el efecto de disolver la piedra alcohólica que tengo en el hígado y los sedimentos de esa piedra comenzaran a circular por mi torrente sanguíneo produciéndome ese rico cosquilleo. Lo que mi casi cliente quería proponerme era lo siguiente: me pagaría el boleto de ida y vuelta a México, la estadía durante una semana en un hotel de cuatro estrellas con comidas incluidas y setecientos dólares de honorarios para que yo llevara a cabo la investigación, la mitad me la podía entregar en ese instante y la otra mitad cuando regresara con los resultados, ¿estaba de acuerdo? Una vez más comprobé mi carencia de virtudes empresariales, mi nulidad como negociante, porque únicamente se me ocurrió decirle que una semana era muy poco tiempo para hacer un trabajo de esa envergadura en una ciudad de las dimensiones de México, la más poblada del mundo, por si él no lo recordaba, lo más seguro era que al final de dicha semana no tuviera mayores resultados, tendría que regresar con las manos vacías y él habría tirado su dinero a la basura, le expliqué, una sola gestión en la ciudad de México a veces consume el día entero, y la cultura mexica es corrompida en esencia, nada se logra legalmente sino untando de billetes las manos de las personas, precisé, no creía pues que se tratara de un «trabajito» fácil, como a primera vista podía parecer, sino de una tarea incierta y en la que había que comenzar prácticamente de cero, por lo que mi propuesta era que iniciáramos el trabajo sobre la base de diez días y honorarios de mil quinientos dólares, corriendo por mi cuenta claro está las mordidas que hubiera que pagar a los mexicanos, y que luego de ese periodo, en caso de no haber culminado la investigación, hablaríamos para evaluar si seguía adelante o regresaba, ¿qué le parecía? Jeremy Irons bebió su martini y me observó con suspicacia: una semana y mil dólares, dijo, y entonces evaluaremos. «Venga esa mano» era el eslogan de campaña electoral de un político mediocre y perdedor que me resultaba especialmente antipático precisamente por ese tipo de eslogan estúpido que utilizaba, pero por un extraño mecanismo me vi de pronto diciéndole a Jeremy Irons «venga esa mano», al tiempo que le tendía mi mano y él me la estrechaba un tanto sorprendido por mi frase, quizás explicándosela como expresión de mi sentido del humor, cuando lo que yo en seguida pensé es que en esa mano debían venir cinco billetes de los grandes, como diría mi novelista policiaco favorito, que le darían una vuelta de tuerca a mi vida.

5

Dos referencias me dio Jeremy Irons para iniciar mi trabajo, los números telefónicos de dos señoronas que habían sido amiguísimas del ex-embajador Alberto Aragón y que quizá podían darme desde ya pistas a seguir para no llegar a México en la oscuridad total, dos respetables señoras con quienes yo debía entrevistarme de inmediato para recabar la mayor cantidad de información y no retrasar mi salida hacia la capital azteca, ambas amigas también de Jeremy Irons y por lo mismo alertadas ya sobre el hecho de que yo las llamaría en las próximas horas de ese mismo día jueves en que a partir de las once y pocos minutos de la mañana mi vida había dado un giro inesperado y venturoso, por eso cuando estuve de vuelta en mi pequeño apartamento de la colonia San Luis para guardar en mi escondite secreto los cinco billetes de cien dólares que Jeremy Irons acababa de entregarme y me apresuré a entablar comunicación con ellas, ambas me respondieron con amabilidad y logré que la primera, de nombre Esther y con un timbre e intensidad de voz que casi reventaron mi tímpano, aceptara recibirme ese mismo día hacia las cuatro de la tarde, en tanto que la segunda, de nombre Regina y que en el teléfono sonaba extremadamente altiva, me esperaría el siguiente día a las diez de la mañana, lo cual calzaba a la perfección con el plan que habíamos diseñado con Jeremy Irons y que consistía en que yo partiera hacia México el domingo en el vuelo vespertino para que pudiera aprovechar el inicio de la semana laboral. Unos minutos después de las cuatro de la tarde subía yo en mi viejo Datsun por la 27 Calle Poniente en busca del número 178 donde me estaba esperando doña Esther Mira vda. de Aragón, una calle que yo había recorrido incontables veces dada la circunstancia de que hacia el final de esa importante arteria estaba ubicado el edificio Panamericano donde languideció mi oficina de detective privado, buscaba una casa de fachada celeste y portón negro situada casi enfrente de la que fue residencia del ex-presidente de la República, Tapón Sánchez Hernández, y que ahora albergaba a una sucursal bancaria, avanzaba casi a vuelta de rueda con el pensamiento que siempre me embargaba cuando recorría esa calle y miraba a las putas en cada esquina en espera de clientes que las levantaran en sus autos, y ese pensamiento no tenía que ver con la decadencia de las colonias decentes que rápidamente se veían infectadas por el hampa y la prostitución sino con el hecho de que cada vez que Reyna caminaba por esa calle hacia mi despacho seguramente era confundida con una de esas putas, incluso yo la primera vez que vi a Reyna cuando se dirigía al *Ocho Columnas* pensé que se trataba de una hermosa puta del burdel ubicado en la siguiente cuadra del diario, todo en su andar y en su vestimenta me hicieron pensar en una joven y hermosa puta y no en la nueva secretaria del área de comercialización que pronto pasaría a convertirse en mi secretaria personal. Pocos datos me había proporcionado Jeremy Irons sobre la mujer a la que ahora visitaba: estuvo casada con el hermano mayor del ex-embajador Alberto Aragón de quien había enviudado hacía más de veinte años, nunca había vuelto a casarse, aunque era la antípoda de la viuda encerrada y doliente, más bien le encantaba la fiesta y el desparpajo, y sus amistades más queridas la apodaban «Sapuneca», un apodo preciso me dije una vez que la vi caminar a recibirme en la sala de su casa, una mujer chaparra y regordeta que renqueaba al andar y que en cuanto empezó a perorar no hubo dios que la detuviera, porque lo primero que quería decirme, incluso antes de que yo tomara asiento, era que le parecía una gran idea de Jeremy Irons mandar a investigar lo que había sucedido con Betío, y se referiría al ex-embajador Alberto Aragón con ese siniestro diminutivo, pues ella sospechaba que las cosas no habían sucedido tal y como la Infanta las había relatado en esa abrupta llamada telefónica, no se trataba de que ella sospechara de que la Infanta fuera una mala chica ni que hubiera cometido un ilícito, no, pero nadie en su sano juicio se junta con un hombre cuarenta años mayor, no, señor, se requiere una acendrada perturbación mental para ponerse a vivir con un hombre que le lleva a una cuarenta años de edad, ella hablaba por experiencia propia, su marido, el difunto Clemente Aragón le llevaba veinte años, ese era el límite de lo normal, de lo tolerado por la sociedad, más allá de veinte años de diferencia le parecía un abuso, expresión de que algo estaba fuera de orden en la cabeza de la Infanta, sólo así podía explicarse que hiciera una llamada telefónica para comunicar tan trágica y sorprendente noticia y en seguida no volviera a dar señales de vida, sin dejar el menor rastro para que ellos pudieran contactarla en caso de necesidad, dijo la Sapuneca con el mayor énfasis y en seguida le gritó a Fidelita, la empleada de rasgos indígenas que me había abierto la puerta, que trajera un vaso con agua helada para mí y otro con vodka y Sprite para ella, momento que aproveché para hacerle las preguntas que traía preparadas y que de no abrirse un intersticio nunca hubiera podido formular, porque esa vieja encopetada era una máquina de hablar imposible de detener una vez que se le había presionado el *on*, carecía de pausa en su borboteo compulsivo, así que aproveché ese momento en que me estaba felicitando porque un joven de mi edad no debía beber licor durante sus horas de trabajo para tomar la ofensiva y hacer una serie de preguntas a las que ella respondió con tremendo regocijo: no se llamaba Infanta, así le habían apodado ellas, las amigas de Alberto en San Salvador, cuando conocieron a aquella chiquilla que el viejo zamarro traía como mascota a su regreso del exilio, un apodo que éste asumió con la mejor de las simpatías y desde entonces siempre se refirió a ella como la Infanta, pero se llamaba Iris Pérez Orozco, si la memoria no le fallaba, una chica procedente de una familia humilde que nunca comprendió ni mucho menos aceptó que ella hubiera establecido una relación afectiva con un tipo como Alberto y que se opuso férreamente al traslado de ella a vivir a El Salvador junto a su indeseable pareja, por eso nadie tenía ni el teléfono ni la dirección de la familia de la Infanta; Alberto no dejó ningún dato sobre el lugar donde se hospedaría al llegar a México, como si adrede hubiera evitado que sus amigos supieran, incluso ella le preguntó explícitamente donde pernoctaría al arribar a la capital mexicana pero éste desvió la conversación y le dijo que cuando ya estuviera instalado él llamaría para proporcionarles el número telefónico y la dirección; el mejor amigo de Alberto en México era un diplomático mexicano de nombre Jaime Cardona, quien había sido embajador en Nicaragua al mismo tiempo que Alberto, pero ella ni conocía al tal Jaime ni tenía sus datos, aunque no me costaría conseguirlos una vez aterrizara en México o quizá Regina los tenía y podía facilitármelos mañana a las diez que me entrevistara con ella, dijo la Sapuneca para que no cupiera duda de que ambas viejas ya me estaban cuadriculando. Pobre del Muñecón, con lo que lo queríamos aquí, con la falta que nos hacía, viajar para morir de esa manera como perro sin dueño en una tierra extraña, no hay derecho, el Muñecón no merecía eso, tan buena persona que era y tan guapo, me duele que le haya sucedido esa tragedia, y que tiraran sus cenizas al mar, lo peor que pudo suceder, no termino de creerlo, es cierto que el Muñecón no era un hombre religioso, pero de eso a carecer de una tumba hay una enorme distancia, dijo la Sapuneca, compungida como si estuviese entrando al escenario y apenas comenzara su dramatización, sin soltar su vaso de vodka con Sprite, del cual tomaba pequeños sorbos con compulsión, en realidad todo en ella era compulsivo, desde la manera en que se agitaba y parecía que le faltaba el aire cuando borboteaba su interminable parloteo hasta la decoración de la sala repleta de fotos de los mismos niños que supuse sus nietos, desde el regocijo con que quería revelar secretos de la vida del Muñecón –así le decíamos por cariño, hijito, porque parecía muñecón de pueblo de tan tieso y

169

guapérrimo, me explicó en uno de sus paréntesis– hasta
la ansiedad con que quería contarme su propia odisea,
cuando a esa altura la única pista que me quedaba clara
era la que me tendría que conducir a un diplomático mexicano llamado Jaime Cardona y cuando además consta-
taba que no era lo mismo tomar agua mineral con un
chorrito de limón en el bar del Camino Real junto a Jeremy Irons que este vaso de agua simple en la sala de la
Sapuneca mientras ella se atragantaba su vodka y aga-
rraba más envión en su cháchara, no era lo mismo to-
marme aunque fuera una Coca-Cola en la barra de El
Balcón con la perspectiva de levantarme a Karen o a Yolanda que escuchar a esta especie de sapo condensado
que ahora daba nuevamente de gritos llamando a Fidelita para que le sirviera otro vaso de vodka con Sprite,
me preguntaba si quería un nuevo vaso con agua y pasaba
en seguida a decirme que Alberto se había ido metiendo solito en un callejón sin salida, con lo que todos lo
queríamos, repitió, el alcohol lo fue destruyendo, ya no
controlaba, comenzaba a beber a las once de la mañana
y a las cinco de la tarde ya estaba incoherente, no era
posible que sobreviviera de esa manera, yo por ejemplo
me tomo un trago a las doce del mediodía, otro a las
cuatro de la tarde y el último a las nueve de la noche
viendo una película en la tele, sin abusar, hijito, con
moderación, ahora estoy tomando uno de más porque
estás tú aquí, pero el Muñecón bebía como si el próximo día fuera a decretarse una ley seca universal, por
amor de Dios, y cuando le comenzó a ir mal económicamente ninguno de nosotros podía ayudarle, con lo
difícil que está la situación, hijo, a duras penas sobrevi-
vimos, nadie cuenta con dinero como para estar pres-

tándole al prójimo, menos si el prójimo se lo va chupar en vodka, no, las cosas no pueden funcionar así, hijito, y cuando Alberto se dio cuenta de que no podíamos ayudarlo económicamente entró en una dinámica autodestructiva e injusta con nosotros, como si tuviéramos la culpa de que sus amigos políticos lo hayan dejado a su edad colgado de la brocha, haceme el favor, niño, lo embarcaron con todo tipo de promesas para que se viniera de México y una vez aquí lo dejaron colgado de la brocha, pobrecito, siempre tan caballero y tan propio, tan atento y alegre, tan divertido e ingenioso, cómo lo extraño, pese a que en las últimas semanas me pareció que lo había ganado el resentimiento, como que la desesperación lo llevó a encerrarse y a tomar decisiones apresuradas, se volvió un poco esquivo y agrio por la mezcla de fracaso personal y exceso de alcohol, ya no podía invitarnos a su casita de la San Luis –iera mi vecino!, quise comentar, pero no pude interrumpirla–, más bien estaba vendiendo en barata sus muebles y enseres domésticos, cosas que todas nosotras ya tenemos y obviamente no le podíamos comprar, no le quedó otra alternativa que malvender sus pertenencias para conseguir un poco de dinero para poder viajar hacia México, porque esa muchachita no podía ayudarlo ni darle ideas para salir del atolladero, una criatura buena gente pero demasiado insignificante para lo que había sido el Muñecón, se lamentó la Sapuneca, me duele que se haya ido de esa manera, como chucho con la cola entre las patas, nada más llamó de repente una noche para decirme que al día siguiente partiría hacia México, me duele que no haya tenido el entierro ni el velorio que se merecía, hubiéramos ido todos sus amigos a despedirlo,

171

no hubieras dado crédito a la fila de amantes que hubieran desfilado frente a su féretro para darle el último adiós, eso se merecía el Muñecón, una gran despedida, en vez de habernos dejado en la incertidumbre, sin sus restos, como si no hubiese existido, no hay derecho, tenés que ir a investigar qué pasó realmente. Entonces le pregunté si el ex-embajador Alberto Aragón pudo ser capaz de suicidarse. Claro, hijo, farfulló mientras se empinaba el vaso de tal forma que casi se atraganta y fue víctima de un escandaloso acceso de tos, si el papá de ellos, es decir mi suegro, se metió un tiro en la cabeza sin decir agua va, después de que le diagnosticaron cáncer en el pulmón llegó a su casa, sacó la pistola y zas, horrible, es algo a lo que le tengo un gran miedo porque dicen que puede ser hereditario, Dios no lo quiera, que ni mi Erasmito ni mi Coquito vayan a sacar esa tara, oró antes de que le volviera el acceso de tos y se disculpara diciendo que un trocito de hielo era el culpable de su atragantamiento y daba otra vez de gritos llamando a Fidelita para que le trajera más servilletas, su Erasmito y su Coquito seguramente eran los modelos de esos dos horrendos retratos de adolescentes que colgaban de una de las paredes, hechos por un seudodibujante de octava y que la Sapuneca exponía con orgullo en la sala de su casa, y cometí el error de fijarme unos segundos más de lo debido en esos retratos mientras ella se reponía de su acceso de tos, lo que le dio la pauta para preguntarme si conocía a Erasmito, su hijo mayor, un periodista destacado, y supuse con suficientes motivos que en seguida ella pasaría a relatarme la historia de su familia con pelos y lunares, porque ya se había recuperado de sus accesos de tos y se repantigaba en el sillón para lanzarse con nuevos bríos a su parloteo, de ahí que le respondiera que desgraciadamente no tenía el gusto de conocer a su hijo y, sin dejar que me interrumpiera, me puse de pie para agradecerle su tiempo y la valiosa información que me había brindado, yo saldría para México el domingo entrante y aún me quedaban muchos trámites por hacer, le expliqué mientras me encaminaba hacia la puerta, pero la Sapuneca era un hueso duro de roer y entonces me preguntó si no se me antojaba ver una foto del Muñecón. Por supuesto, respondí, me encantaría. De inmediato ella se precipitó renqueando por el corredor hacia las habitaciones, mientras yo permanecía de pie en el centro de la sala rodeado por los montones de fotos de niños que se amontonaban sobre las mesitas y los chineros, y por esos dos retratos horrendos que colgaban de la pared, pensando que después de todo la visita no sería inútil si yo lograba empaparme de la personalidad y de la presencia física del objetivo a investigar, pensando también que uno de los rostros horrendamente dibujados se me hacía familiar, quizá la Sapuneca tenía razón y yo conocía a ese hijo suyo a quien no terminaba de reconocer debido al pésimo dibujo y al hecho de que había sido perpetrado muchos años atrás, pero por nada del mundo sacaría a relucir mi probable conocimiento del tal Erasmito so pena de tener que soplarme una convulsión parlante sobre la familia de doña Esther Mira vda. de Aragón para la que yo no estaba preparado y que sólo la distraería del objetivo central que era entregarme una foto del ex-embajador Alberto Aragón que ahora ella traía entre manos, la foto que agitaba mientras me decía que la acompañara a la sala de estar del lado del patio, donde había más luz y yo podría contemplar a mis anchas lo guapo que había sido el Muñecón, una foto tomada en un bungaló del Hotel Presidente hacía catorce años, esa misma tarde en que los escuadrones de la muerte secuestraron a Albertico, el hijo de Alberto, junto a su mujer Anita, una danesa tan linda y tan ingenua, me explicó mi anfitriona. Tomé la foto: vi al tipo canoso, de buen físico, con aspecto de *bon vivant*, rodeado por dos mujeres, una de ellas la Sapuneca y la otra, aún hermosa pese a los años, era con quien yo me entrevistaría la mañana siguiente. Qué domingo ese, exclamó mientras me invitaba a sentarme en esa otra sala a través de cuyos cristales podía divisar el pasto tupido y nítidamente cortado, los rosales y un árbol de aguacate, estábamos pasándola de maravilla con el Muñecón y Regina, un día espléndido gracias al buen humor con que celebrábamos el reinicio de su romance, me explicó al tiempo que me arrebataba la foto, en medio de esa alegría fue que el Muñecón le pidió al capitán de meseros del hotel que nos tomara esta foto, para la cual posamos entre carcajadas diciendo que sería un documento fundamental en la historia de los romances en El Salvador, y la estábamos pasando tan bien que el Muñecón le pidió al capi que hiciera el favor de tomarnos tres fotos aprovechando las virtudes instantáneas de su cámara Polaroid, para que cada uno se quedara con su copia como recuerdo de un momento espléndido, lo que no sabíamos era que al mismo tiempo que nos sacábamos las fotos al otro lado de la ciudad los escuadrones de la muerte estaban a punto de capturar a Albertico y a Anita, no podíamos imaginar que algo tan horrible estuviera sucediendo mientras nosotros nos divertíamos como adolescentes, sólo la llegada del mesero con el teléfono unos minutos después de que posáramos ante el capitán diciendo que había una llamada para don Alberto Aragón contuvo nuestro jolgorio, porque de pronto el rostro del Muñecón cambió, le vimos una mueca de preocupación y alarma que nos dejó heladas, lo escuchamos hablar con tal agitación que comprendimos que algo gravísimo estaba ocurriendo y cuando mencionó el nombre de Albertico casi desfallecemos porque ambas sabíamos que ese niño tan guapo y simpático estaba trabajando para los comunistas y que más temprano que tarde se metería en un atolladero sin salida, dijo la Sapuneca ya casi sin aliento, con la foto en su mano izquierda y en la derecha el vaso de vodka con Sprite del que bebió un larguísimo trago. Ya para entonces yo me había acomodado en un sillón completamente atrapado por la historia del ex-embajador Alberto Aragón que su ex-cuñada la Sapuneca borboteaba a los gritos, pues a medida que bebía su vodka la intensidad y la vehemencia de su voz aumentaban, como en ese instante cuando pegó un alarido tremendo que me hizo saltar del sillón pidiéndole a Fidelita que le sirviera el último vaso de vodka con Sprite, porque el recuerdo de aquellos días con el Muñecón la podían sumir en un estado de tristeza insoportable y nada la afectaba más que la tristeza, dijo a punto del llanto, como si en ese pasaje de la obra le tocara llorar y ella estuviera preparándose para hacerlo de una forma que convocara todos los aplausos. ¿Y entonces?..., dije. Pues se nos arruinó la fiesta: el Muñecón nos dijo que un jeep con un grupo de hombres vestidos de civil y fuertemente armados permanecía estacionado frente a la casa de Albertico y Anita, que ésta era quien había llamado porque tenía miedo,

175

no sabía qué hacer y Albertico aún no regresaba a casa, por eso el Muñecón le había indicado que por nada del mundo fuera a abrirles la puerta y que en cuanto llegara Albertico se encerraran hasta que él fuera a sacarlos, pero en esos momentos, cuando el Muñecón nos contaba abrumado sobre lo que le había dicho Anita y pensábamos qué era lo más conveniente a hacer, el mesero se acercó a decirnos que había otra llamada para don Alberto Aragón en ese mismo teléfono que aún estaba sobre la mesa: era Albertico diciéndole al Muñecón que no se preocupara, los nervios habían traicionado a Anita, esos hombres sospechosos ya se habían ido, él recién entraba a casa y no los había visto, ahora ellos dos saldrían a comer algo y lo mantendrían informado; Alberto le dijo que mejor esperaran a que él fuera por ellos para conducirlos a un restaurante, pero Albertico respondió que no era necesario, que no se preocupara y esa fue la última vez que el Muñecón habló con su hijo, dijo la Sapuneca en el instante en que Fidelita entraba con el nuevo vaso de vodka con Sprite. ¿Y qué pasó con el muchacho?, pregunté. Los mataron, hijito, a él y a su esposa danesa que no debía nada, los tiraron despedazados en la carretera Litoral y el Muñecón sólo pudo encontrarlos una semana después, cuando los cuerpos ya estaban enterrados y descompuestos, nunca he visto a un hombre tan atormentado como al Muñecón en esos días, cuando venía a esta casa a recoger mi carro para dedicarse a buscar los cadáveres, toda una semana de tormento en busca de los cuerpos de mi sobrino y de la danesa, una tragedia que le arruinó la vida al Muñecón para siempre, estoy segura, uno no se repone nunca de algo así, una tragedia permanente la de los Aragón, hijito, una familia con tan mala estrella: primero mataron a mi marido, luego se suicidó mi suegro, en seguida torturaron hasta la muerte a mi sobrino y a la pobre danesa, y ahora sucede esta desgracia con el Muñecón, dijo la Sapuneca con los ojos acuosos. Por eso doy gracias que mis dos hijos vivan en otros países, aunque me hagan una falta enorme, mejor que estén lejos y a salvo. ¿Puedo quedarme con la foto?, le pregunté. No, hijito, sería más que entregarte mi alma, dijo, mi más querida foto con el Muñecón, de ninguna manera, imposible desprenderme de ella, mejor pedile una a Regina, ella tiene montones, pero conmigo casi nunca se fotografió. Ahora sí lo más apropiado era largarme, estaba mareado con la verborrea de la Sapuneca, realmente impresionado con el mundo que comenzaba a aparecer detrás de la figura del ex-embajador Alberto Aragón, conmovido por tanta tragedia, con la idea de que me costaría un mundo encontrar la información requerida en México, como si el tal Muñecón se las hubiera ingeniado para desaparecer por completo como su último gesto de burla. Doña Esther Mira vda. de Aragón me acompañó hasta el portón de entrada de su casa, diciéndome que cualquier cosa que se me ofreciera ya sabía donde encontrarla, ella colaboraría en lo que fuera con tal de desenmarañar el misterio que según ella estaba detrás de la súbita y extraña muerte de su ex-cuñado, no tenía más que darle una llamada telefónica y me recibiría con gusto, dijo mientras abría el portón y me preguntaba si ese Datsun tan viejo era el mío. Le dije que sí. Y entonces empezó un elogio del vivir sin ostentación, la delincuencia había alcanzado tales dimensiones que la gente decente ya no podía salir a la calle como lo hacía antes, ella lo acababa de vivir en carne propia, dos meses atrás sufrió un asalto inconcebible, le robaron ese carrito que yo miraba ahora estacionado en la cochera, un psicópata asesino subió de pronto a su auto mientras ella respetaba una luz roja, la encañonó y la obligó a conducir desde Santa Tecla hasta la Autopista Sur enfrente de la Torre Democracia, el peor susto de su vida, ella creyó que el tipo la mataría, pero por suerte sólo le pegó un cachazo con la pistola antes de lanzarla del auto, casi le destrozó la cabeza del golpe, ella tuvo que gastar su dinerito en el hospital y pasar vendada e inmovilizada durante dos semanas, aún le cuesta entender de dónde sacó el valor para conducir con el cañón de una pistola presionándole las costillas a lo largo de varios kilómetros, si ella hubiera sabido que ese famoso criminal llamado Robocop había matado a tanta gente seguramente se hubiera paralizado y no estaría contándomelo. Me quedé boquiabierto. ¿El que mató a la señora de Trabanino?, pregunté sin salir de mi asombro. Ese mismo, dijo la Sapuneca, pasé casi quince minutos encañonada por uno de los criminales más sanguinarios de este país, la peor experiencia de mi vida, gracias a Dios no me le hizo nada al carro, sólo lo dejó tirado allá por Soyapango, cerca de donde lo capturaron, una zona horrible que yo desconozco y de donde por suerte lo trajo la grúa de la policía. Yo seguía atónito: ahora resultaba que esta vieja pedorra había sido testigo y partícipe del único caso que yo había conseguido como detective privado. ¿Usted estuvo con Robocop?, le pregunté, sin terminar de creerle. Claro, hijito, a mí me secuestró horas antes de que lo capturaran, aunque de nada sirvió porque ya ves con que facilidad se les escapó de la cárcel. Increíble, le dije, a mí me contrataron para investigar el asesinato de la señora de Trabanino perpetrado por ese bandido, pero se trataba de un caso demasiado complejo y me retiré. Fue como si la Sapuneca hubiera recibido una súbita descarga de adrenalina: ¿cómo te metiste en eso, hijito?, contame, ¿quién te contrató?, ¿qué lograste descubrir?, ¿verdad que un caca grande estuvo detrás de la orden para matar a esa pobre mujer?, ¿por qué habrán hecho semejante barbaridad?, me preguntaba con excitación, casi dando de brincos. Tuve un destello de lucidez: le prometí que cuando regresara de México la buscaría para que conversáramos con largueza del tema, pues ahora tenía demasiados pendientes y el tiempo apremiaba. Pinche vieja pícara, pensé mientras conducía frente al edificio Panamericano, de seguro Jeremy Irons le comentó que yo había tenido que ver con ese caso y por eso al final me puso esa cascarita para que yo me deslizara como imbécil.

6

Cuando al mediodía del viernes entré al Mesón del Ruco, donde almorzaría con mi amigo el subcomisionado Lito Handal, yo había visitado ya la residencia de doña Regina Rengifo vda. de Quiñones y había pasado varias horas haciendo llamadas telefónicas (incluso volví a hablar con la Sapuneca) para tratar de obtener la mayor cantidad de información posible sobre esa mujer a quien consideraba como el eje a partir del cual podría establecer los contactos requeridos en México para averiguar lo sucedido con el ex-embajador Alberto Aragón, yo había visitado ya su residencia cerca del redondel Masferrer de la colonia Escalón donde me recibió con amabilidad y respondió a todas mis preguntas, incluso accedió a darme los números telefónicos del diplomático mexicano Jaime Cardona y de un mayor del ejército mexicano con quien el ex-embajador mantuvo una estrecha relación, tampoco había puesto reparos a mostrarme algunas fotos de éste sin que yo me animara a solicitarle que me prestara una para llevarla conmigo, porque pese a la cortesía ella siempre conservó la suficiente altivez y distancia como para coartar cualquier confianza de mi parte, y temí que una solicitud de esa naturaleza pudiera cerrarme las puertas de una fuente valiosa al principio de la investigación, un gesto de timidez que sólo resultaba explicable por el hecho de que el entusiasmo despertado por la nueva labor a la que me había abocado gracias a la confianza de Jeremy Irons no contrarrestaba los efectos de seis días de abstinencia que machacaban mis nervios y pateaban con frecuencia la seguridad en mí mismo, ni borraba la paliza a mi autoestima en que se había convertido el súbito abandono de Rita Mena, de ahí que me contentara con escuchar las respuestas meditadas, precisas y carentes de infidencias que me daba esa mujer, con el recato propio de quien está acostumbrada a enfrentar situaciones delicadas en las que la prudencia y la contención en el decir son decisivas, práctica ésta que seguramente ella adquirió cuando fue esposa del coronel Arnulfo Quiñones, máximo jefe del ejército y ministro de Defensa salvadoreño durante la primera mitad de la década de los cincuenta, un militar que la cazó cuando ella era una gacelita de buena familia recién egresada del bachillerato y entonces famosa por haber sido coronada como Reina del Café de El Salvador, un título nada despreciable si se considera que los dueños del café eran los dueños del país en aquella época y que por tanto en ese certamen de belleza sólo participaba lo mejor de la crema y nata de la sociedad, por eso el jerarca castrense apuntó sus baterías hacia esa chica veinticinco años menor que aprendería a su lado los vericuetos del poder y que gracias a ello manejaba la información con un dominio y un tacto completamente opuestos a la incontinencia verbal de su amiga la Sapuneca, sólo una práctica consumada en el juego de apariencias y medias verdades que significa la política pudo permitir que doña Regina Rengifo vda. de Quiñones

182

fuera durante una década la discreta amante del ex-embajador Alberto Aragón, un tipo detestado y en verdad considerado como un traidor por los ricos y por el estamento militar debido a su brutal decisión de abandonar su cargo diplomático para pasarse a las filas de la guerrilla en el momento en que ésta lanzaba su primera gran ofensiva terrorista, sólo un refinado sentido de la conspiración pudo permitir que tan distinguida señora pasara de tres a cuatro meses al año en México a lo largo de casi una década para vivir su romance con el Muñecón sin que este hecho perturbara su vida en San Salvador en plena guerra civil, precisamente por esas prolongadas estadías junto a su amante ella debía saber mejor que nadie los meandros por donde se había movido el Muñecón en la ciudad de México, y aunque se disculpara ante mí por no poder ayudarme como ella hubiera querido a causa de que la última vez que estuvo en México con Alberto había sido cuatro años atrás (ella siempre se refirió con una especie de respeto y nostalgia a «Alberto» y nunca al «Muñecón» como la Sapuneca), yo salí de su residencia con los números telefónicos de dos personas precisas que serían mi punto de partida para la investigación que dos días después iniciaría en México.

Cuando al mediodía de ese viernes, sudado y ansioso, peleando contra la tentación de beber una cerveza, entré al Mesón del Ruco, donde almorzaría con mi amigo el subcomisionado Lito Handal, trataba yo de ordenar lo que me había dicho doña Regina Rengifo vda. de Quiñones un par de horas atrás sobre el ex-embajador Alberto Aragón, nada por supuesto que tuviera que ver con su relación sentimental, ningún tipo de confesión ni intimidad sobre los años que habían vivido juntos –en realidad siempre lo mencionó como a un amigo querido y no como a un viejo amante–, un ordenamiento del que el Muñecón salía bastante mal parado, en especial porque parecía un tipo al que sus amigos comunistas y algunos ricachones habían baboseado con todo tipo de expectativas que él creía y fomentaba, cuando al final nadie le soltó un duro bajo el argumento de que su alcoholismo ya pasaba de la raya y lo imposibilitaba de realizar cualquier tarea o función, incluso su ex-amante había dejado de verlo el último año, y no porque le diera celos la muchachita que lo acompañaba, sino porque el Muñecón había entrado ya a un mundo de fantasía y delirio que lo convertía en un ser patético a los ojos de quien tanto lo había querido, según yo concluía mientras caminaba entre las mesas del Mesón del Ruco en busca de Handal, quien evidentemente aún no llegaba, por lo que me senté en el rincón más fresco en espera de que se acercara la mujer del Ruco con su deslumbrante diente de oro en la jeta y su culo vasto y carnoso a preguntarme qué iba a beber, ese culo carnoso y de movimientos sensuales era el motivo por el cual Handal prefería comer en este lugar en vez de en El Balcón, un culo que me hizo recordar el de doña Regina Rengifo vda. de Quiñones, quien con más de sesenta años de edad vestía pantalón y blusa tallados para que el observador pudiera constatar que ella aún mantenía sus formas, su cintura de avispa y su busto erguido y abundante, sus largas piernas y su culo carnoso, redondo y alzado, a diferencia del de la mujer del Ruco, que pese a su carnosidad y sensualidad en el movimiento pertenecía más bien a la categoría de los «culo a tierra», esto es, aquellos traseros que han perdido el temple y la firmeza y tienden a precipitarse hacia el desmoronamiento, recordar el culo de doña Regina me hizo pensar en la calidad de gacelita que debió haber disfrutado el coronel Quiñones, viejo zamarro, seguramente pervirtió esa carne tierna y jugosa con el mayor de los placeres, hizo de ella una experimentada meretriz bajo el disfraz de jovencita elegante y de buena familia, tan bien debió haber aprendido las perversas artes amatorias que décadas después logró enganchar a ese tipo con complejo de *playboy* que se convertiría en el embajador Alberto Aragón, un dandy a quien gustaban las chicas jóvenes y deslumbrantes y que si a sus cincuenta años prefirió a esta mujer casi de su misma edad tuvo que haber sido porque las virtudes de ella en la cama estaban muy por encima de lo que podía lograr con una chica joven y deslumbrante, la sola idea de lo que doña Regina Rengifo vda. de Quiñones fue capaz de hacer en la cama en sus años mozos comenzó a despertar en mí cierta excitación, nada más tuve que imaginarla sin esas arrugas revolcándose como tigresa en la cama para que mi excitación fuera creciendo hasta el grado de que no sentí el momento en que la mujer del Ruco llegó a mi lado a preguntarme qué se me ofrecía beber, mi imaginación había despegado con tal entusiasmo hacia las delicias que semejante mujer debió haber prodigado en la cama que sufrí tremendo susto cuando escuché la voz de la mujer del Ruco a mi lado preguntando si me traía una cerveza, me fastidió particularmente que la brusca salida de mi ensueño haya sido causada por una mujer cuyo diente de oro y cuyo culo a tierra no despertaban en mí una energía erótica similar a la que comenzaba a paladear gracias a la fantasía de tener en la cama a esa

185

joven viuda del coronel Quiñones que me hacía delirar de placer mucho más que la propia Rita Mena. Le dije a la mujer del Ruco, con esfuerzos para no poner en evidencia mi malestar, que me trajera una agua mineral con mucho hielo y un chorrito de limón, que me había prometido permanecer abstemio al menos durante un mes y no habría dios capaz de hacerme romper el juramento, así se lo dije para que ella sonriera y mostrara su diente de oro en medio de su gran jeta porque no hay mujer de bebedor a la que no le complazca el hecho de saber que un compinche de su marido ha renunciado aunque sea momentáneamente al oficio de la bebida. Y en cuanto la mujer del Ruco me dejó de nuevo a mis anchas, hice un severo esfuerzo con mi imaginación para volver a esa imagen de doña Regina Rengifo cuando recién había enviudado del coronel Quiñones y estaba en la plenitud de su belleza y de su fuerza sexual, a la imagen de una tigresa devoradora e insaciable que me hacía objeto de su pasión y me poseía de una forma tan deliciosa como yo nunca había probado, pero mi imaginación ya no pudo despegar del mismo modo que lo hacía cuando fui interrumpido por la mujer del Ruco, por lo que pronto me di por vencido y me dije que ya tendría mejores oportunidades para excitarme con tal evocación, que éste no era el momento, menos ahora que la mujer del Ruco traía mi agua mineral con un chorrito de limón y procedía a sacarme conversación –que si esperaba a alguien, que si había tenido noticias de Rita Mena en Madrid, que si no me estaba costando mucho cumplir mi promesa de abstinencia–, mientras yo pensaba que un extraño patrón de relaciones de pareja se imponía a mi alrededor, una tendencia acentuada y de la que yo mismo era partícipe, pues el Ruco tenía por lo menos veinte años más que su mujer, el coronel Quiñones había sido veinticinco años mayor que doña Regina, el Muñecón cuarenta años mayor que la Infanta y yo era quince años mayor que Rita Mena. ¿Qué significaba eso? Iba a planteárselo a la mujer del Ruco, para que ella meneara la idea en su sensual culo a tierra y así tal vez pudiera darme alguna luz, pero en ese instante apareció mi amigo, el subcomisionado Lito Handal, culpable de que fuéramos a comer en el Mesón del Ruco y no en El Balcón, como yo hubiera preferido, porque para mí el Mesón del Ruco era un sitio propicio para las madrugadas, cuando cerraban El Balcón y mi hígado insolente quería seguir bebiendo, pero no para sostener una comida de celebración, como yo entendía este encuentro con Handal, una celebración por el nuevo trabajo que abría una nueva etapa en mi vida, un evento digno de ser celebrado en El Balcón bajo la mirada atenta de aquel ramillete de chiquillas cuyos coñitos yo olisqueaba con delicadeza, incapaces sin embargo de generar cualquier entusiasmo en Handal, a quien mi bar-café favorito le parecía snob e impostado, propio para nenes pretenciosos o para burguesitos curiosos, y prefería el Mesón del Ruco, una cueva frecuentada por ex-guerrilleros resentidos y cuyas meseras despedían el hedor de la vulgaridad y la estulticia. Debo aclarar que tanto mi amigo Little Richard como el Ruco –quien tampoco estaba en su establecimiento en el día pues se encargaba de cuidar la barra durante la noche y de sacar a los últimos borrachos con los primeros rayos del sol– habían trabajado para distintas organizaciones guerrilleras y que, una vez terminada la guerra, ambos se habían apresurado a reconvertirse en prósperos empresarios; debo decir también que la esposa de mi amigo Little Richard, Mirna Leiva, era la hija mayor del Ruco y que ésta mantenía una relación fría y competitiva con su progenitor, despreciaba a la culona del diente de oro (que no era precisamente su madre) y que, cuando era una adolescente, a causa de las andanzas subversivas de su padre, había sufrido cárcel, violación y exilio.

La vulnerabilidad de los modales es sorprendente: éstos pueden ser degradados sin que la persona se percate de ello, tal como ahora yo estaba constatando mientras comía con mi amigo el subcomisonado Lito Handal y le comentaba mis avances en la investigación sobre el ex-embajador Alberto Aragón, en especial le detallaba mis entrevistas con doña Esther Mira vda. de Aragón y con doña Regina Rengifo vda. de Quiñones, sin hacerlo partícipe por supuesto de mis fantasías sexuales frustradas hacía un momento por la mujer del Ruco, le comentaba mi impresión de que sería bastante difícil conseguir la información requerida por Jeremy Irons y que sólo un golpe de suerte podría hacer que en una semana yo hubiera logrado mi misión, lo sensibilizaba en torno a las dificultades de operar con tan poca base informativa en un país complejo como México, le decía esto para que él a su vez sensibilizara a Jeremy Irons y éste no se sorprendiera cuando yo le llamara para decirle que necesitaba quedarme más tiempo en México, tal como ya preveía y dada la cantidad de amistades que yo había dejado en esa ciudad, pero mientras decía estas cosas cada vez perdía más mi concentración y aumentaba mi molestia por el hecho de que mi amigo, el subcomisionado Lito Handal, masticaba con la boca abierta, como si hubiese sido un cerdo cualquiera y no un alto funcionario de una importante dependencia gubernamental, me parecía espeluznante que después de cuatro meses de no comer con él sus modales se hubieran desplomado de tal manera, como si ya no se relacionara con gente decente sino sólo con los patanes que tenía de súbditos, en especial el prognato detective Villalta, y así se lo espeté: que cerrara el hocico para masticar, que no fuera chancho, yo entendía que Villalta no pudiera cerrar la trompa a la hora de masticar porque no había músculo capaz de levantar esa quijada, pero me parecía de pésimo gusto que él remedara las estupideces de sus subordinados, que con semejantes modales no podría invitarlo a comer con Jeremy Irons cuando celebráramos mi triunfo. Me miró con estupefacción (y la boca abierta, que de inmediato cerró), como si le acabase de decir que me había cogido a su mujer, una expresión de sorpresa que pronto se tornaría en encabronamiento, y ya lo veía venir con su andanada de reproches e insultos –qué te importa cómo mastico, pedazo de mierda, hubiera sido su entrada cortés–, cuando por suerte apareció junto a la mesa la mujer del Ruco oreando su diente de oro en medio de la sonrisa coqueta, porque la muy culo a tierra se sabía objeto del deseo de mi amigo, el subcomisionado Lito Handal, quien a la menor oportunidad le lanzaba piropos, con recato ciertamente, apropiados para una mujer casada, pero piropos al fin, por lo que éste se apresuró a terminar de masticar ahora sí con la boca cerrada el bocado de bistec y a tragarlo pronto para poder conversar con la morena que se le insinuaba, de ahí que yo le felicitara antes de que él pronunciara palabra –ves, no cuesta nada mascar con el hocico cerrado, le dije– y en seguida me dirigiera a la mujer del Ruco para preguntarle por qué mi pechuga de pollo a la plancha estaba tan impregnada de aceite, en verdad chorreante de aceite, cuando se supone que la cocina a la plancha reduce si no evita el uso de aceite, en tanto que la pechuga con la que yo pensaba celebrar el empleo recién conseguido y el inicio de mi nueva vida chorreaba tanto aceite como si el plato principal fuera el aceite y la pechuga apenas un ingrediente, lo increíble es que una pregunta sencilla y directa sobre mi pechuga de pollo haya sido capaz de espantar a la mujer del Ruco, quien me miró con el odio más profundo y en seguida se escabulló entre las demás mesas, por lo que supuse que ella sí sabía lo que era una pechuga de pollo pero tenía muchas dudas sobre lo que era una pechuga de pollo a la plancha, por eso prefirió huir ante la consternación de mi querido amigo, el subcomisionado Lito Handal, quien de golpe había duplicado su odio hacia mí, aunque ciertamente haber ahuyentado al culito a tierra constituía una provocación peor para el policía que ahora masticaba correctamente con la boca cerrada, mucho peor que cualquier cosa que yo dijese, y en ese instante intuí que el amigo Handal ya se había hecho unas pajas demasiado precisas y concentradas en torno a la chica de la sonrisa dorada, de ahí que yo procediera a preguntarle claramente sobre sus vínculos con Jeremy Irons. ¿Quién era este clon de mi actor favorito británico? Que me fuera diciendo de una vez por todas por quién tenía yo que exponer mi culo, porque al final de cuentas lo que iba a estar expuesto era mi culo y por ese sencillo hecho yo necesitaba rigurosamente saber quién era la persona que estaría subastando mi culo, nada más por si quien lo compraba me hacía preguntas, por eso le estaba dando su oportunidad de que me contara todo lo que supiera sobre Jeremy Irons. Y mi querídisimo amigo Handal era todo un profesional: el caballero en cuestión poseía fincas de café, inversiones inmobiliarias y bancarias nada desdeñables: unas finquitas de café de altura en los alrededores del volcán de Santa Ana, otras más chicas del lado de Apaneca y Juayúa, tres edificios y cinco terrenos en el eje Paseo Escalón, significativos porcentajes accionarios en los dos principales bancos del país. ¿Qué era lo que en detalle me interesaba?, dijo Handal, con fastidio. ¿De dónde se conocen?, pregunté. Y a vos qué te importa, cerote, masculló como en las novelas de mi novelista policiaco favorito, vas a cobrar y te vas a discutir algo conmigo. He ahí su equivocación: en cuanto cobrara se acabaría todo, eran tantas mis deudas, y no quedaría nada para discutir ni para hablar ni para nada –el puro canto de los mudos. Algo no me sonaba, o me sonaba mal, algo desentonaba, para qué investigar la muerte de un amigo a quien nadie ha matado y que no ha dejado nada que heredar, un absurdo, que me fuera diciendo de una vez por todas, aprovechando que yo tenía una semana sin beber alcohol, que me fuera explicando qué sentido tenía pagar una investigación así, no suponía yo a Jeremy Irons demasiado compungido y conflictuado por el lugar donde habían sido tiradas las cenizas de una belleza como ésa que venía perfilándose a medida que preguntaba sobre el ex-embajador Alberto Aragón, vaya ladilla que asomaba en el horizonte, por eso yo creía que en el asunto entre Jeremy Irons y su amigo del alma había mano peluda, aunque yo no supiera decir de quién era la mano peluda, si de Jeremy o del Muñecón. El hombre de finísimos modales que era mi amigo, el subcomisionado Lito Handal me dijo, suavecito y sonriente ante la mujer del Ruco, quien se acercaba repuesta ya de su pechuguesca confusión anterior y ahora entraba con la expresión frágil y delicada de aquella princesa a la que está prohibido fastidiar, me dijo mi amigo Lito, suavemente: chúpame un huevo y haz gárgaras con el otro. ¿Vas a querer postre?, le pregunté, remedando sus muecas de cerdo masticando con la boca abierta. La mujer del Ruco quería precisamente saber eso, el postre que se nos ofrecía, y yo sólo pude preguntarle, sin ninguna mala intención, cuántos años era mayor el Ruco que ella. Entonces reconfirmé la impresión de que ella se había levantado demasiado sensible ese día, por su respuesta tan grosera, irrepetible, pero más que suficiente para calentar los ánimos de mi amigo Lito Handal, quien creyó que todo aquello era parte de una conspiración mía para impedir que él conquistara a la mujer del Ruco, y comenzó a imprecarme diciendo que yo era mierda pura, que él ya me había adelantado su interés en llevarse a la cama a la mujer del Ruco y pese a su confidencia yo persistía en sabotearlo, ante lo cual yo puse cara de asustado y volteé a ver hacia arriba para que el imbécil de mi amigo, el subcomisionado Lito Handal, recordara que en el segundo piso de la casa vivían ellos, el segundo piso de esa casa no era restaurante sino las habitaciones donde seguramente el Ruco en ese instante estaba sobándose los huevos en actitud de meditación trascendental, donde probablemente el Ruco, un viejo pervertidito y ansioso, estaría escuchando con enorme regocijo nuestra plática y jalándose la verga mientras imaginaba al subcomisionado Handal cogiéndose a su mujer, no la mujer de Handal sino la del diente de oro. Mi amigo el policía se asustó, como los tipos expertos en grabar al prójimo que de pronto hablan como imbéciles sin sospechar que los están grabando y alguien comete la imprudencia de decírselos, y me reclamó que yo tuviera la virtud de cagarme en todo y de arruinar cualquier posibilidad de que él se levantara a la mujer del Ruco, instante en que alcé mi dedo y mi vista hacia las alturas con expresión temerosa, sin ganas de ponerme a discutir la verdad de tal aserto, dado que sólo podía afirmar que la mujer del Ruco era experta en calentar a una variada gama de especímenes sin que necesariamente se fuera con alguno de ellos, dicho por supuesto en voz baja y conspirativa, a tal grado que Handal puso cara de fastidio, cara de tengo miles de cosas que hacer y qué hago perdiendo el tiempo aquí, y no hubo más alternativa que pedir la cuenta, mostrarnos simpáticos a la hora de pagar la estafa. Pero cuando caminábamos hacia el estacionamiento creí sano explicarle que yo había hecho esa pregunta a la mujer del Ruco para conocer la versión femenina de lo que significaba el *gap* de edades entre los hombres y las mujeres de las parejas que me rodeaban, incluida la mía que había quedado en *stand by* por la súbita partida de Rita Mena hacia Madrid. *Stand by* mis huevos, pendejo, te dejó para siempre, me dijo Handal con la grosería del amargado, queriéndose desquitar de lo que él interpretaba como una mala actitud mía hacia la mujer del Ruco cuando eran sólo ganas de conocer otro punto de vista sobre el hecho contundente de que las parejas que ahora tenían que ver con mi vida estaban formadas por hombres considerablemente ma-

193

yores que sus mujeres. ¿Cuál es el mayor número de años que has tenido sobre una pareja?, le pregunté, curioso, pero Handal no quiso contestarme, me palmoteó la espalda y se dirigió al auto en que lo esperaba su chofer.

7

La noche del viernes me abstuve de ir a El Balcón, aunque me moría de ganas de visitar mi bar-café favorito, de mostrar mi boleto de avión y de contar mis planes en México ante la admiración de la muchachada femenil, creí inconveniente arriesgarme a caer en la tentación de una sola copa que hubiera sido capaz de echar por tierra mi esplendorosa entrada a un nuevo empleo y a una nueva vida, mi temor a estropear la cara feliz con que el destino comenzaba a tratarme fue tal que me propuse pasar esa noche de viernes en casa, sin hacer otra cosa que estar tirado frente a la vieja tele blanco y negro, pero sin poner atención a las estupideces de los programas que estaban al aire, sino pensando en esas dos ideas que comenzaban a meterse obsesivamente en mi cabeza, la primera de las cuales era que detrás de la voluntad de Jeremy Irons de investigar la muerte del exembajador Alberto Aragón había un motivo oculto que no sería fácil descubrir, un motivo que probablemente sólo conocían mi cliente y el finado, y la segunda idea era que los kilos de mortificación con que me había intoxicado a causa del abandono de Rita Mena estaban relacionados con el hecho de que yo era quince años mayor que ella, y aunque la Sapuneca aseguraba que veinte años de distancia entre los amantes era el límite de lo normal –una cantidad que seguramente no coincidía con el criterio de doña Regina Rengifo vda. de Quiñones, veinticinco años menor que el coronel que la pervirtió gozosamente, pero que contenía con holgura los quince años que yo le llevaba a Rita Mena–, lo cierto es que yo nunca había padecido semejante dolor con una amante de mi edad o pocos años menor, nunca me había enamorado de una mujer ni me había dolido su abandono hasta meterme con una chiquilla quince años menor. Estas dos ideas barajaba frente a la vieja tele blanco y negro, haciendo apuntes en mi libreta sobre las posibles rutas de investigación a seguir al llegar a México, sobre la manera más barata de realizar mi trabajo en el menor tiempo posible, apuntaba la lista de amigos y de amantes a quienes me gustaría volver a ver en tierra azteca, tratando de controlar mi desasosiego, porque en realidad de lo que yo tenía ganas era de ir a meterme a El Balcón a buscar la manera de traerme a Karen o a Yolanda o a cualquiera de la media docena de chicas con las que no había tenido trato carnal, en especial a Carolina, quien me despreciaba cordialmente y jamás había dejado el mínimo resquicio para que yo intentara seducirla, y quien sin duda era la más experimentada en la cama de todas esas meseras, lo decía yo no por la confidencia lúbrica de uno de sus amantes sino por pura intuición. En ese estado de perturbación me encontraba, sin perder de vista que el día siguiente sería mi sábado de gloria, cuando tendría que visitar el despacho de Jeremy Irons en un edificio de la colonia San Benito, donde ultimaría detalles sobre mi viaje y desde donde haría los primeros intentos de comunicarme telefónicamente con el embajador Jaime Cardona y con el mayor René Bejar en la ciudad de México, a fin de concertar desde ya las primeras entrevistas para mi investigación; en ese estado de desasosiego me encontraba, propio de quien tiene una semana sin probar gota de alcohol y padece los nervios a flor de piel, cuando llamaron a la puerta de manera tan sorpresiva que salté del sofá en que yacía tirado y pregunté a los gritos quién era, alarmado porque yo no acostumbraba recibir visitas si no venían conmigo y mis pocos amigos telefoneaban antes de llegar, con excepción del Chino, por supuesto, cuya voz no reconocí por la distorsión con que gritó «¡soy el papá de Rita Mena, abra la puerta!», frase que me dejó helado, en el mayor de los desconciertos, incapaz de reaccionar, porque ese abogado de retórica izquierdista que laboraba en la Inspectoría de la Policía –una dependencia autónoma encargada de vigilar el buen comportamiento de agentes y autoridades policiales– ignoraba mi relación con la niña de sus ojos, hubiera sucumbido a un ataque de bilis de sospechar que yo me comía el coño de su hija favorita, porque para él yo era un tipo aborrecible desde que tuvimos un encontronazo luego de que me atreviera a refutar una de sus declaraciones cuando me desempeñaba como vocero de la Academia de Policía, y a Rita Mena jamás se le hubiera ocurrido mencionar mi nombre enfrente del energúmeno que la había engendrado, de ahí que sólo atiné a abrir la puerta de mi apartamento en espera de lo peor, de que ese energúmeno irrumpiera con la intención de agredirme, cuando entonces descubrí la jeta burlona del Chino, quien de inmediato comenzó a carcajearse de manera incontenible, a burlarse de la expresión de pavor con que yo había abierto la

197

puerta, como diría más tarde. Hijuemilputas, le espeté mientras me reponía del susto y él cruzaba el umbral sin contener sus carcajadas, el pinche Chino vicioso que había sido mi compañero de juerga durante esos dos días en que bebí para anestesiar el dolor causado por el abandono de Rita Mena, mi compañero de las juergas más tenaces desde que yo regresé a este país cuatro años atrás, mi amigo de toda la vida, cómplice de una adolescencia repleta de mota y alcohol que reventó cuando los tiros se convirtieron en los dueños de las calles, mugroso Chino que seguramente ahora venía con la intención de sonsacarme para que yo olvidara mi promesa de abstenerme de beber licor durante un mes o hasta que me reencontrara con Rita Mena en Madrid, porque para él era un absurdo el hecho de que yo siquiera considerara gastar un dinero que no tenía para seguir hasta una ciudad tan lejana a un culito carente de cualquier especialidad y que sólo mi mente calenturienta y obsesiva había convertido en motivo de mortificación, ese mismo Chino era el que ahora cagado de la risa se dejaba caer en el sillón donde yo antes yacía tirado y me decía que era portador de un regalito de los dioses para mí, que no había pedo, debía tranquilizarme, mi queridísimo exsuegro padre de Rita Mena no me invitaría a cenar hasta la siguiente semana y para evitar que yo me sintiera abandonado, amargado por el resentimiento, intoxicado por recriminaciones hacia la niña perdida, él traía un toquecito leve pero preciso, y a medida que se burlaba entre carcajadas sacaba de su billetera un papelito, y del papelito una piedrota de miedo, que tomó con sus dedos índice y pulgar para exhibirla ante mi azoro, y que en seguida colocó en su pequeña pipa y procedió a encender

198

con una inhalación profunda, exagerada, inflando sus cachetes y su caja toráxica como si fuese a explotar, hasta que no pudo retener más el aire y exhaló el aroma dulzón de la coca quemada, un aroma que pasó raspando mis fosas nasales y pegó en aquella glándula capaz de hacer vibrar mi más profunda ansiedad, tremenda la contorsión del deseo, ganas de salir de mí mismo reventado en mil pedazos, pero cuando el Chino me ofreció la pipa humeante aún, supe que ese aroma delicioso me empujaría de nuevo al infiernillo del que estaba saliendo, y mi miedo pudo más que mi deseo: con la mayor pena del mundo le dije que neles, no terminaba de reponerme todavía, semejante toque dispararía mi presión arterial, la sola tentación de jalarle a la pipa ya había acelerado mi pulso, y al Chino no tenía que convencerlo del riesgo que yo corría, pues él me había conducido a la clínica del doctor Umaña luego de los dos días de juerga, cuando me sentía horrible, a punto de explotar porque la presión se me había disparado, y el médico me inyectó un calmante para elefantes, varios litros de suero y me retuvo toda una noche internado en la clínica, por eso el Chino no insistió, sino que se recetó toda la piedra el solito, mientras alguien dentro de mí se devanaba como si lo tuviesen amarrado y amordazado. Le conté sobre el trabajo que me había salido, la llamada salvadora de Handal, el inminente viaje a México, las ganas de recomponer mi vida ahora que la suerte estaba tocando otra trompeta, mis encuentros con Jeremy Irons y con la Sapuneca y con doña Regina Rengifo vda. de Quiñones, la historia del ex-embajador Alberto Aragón. El Chino me preguntó quién era ese Jeremy Irons a quien debía mi súbito cambio de fortuna. Le expliqué que se trataba de un ricachón en verdad llamado Henry Highmont. A todas luces el material que el Chino fumaba era de primera calidad, sólo así me expliqué su desasosiego fuera de control incluso antes que terminara la dosis, desasosiego que se convirtió en explosión de sorpresa cuando mencioné el nombre de Henry Highmont: ¡no jodás!, gritó el Chino, ¡yo conozco a ese ruco, tiene una casa en la playa cerca de la mía, hacia el final de la calle, del lado del río! Le dio una última chupada a la pipa, se puso de pie y comenzó a pasearse con ansiedad, sin poder hablar porque aún contenía el humo en sus pulmones, pero ya gesticulando el rollo que corría a mil por hora en su cabeza: claro que conocía a don Henry, buena onda el viejo, se la pasaba en el chupe, puro whisky fino, echado frente a la piscina, en una super casa, de las mejores en esa playa, bien apartada y resguardada –contaba el Chino, exaltado–, aunque él no hubiera entrado muchas veces, sino cuando lo invitaba Jimmy, el hijo menor de don Henry, un chaval tranquilo al que le gustaba la mota y el surfing, de ahí que hiciera amistad con el Chino, principal conocedor de las corrientes en esa playa, experto en tallar tablas de surfing y en conseguir mota para los riquillos de la zona, por eso había entrado en varias ocasiones a la casona de don Henry, gracias a Jimmy, y después conoció a Quique, el primogénito, un cuate al que no le interesaba el mar ni el surfing pero sí le atizaba también a la mota, un tipo más engreído pero igualmente tranquilo, ambos frecuentaron durante una época al Chino, un pobretón infiltrado en playa de ricos por el azar de que su padre consiguiera un pequeño terreno cuando esa zona aún no estaba cotizada, cuando en esos potreros junto a la playa apenas se comenzaban a construir las primeras casas, por eso el Chino conocía bien a cada una de las familias que fueron edificando lujosas mansiones de descanso para los fines de semana, por eso conocía a los hermanitos Highmont de quienes ahora me hablaba con especial fervor, porque la vergonísima coca recién fumada lo había elevado a las alturas, y lo mejor de todo, lo que aún no me contaba, lo que se había reservado para el final, era la existencia de esa chiquilla llamada Margot, la hermanita menor, un bombón para el que no había palabras y a quien el Chino nada más había saludado de lejos, sin que los hermanos le permitieran acercarse, una preciosura muy parecida a su madre, a esa señora hermosa y de gran talante muerta unos quince años atrás, una señora a quien el Chino sólo había visto un par de veces, según recordaba ella había fallecido allá por los inicios de la guerra, cuando esa playa había quedado a merced de la guerrilla y los ricos no volvieron a aparecer hasta muchos años después, pero pese al paso del tiempo a don Henry Highmont no podía olvidarlo, tampoco al Jimmy y al Quique, mucho menos al bomboncito que ahora sería un mujerón que estaría desatando donde quiera que estuviese tempestades de pasión, dijo el Chino agarrándose obscenamente los genitales por sobre el pantalón mientras se paseaba por la pequeña sala de mi apartamento con la mayor compulsión, exudando ansiedad, realmente prendido por el toque de coca, obsesionado por el recuerdo de aquel bomboncito que había conocido cuando ella tenía apenas trece años y ya insinuaba al mujerón que ahora estaría desatando tempestades de pasión, como repetía el Chino con su lenguaje de telenovela, mi amigo de adolescencia que ahora

201

clamaba por una cerveza porque el toque de coca le había dejado el gaznate reseco y lo que más deseaba era un trago de cerveza que le refrescara el gaznate y le asentara la atascada de coca que se había dado, el pinche Chino que no paraba de pasearse por mi pequeña sala con la compulsión de quien está a punto de subirse a las paredes y que por ello ya me estaba poniendo realmente nervioso, no sólo porque la continencia agriaba mi carácter y destrozaba mis nervios, sino por el hecho de que el Chino me había contagiado su extrema ansiedad y la súbita aparición de una guapísima hija de Jeremy Irons estaba comenzando a trastornarme, a hacerme desear que el tiempo transcurriera de la forma más rápida para que ya fuera sábado en la mañana y yo me encontrara en el despacho de mi cliente donde casualmente encontraría a esa chica preciosa, a la princesa Margot, al amor de mi vida gracias al cual me olvidaría del horrible dolor sufrido por el abandono de Rita Mena. Pero el Chino me impidió seguir fantaseando con la chica que curaría mis heridas, a causa de su perorata pidiendo urgentemente una cerveza; le expliqué que en mi apartamento no encontraría licor, que si quería chupar corriera hacia El Balcón o a su cervecería favorita, que yo me quedaría en casa ese viernes por la noche, no lo acompañaría a ningún lado, mi salud estaba por sobre todo y lo más conveniente era que pusiera manos a la obra de inmediato para que no se gastara el rico toque hablando con un abstemio, la vida estaba fuera, pero yo ahora necesitaba reconcentrarme para en seguida poder expandirme con eficiencia, una verdadera paja ante la que el Chino puso una expresión como si yo me estuviera volviendo culero, antes de decir que yo me lo perdería, tenía más piedras de ese fabuloso material y él en verdad se había quedado con ganas de cogerse a la niña con la que yo me había revolcado una semana atrás, la niña de catorce años que decía tener dieciocho a quien encontré en Macondo, el más pervertido burdel del barrio San Jacinto, a quien le pagué ciento cincuenta colones la noche anterior a mi debacle para que me sirviera de sucedáneo a Rita Mena, una mocosita de catorce años que decía tener dieciocho, tal como había sido instruida como precaución ante las autoridades, y cuyo coño ya exhalaba sospechosos olores gracias a su precoz y seguramente involuntaria práctica del oficio, una mocosita de piel blanca y formas redondeadas a quien sólo pude penetrar en mi borrachera después de ponerme dos condones y apagar la luz de la habitación, de tal manera que una vez que me resbalaba dentro su agujero viscoso y quizá levemente pútrido pensaba con rabia en la putía de Rita Mena que el día anterior había partido hacia Madrid, una mocosita a la que sólo pude cogerme en mi borrachera y como parte de mi descenso al infiernillo en que caí durante esos dos días y cuyo recuerdo sólo me producía vergüenza y remordimiento, a diferencia del Chino para quien ella se había convertido en su objeto de deseo, pues aquella noche de marras él carecía de los ciento cincuenta colones indispensables para penetrar en ese agujero y ahora con toda seguridad poseía esa cantidad de dinero que iría a tirar con ansiedad al Macondo, donde la chica de catorce años que decía tener dieciocho yacería despatarrada, tiesa, pensando en nada que tuviera que ver con el tipo que la penetraba, preguntando a cada rato al cliente que se agitaba sobre ella si ya había acabado, como lo hizo conmigo, rompiendo mi concentración en el momento más inoportuno, ya de por sí conseguir una erección en medio de aquella embriaguez había sido tarea de titanes como para que entonces ella me presionara cada tantos minutos preguntando si yo ya había terminado, cuando el hecho de que yo aún continuara culeando, deslizándome dentro de su agujero casi núbil pero de olores levemente rancios, demostraba que aún no había eyaculado, que el esfuerzo de lograr una erección en medio de la embriaguez y el placer morboso de saber que me estaba cogiendo a una niña de catorce años (aunque ella aseguraba tener otra edad) hacían de mí un cogedor ansioso e incapaz de llegar al orgasmo, sólo el expedito recurso de evocar a Rita Mena pudo hacerme superar la barrera del doble condón para llegar completamente empapado en sudor y con la embriaguez volatilizada a un orgasmo que no pude disfrutar plenamente, pues el adolescente pedazo de carne que yacía bajo mi cuerpo, una vez que constató que yo había terminado, me tiró de inmediato a un lado y se puso de pie de un brinco, urgiéndome a que abandonara la habitación en ese mismo instante porque ya habíamos sobrepasado el tiempo reglamentario incluido en los ciento cincuenta colones, una incitación a la huida a la que no hice el menor caso, exhausto como estaba, con ganas en verdad de jalar del cabello a esa púber puta para darle una lección de delicadeza, lección que ahora podía dejar en manos de mi amigo el Chino, alguien con virtudes manifiestas en el quehacer físico.

Lo cierto es que una vez que el Chino salió del apartamento mi mente volvió a la hija de Jeremy Irons, una chica que ahora tendría alrededor de veintisiete años, de creer los cálculos del Chino, un tipo no precisamente apto para los números, de lo que yo tenía constancia porque cursamos el bachillerato juntos y debido precisamente a este *handicap* con los números y las letras procedió a convertirse en artesano, a montar su taller de trabajo en cuero (como al Chino le gustaba llamarlo) o talabartería (como al Chino le desagradaba llamarlo) que tampoco prosperó por esa tara con los números y por su acendrada dependencia de la mota y ahora de la coca, pero con unos años más o con unos años menos esa chica llamada Margot despertó mi curiosidad, tal como quedó en evidencia a la mañana siguiente, cuando me presenté al despacho de Jeremy Irons en la colonia San Benito para ultimar los detalles de mi misión en México y me fijé detenidamente en los retratos familiares colocados en la repisa a un lado de su escritorio, retratos de cada una de las personas de las cuales me había hablado el Chino y a las que no me costó identificar, menos que nadie a la pequeña Margot, cuya belleza atrajo mi atención de una manera poco prudente, a tal grado que Jeremy Irons hizo el comentario de que esos eran sus hijos, con una entonación como para cortar de tajo la curiosidad que me llevaba a fisgonear en lo que no era de mi incumbencia, pero mi cliente estaba equivocado, como tuve que demostrar al decirle que yo tenía un amigo llamado el Chino, dueño de una casa en la playa El Rosal, quien había frecuentado a sus dos hijos años atrás, lo que gustó menos a Jeremy Irons pues mi afirmación revelaba que seguramente yo lo había estado investigando a él y a su familia con propósitos nada claros, y resultó inútil que de inmediato me apresurara a calificar como una casualidad el hecho de que el Chino fuera mi amigo porque el severo ceño de mi cliente no volvió a relajarse. Me pidió que regresara a la antesala donde su secretaria para que ésta me proporcionara la información sobre el hotel en que pernoctaría y para que ella marcara los números telefónicos en México del embajador Jaime Cardona y del mayor René Béjar, los amigos del ex-embajador Alberto Aragón, con quienes yo quería desde ya concertar una cita, y también me comunicaría con el Negro Félix, el mejor enlace salvadoreño con que yo contaba en México. Jeremy Irons me dio un apretón de manos de despedida, me recordó que debía poner especial atención a cualquier escrito que hubiera dejado el Muñecón, pidió que sólo le llamara telefónicamente si se trataba de algo realmente importante y dijo que su secretaria me entregaría un sobre que alguien pasaría a recoger a la recepción del hotel, donde yo debía depositarlo desde el mismo momento en que me registrara.

8

Ansioso y herido aterricé en la ciudad de México el domingo 3 de julio a las cuatro de la tarde, exactamente un mes después de que el ex-embajador Alberto Aragón entrara en esta ciudad, según pude deducir de lo que me dijeron la Sapuneca, doña Regina Rengifo vda. de Quiñones y Jeremy Irons, quienes coincidieron en afirmar que fue en la madrugada del 2 de junio cuando el Muñecón partió de San Salvador en una vieja camioneta, con el propósito de conducir sin detenerse hasta llegar a la ciudad de México, trayecto que le tomaría unas 36 horas de acuerdo con mis cálculos, por lo que a mi arribo se cumplía un mes exacto de la llegada del objeto de mi investigación, redonda cantidad de días en la que quise ver un signo positivo, un presagio de que mi viaje sería un éxito, dado el carácter mágico del número tres. Ansioso estaba yo desde la mañana del sábado, cuando la secretaria de Jeremy Irons me entregó el sobre de papel manila dirigido a la «Lic. Margot Highmont», un sobre que yo debía depositar en la recepción del hotel en el instante mismo en que me registrara y que ella podría pasar a recoger cuando quisiera, sin que yo tuviera oportunidad ya no digamos de hablarle, ni siquiera de verla, una argucia bien pensada por Jeremy Irons que me tuvo parte de la noche del sábado devanándome los sesos en busca de la mejor táctica para contrarrestarla, porque no era posible que yo me quedara sin conocer a esa belleza, la única que podría sacarme la espina que me ensartó Rita Mena con su abrupta partida hacia Madrid y quien, además, podría ayudarme a descubrir las motivaciones ocultas que llevaron a Jeremy Irons a encomendarme tan extraña misión. Ansioso estaba yo, pues, la noche del sábado tratando de encontrar la fórmula para pasar por encima de la picardía del viejo Jeremy –quien aparte del nombre de la destinataria no escribió en el sobre de papel manila más que la frase «En sus manos», haciendo caso omiso con toda alevosía de la acostumbrada fórmula que debió haber sido «Fina atención de Don José Pindonga», hecho que mancilló mi orgullo y pretendía borrar de tajo mi existencia para que la preciosa Margot no preguntara por el mensajero–, ansioso estaba cuando timbró el teléfono con especial agitación, eran las diez en punto de la noche cuando entró esa llamada que despertó en mí sospecha y temor, a tal grado que permanecí varios segundos contemplando el aparato, sin animarme a levantar el auricular, como si la peor noticia estuviese esperando que yo contestara para golpearme con inclemencia, incluso consideré la posibilidad de abstenerme de responder a los urgentes timbrazos, de hacerme el ausente, como si anduviese en noche de farra o ya de plano hubiese viajado hacia México, pero nunca he podido resistir la tentación de contestar una llamada y desde que estampé el auricular en mi oreja intuí que se trataba de la malhechora Rita Mena, cuya voz distinguí con sentimientos encontrados, porque era la primera vez que me llamaba desde su partida y de pronto me zarandeó todo el dolor del mundo y también la inmensa alegría de escuchar a mi amor otra vez, era Rita Mena quien me decía que por fin podía llamarme, ya estaba instalada en un lindo piso en el sur de Madrid, allá eran las seis de la mañana y ella recién regresaba de su primera noche de copas, estaba contentísima, yo no tenía la mínima idea de lo bien que se vivía de aquel lado, por ejemplo acababa de regresar en plena madrugada del centro de Madrid en el autobús nocturno sin ningún problema, sin criminales ni psicópatas que la acecharan, al contrario, el autobús venía repleto de gente joven, todos aún alegres por el jolgorio, incluida ella y sus amigos, y tampoco había sentido el cambio de clima, porque tenía dos meses de verano por delante para adaptarse a la ciudad y prepararse para las clases que comenzarían en septiembre, una lindura de ciudad, bares por todos lados y la gente súper alivianada, yo me la pasaría en grande si me animaba a visitarla, me dijo Rita Mena mientras mi pecho temblaba al escuchar su alegría, su tono entusiasta gracias a las copas nocturnas, al imaginar a esos «amigos» con quienes había salido en la noche y con quienes seguramente ahora se disponía a acostarse, la muy putía, apenas llevaba diez días en Madrid y ya se había rodeado de vergas sobre las que exhalaría su gemido orgásmico, irresistible, capaz de hacer eyacular al tipo más frío y continente, por eso le pregunté de inmediato quiénes eran esos «amigos» con los que se había ido de copas, si alguno de ellos estaba ahí en ese preciso instante esperándola ya metido bajo las sábanas verga en mano y ella me respondió que no fuera tonto, no estaba dispuesta a gastarse sus pesetas en una llamada para que yo hiciera gala de mis celos estúpi-

dos y morbosos, si me estaba llamando era porque me
quería y me extrañaba, pero al parecer yo no cambiaría
nunca, dijo, yo no tenía remedio y ella prefería irse a
dormir en vez de gastar su dinero para escuchar reproches de un celoso imbécil. Y colgó, así, de golpe, sin per-
mitirme decir todo lo que bullía dentro de mi pecho,
todo lo que yo había sufrido, todo lo que la amaba, sin
darme tampoco su número telefónico, colgó de golpe y
yo quedé colgado de un hilito, con el más profundo precipicio bajo mis pies, un precipicio de remordimientos
y autoreproches que convertirían esa noche de sábado
en otro infiernillo del que por suerte no traté de salir a
través del vodka y la coca, aunque ganas no me faltaron,
aunque pasé varios minutos bajo un tremendo sofoco,
obnubilado, diciéndome que el único remedio para mi
desasosiego era salir de inmediato hacia El Balcón a beber un trago doble para cauterizar la herida de nuevo dolorosamente abierta, sentarme en la barra de El Balcón
con un vaso de vodka a esperar que Karen saliera para
no tener que pasar la noche a solas con el quemante recuerdo de Rita Mena, pero hubo ese hilito que me sos-
tuvo lo suficiente como para permanecer en mi apartamento de la colonia San Luis diciéndome que aún debía
terminar de hacer la maleta y conseguir quién me llevara al aeropuerto, el hilito milagroso gracias al cual no
caí esa noche era un sobre de papel manila con el nombre de Margot Highmont escrito a mano, por eso decía
que aterricé en la ciudad de México ansioso por conocer a la hija de mi cliente y herido por el despecho de
Rita Mena, un estado de ánimo poco propicio para ordenar las ideas y que sólo menguó una vez que el avión
sobrevoló la ciudad y cuando ya estuve en el taxi que

210

me condujo al hotel Embajadores ubicado sobre la avenida Reforma cerca del cruce con Insurgentes, el hotel de cuatro estrellas donde tenía mi reservación hecha por la secretaria de Jeremy Irons y que incluía una habitación por siete noches y tres tiempos de comida diarios, hasta que estuve en la recepción del hotel escribiendo mis datos en la ficha de entrada tomé la decisión de redactar en una hojita el mensaje-apuesta –«Srita. Margot Highmont, favor déjeme aquí su número telefónico pues tengo un mensaje para usted. Gracias. Pepe»– que adherí al sobre de papel manila con un clip y que en seguida entregué a la recepcionista, enfatizándole que la chica que pasaría a recoger el sobre me tenía que dejar apuntado un número telefónico en el papelito adherido con el clip y que si la chica se presentaba cuando yo estuviera en la habitación no dudaran ni un segundo en llamarme de inmediato, repitiéndole cuantas veces pude la indicación para que ella la transmitiera a los demás recepcionistas de otros turnos, pese a que la tipa que ahora me entregaba la llave de la habitación comenzaba a enfurruñarse por mi necedad, como si a mí me preocupara otra cosa que asegurarme que encontraría a la princesa inminente salvadora de mi corazón.

Una vez encerrado en mi cuarto de hotel procedí al saludable ritual del que nunca he podido prescindir cada vez que he arribado a una nueva ciudad, ritual consistente en una buena ducha con agua caliente y una mejor paja en honor de la más guapa chica vista a lo largo del viaje, una especie de auto recepción gracias a la cual me siento revitalizado para incursionar en una nueva realidad, aunque en este caso la ciudad de México me fuera tan cotidiana debido a los nueve años que viví en ella que ni siquiera pude disfrutar esa rica sensación de extrañeza que lo envuelve a uno al arribar a una ciudad totalmente ajena, una ducha y una paja que tampoco pude dedicar, como era mi intención, a la Margot de mis deseos, dada la circunstancia de que tuve muy pocos segundos para ver su foto en la repisa de la oficina de Jeremy Irons, y una paja requiere de un nivel de carnalidad concreto y no de meras intuiciones, de ahí que optara mejor por la aeromoza más guapa del vuelo, la trigueña de formas redondas gracias a la cual pude evitar que la imagen de Rita Mena se inmiscuyera en mi mente para arruinar dolorosamente mis espasmos. La primera persona con quien me comuniqué cuando yacía tirado en la cama, húmedo aún, pero relajado por virtud de la paja liberadora, fue mi querido y viejo amigo el Negro Félix, un salvadoreño ex-militante guerrillero que arribó a la ciudad de México tras un año de iniciada la guerra, desquiciado por las barbaridades de que había sido testigo, realmente perturbado de la mente y del espíritu a causa de la culpa provocada por el hecho de que los paramilitares asesinaran a su inocente hermano cuando a quien buscaban en realidad era al Negro Félix, una culpa que sólo pudo exorcizar luego de un año de terapia a manos de un grupo de psicoanalistas argentinos dedicados a tratar enfermos de guerra procedentes de Centroamérica y conducidos por la renombrada Mary Langer, sin esa terapia el Negro Félix jamás hubiera podido estudiar la carrera de periodismo en la UNAM ni la maestría en comunicaciones en la City University de Londres que lo convirtieron en el más importante periodista salvadoreño radicado en México y cuyo empleo actual era el de editor de la sección metropolitana del periódico *El*

Independiente, un puesto clave y ni mandado a hacer para ayudarme a realizar la investigación en torno a lo sucedido con la muerte del ex-embajador Alberto Aragón, ya desde el momento en que hablé con el Negro Félix desde la oficina de Jeremy Irons me di cuenta de que la suerte corría a mi lado porque mi viejo amigo periodista estaba en el sitio preciso y no me negaría un favor cuando yo lo había ayudado, doce años atrás, en los momentos en que recién arribaba a la ciudad de México perturbado mental y espiritualmente por culpa de la guerra, por eso ahora mientras yo estaba despatarrado en la cama del hotel con el auricular en la mano de inmediato acordamos encontrarnos a las diez de la noche en el Sanborn's de La Fragua, el bar más cercano que con seguridad estaría abierto un domingo a esa hora en que el Negro Félix salía del diario luego de cerrar su sección. La segunda persona con quien me comuniqué, no sin titubear a causa de viejos fantasmas, incluso preparado para colgar si quien contestaba el teléfono no era ella misma, fue con Diana Raudales, la Dianita de mis años mozos, la mujer con la que estuve más cerca de esa pasión llamada amor que ahora con Rita Mena me había desbordado, el culo más voluptuoso en el que yo me haya encaramado jamás, un libidinoso cuerpo de rumbera blanca sobre el que resplandecía un rostro inocente, de expresión casi virginal, mezcla explosiva capaz de hacer enloquecer al energúmeno con quien se había casado y que le prohibió tener cualquier tipo de comunicación conmigo una vez que se enteró de que ella había sido mi amante durante dos años, la Dianita que juró nunca regresar a El Salvador cuando su hermano del alma, el capitán Luis Raudales, uno de los oficiales más destacados de la Fuerza Aérea

Salvadoreña, apareció suicidado en su casa de San Salvador en condiciones sospechosas casi al final de la guerra civil, cuando ya se había dado de baja de la institución castrense y laboraba en una línea aérea comercial, una muerte que afectó profundamente a Diana, quien siempre la consideró como un asesinato perpetrado por las mafias de militares que controlaban el tráfico de armas y de cocaína desde el aeropuerto militar de Ilopango, con esa Diana tan ricamente recordada –un apetitoso sucedáneo de Rita Mena si no hubiera aparecido la princesa Margot– logré comunicarme al primer timbrazo, como si hubiese estado junto al teléfono esperando mi llamada, y su respuesta fue tan efusiva, con tales exclamaciones, con tanto entusiasmo por mi presencia, que de inmediato deduje que su marido no estaba por los alrededores, deducción que se convirtió en certeza cuando me invitó a visitar su casa esa misma noche, ella no podía salir porque no tenía con quien dejar al niño, pero yo podía lanzarme a merendar para que conversáramos, tenía tanto que contarme y que preguntarme, una feliz coincidencia que yo haya llegado cuando en los últimos días ella me había estado recordando, así dijo, y que no me preocupara por el energúmeno de quien se había divorciado dos años atrás. Le dije que por supuesto me encantaría verla, nada más haría otras llamadas telefónicas pendientes y en seguida saldría hacia su departamento, el mismo que había compartido con el energúmeno en la colonia Roma, relativamente cerca de mi hotel, pero en verdad ya no hice más llamadas porque a la tercera persona con quien quería comunicarme, mi amigo Ramiro Aguirre, no la encontraría sino en su cantina favorita de lunes a sábado, según ya me había explicado el Negro Félix, compañero de trabajo de Ramiro en *El Independiente*, periódico en el que yo también había trabajado seis años atrás, cuando Ramiro aún se desempeñaba como corresponsal en El Salvador, antes de que lo trajeran de regreso a la mesa de edición de noticias internacionales, a la que Ramiro casi nunca asistía pues se la pasaba bebiendo todo el día en esa cantina a la que el Negro Félix prometió llevarme el lunes, de ahí que pronto estuviera otra vez vestido y dispuesto a enfilar mis pasos hacia el departamento de Diana Raudales, no sin antes preguntar en la recepción si la princesa Margot ya se había hecho presente.

Nada tan abominable como lo que el matrimonio y la maternidad pueden hacer de una mujer, no me refiero a las deformidades corporales a las que con una buena dosis de ejercicio y una estricta dieta se puede hacer frente, sino al desequilibrio mental y emocional en el que se sumen una vez que convierten al matrimonio y a la maternidad en sus ejes de vida, tal como yo lo estaba comprobando ahora que conversaba con mi vieja amante Diana Raudales en su amplio departamento de la calle de Orizaba desde el cual podía observar el camellón poblado de árboles mientras ella peroraba contra su ex-marido durante casi todo el tiempo que permanecí sentado en ese sofá, me contaba los celos y las infidelidades de un canalla que gracias a su profesión de ingeniero químico había ascendido meteóricamente en la empresa transnacional para la cual trabajaba y en la que había alcanzado un alto cargo ejecutivo desde el cual Diana le pareció muy poca cosa, por lo que procedió al divorcio y a casarse con una gerente muy joven y exitosa de origen costarricense, situación que al principio hundió a Diana en la peor de las depresiones y que luego le generó un odio obsesivo cuyo objetivo central era hacerle la vida imposible a su ex-marido, sacarle la mayor cantidad de dinero a través de todas las argucias legales y boicotear al máximo la relación de él con su pequeño hijo de cuatro años de edad que ahora miraba embobado la televisión mientras su madre me relataba con tremenda exaltación los embates jurídicos con los que se proponía destruir al energúmeno, palabras a las que yo cada vez ponía menos atención debido a que revelaban el grado de desquiciamiento que padecía mi vieja amante y amenazaban con producirme una tristeza nada recomendable cuando apenas tenía un par de horas de haber aterrizado en la ciudad de México, porque hubo un tiempo en que Diana prometía convertirse en una economista de prestigio y ahora peroraba como una burócrata mexicanizada cuya vida giraba alrededor del odio de telenovela contra el energúmeno a quien de nada sirvió prohibirle que ella tuviera cualquier tipo de contacto conmigo, pues finalmente yo estaba otra vez ahí sordo a la cantaleta de Diana y crecientemente atraído por un cuerpo al que no se le notaba deterioro alguno, pese a los treintiséis años de edad y al nene que estaba en su habitación embobado frente al televisor, un cuerpo que se dejaba ver a través del vestido de mezclilla que subía y bajaba debido a los gestos enfáticos de Diana cuando relataba su guerra contra el energúmeno, y a medida que ella hablaba y bebía su tequila yo me excitaba y torcía los ojos para que ella entendiera que pronto podría llorar lágrimas de semen, fue entonces cuando le pedí otra taza de café y Diana se puso de pie y enfiló hacia la cocina moviendo ese cuerpo de rumbera blanca que alborotó mis recuerdos y mi bajo vientre, por lo que caminé tras de ella y ya dentro de la cocina cerré la puerta y la atraje para besarla, a lo que ella no puso la mínima objeción, al contrario, una vez que metí mi mano en su entrepierna constaté el charco que comenzaría a chorrear por sus muslos, de ahí que procediera de inmediato: la senté sobre una mesa y empecé a lamer y succionar aquellos jugos que me supieron como antes, mientras ella clavaba sus uñas en mi cabeza con un furor como si sus meses de abstinencia hubieran sido demasiados; en seguida la embroqué sobre la mesa para contemplar sus espléndidas y firmes nalgas cuando la penetraba, un verdadero agasajo que duró hasta que ella se vino con esos espasmos silenciosos que me hicieron extrañar a Rita Mena, sus deliciosos gemidos que bastaban para hacerme eyacular, en especial porque luego del orgasmo el coño de Diana empezó a perder lubricidad y mi verga templada necesitaba muchos más jugos y fricción, no escuchar la queja de que comenzaba a dolerle, claro que tenía que dolerle en esa súbita resequedad, por lo que no hubo otra opción que salirme y pedirle que me la chupara, un arte ajeno a las virtudes de Diana, ya lo recordaba yo, un esfuerzo inútil dado que ella pertenecía a esa categoría de chicas que confunden la naturaleza de las cosas y, desconocedoras de la glotonería y la succión, creen que una buena mamada consiste en darle besitos cariñosos a una verga palpitante, semejante confusión es la que con el paso del tiempo y con la aparición de una buena mamadora convence al marido de propiciar el divorcio para luego casarse con aquélla que sí sabe lo que es meterse una verga en la boca como Dios manda hasta sacar la última gota de semen, tal como debió haber sucedido con el energúmeno harto de esos besitos cariñosos que para nada servían, pensé en el momento en que tuve que guardar mi miembro aún templado porque ella dijo que mejor lo dejáramos para más tarde, temía que el niño apareciera en cualquier momento, temor que no la perturbó en lo mínimo mientras iba tras su orgasmo con el coño jugoso y mi verga adentro, pero que ahora que ella estaba satisfecha y yo con los huevos en ebullición aparecía como el gran peligro, vaya ganga, pero de cualquier manera el solo de hecho de haberla poseído mientras contemplaba su maravilloso trasero y sus espléndidas piernas de rumbera blanca era suficiente compensación frente al aburrimiento de tener que escuchar su cantaleta contra el energúmeno retomada una vez que regresamos a la sala, sin interesarse en ningún momento por lo que había sido de mi vida en los últimos años, ni por los chismes de conocidos comunes procedentes de San Salvador, ni mucho menos por el caso del ex-embajador Alberto Aragón gracias al cual yo estaba sentado en ese sillón desde donde contemplaba el camellón de la calle de Orizaba, ni siquiera la mención de su hermano –el piloto muerto en circunstancias sospechosas– despertó su curiosidad, nada parecía interesarla sino su odio obsesivo hacia el energúmeno que la había abandonado dos años atrás y hacia quien yo comencé a sentir cierta simpatía, no obstante que ese sujeto hizo todo lo posible por impedir cualquier tipo de relación entre Diana y yo, la cantaleta de ella se me hizo ahora tan insoportable que pronto me vi despidiéndome sin que las lágrimas de semen hubieran brotado de mis ojos, convencido una vez más de que las mujeres que hacen del matrimonio y de la maternidad su única razón de ser terminan desquiciadas como mi ex-amante Diana Raudales, pese a su estimulante cuerpo de rumbera blanca y a su disposición a ser penetrada sin tanto aspaviento. Del hogar de mi ex-amante regresé al hotel para averiguar si la princesa Margot ya se había presentado a recoger su sobre de papel manila, para tomar una siesta y esperar a que llegara la hora de la cita con el Negro Félix, pero la recepcionista enfrió mis expectativas al señalar el casillero donde yacía el sobre. Pese al esfuerzo, no pude pegar los ojos por la ansiedad de que la hija de Jeremy Irons se presentara en cualquier momento en la recepción y yo recibiera la llamada tras la cual bajaría como rayo a por ella, incluso mientras permanecía tirado en la cama haciendo *zaping* con la tele y corroído por la inquietud, tuve la ocurrencia de hacerme otra paja para descargar el semen producido donde Diana Raudales, iniciativa que tampoco pude culminar debido al grado de agitación de mi espíritu, que no se sosegó hasta que caminé sobre la Avenida Reforma en ruta hacia la cita con el Negro Félix, mi viejo amigo periodista que me pareció más chancho que nunca cuando entró con su habitual desparpajo al bar del Sanborn's quince minutos pasadas las diez de la noche, tan chancho que los cachetes y la barriga le rebalsaban mucho más que la última vez que habíamos estado juntos en San Salvador, a mediados de marzo, cuando él llegó como enviado especial de *El Independiente* a cubrir las primeras elecciones de post-guerra y yo estaba ajetreado con la instalación de mi oficina de detective privado, una barriga que sentí a cabalidad en el momento en que me saludó con el típico estilo mexicano –primero un apretón de manos, luego un abrazo estrecho en que se palmea la espalda y la cintura del otro (para constatar que no esté armado) y en seguida otro apretón de manos– antes de llamar al mesero para que le trajera de inmediato un brandy con coca, bebida para mí aborrecible pero la preferida por el Negro Félix desde siempre, quien no mostró sorpresa por el hecho de que yo estuviera en un periodo de abstinencia alcohólica, no era el primer Ramadán que me conocía, como dijo, pero sí abrió los ojos desmesuradamente cuando le expliqué que todo se debía a una reporterita de veinticinco años llamada Rita Mena, no daba crédito a que yo me hubiera enamorado ni mucho menos a que estuviera sufriendo por el abandono de una chica, le parecía insólito que a mi edad me sucediera un percance de esa naturaleza tan cercano a la tontería, así dijo, ante lo cual yo le pedí que cambiáramos de tema y entráramos de una vez en materia, es decir, en la forma como podría ayudarme a investigar lo sucedido con el ex-embajador Alberto Aragón, después tendríamos tiempo para chismear sobre lo que él quisiera, pero lo primero era lo primero, antes que los tragos se le subieran. El Negro Félix me dijo con solemnidad que cuando yo no bebía me transformaba en el tipo más aburrido del mundo y a continuación procedió a informarme lo siguiente: ya había hablado con la reporterita Sandra Barraza, lo más decentito en todos los sentidos de la sección metropolitana del diario, para que se dedicara al caso, incluso le había proporcionado los datos indispensables (el nombre y la nacionalidad del interfecto, la fecha y las supuestas causas del deceso) a fin de que mañana lunes a primera hora rastreara en las dieciséis delegaciones de la ciudad donde ella contaba con muy buenas fuentes, yo debía relajarme, el caso era pan comido, Sandrita –así la llamó– se comunicaría primero con los ministerios públicos y luego con los servicios forenses en cuyos archivos tenía que estar registrada la muerte del dichoso ex-embajador, nada más que le llevaría al menos toda la mañana, si no el día entero, debido a que yo no contaba con el nombre de la delegación precisa en la que el susodicho había fallecido, de contar con ese dato un par de llamadas y cinco minutos hubieran bastado para conseguir la información que yo buscaba, por eso hacia el final de la tarde podía darme una vuelta por el diario para hablar con Sandrita y de una vez saludar a mis viejos conocidos, con la advertencia de que yo debía moverme con extrema cautela dada mi debilidad hacia las reporteritas, pues el Negro Félix no quería cargar con la culpa de que por Sandrita yo sufriera un nuevo quebranto en mi corazón. Entonces le dije que nunca lo había visto tan chancho, que ni en su época más esplendorosa los cachetes le habían colgado tan rebosantes, ya era hora que dejara de atiborrarse de excrementos que únicamente lo hacían engordar, ya debía decir basta a toda esa mierda sobre el alzamiento de la guerrilla zapatista y sobre el asesinato del candidato presidencial del partido de gobierno, Luis Donaldo Colosio, con la que se atragantaba diariamente, ya era hora de que se olvidara de tanta conspiración existente sólo en su cabeza enmarranada, pues si seguía intoxicándose con política mexicana moriría pronto de una fulminante septicemia, le dije al Negro Félix para que moderara su cháchara sobre la «convulsión histórica» que vivía México, tal como él la llamó, un país cuyos dirigentes se llenaban la boca con la palabra lealtad y cuya única ley política era la traición.

9

Vaya nochecita la que hubiera pasado de no haber caído exhausto por los trajines del viaje y por el angustioso desvelo que me causó la llamada de Rita Mena la noche anterior, vaya nochecita la que hubiera padecido si mi cuerpo no hubiera exigido esas horas de sueño en las que pude olvidar el hecho de que la princesa Margot había llegado al hotel a recoger el sobre de papel manila precisamente a la misma hora en que yo entraba al bar del Sanborn's para mi cita con el Negro Félix. El gesto de la recepcionista cuando pasé a recoger mi llave me confirmó que la hija de Jeremy Irons me había dejado su número telefónico apuntado en la hojita auto adherible que ahora se había convertido en mi mayor tesoro y que coloqué sobre el aparato telefónico de mi habitación con ganas de llamarla en ese mismo instante, sólo gracias a un último destello de cordura al constatar que ya eran pasadas las doce de la noche me abstuve de marcar ese número que de inmediato aprendí de memoria por cualquier eventualidad, un número que compensaba la frustración de no haber estado en el hotel cuando ella se hizo presente a la hora más inesperada, de no haber tenido ese maravilloso encuentro en el que yo depositaba mis expectativas para deshacerme del fantasma de Rita Mena y para averiguar las razones ocultas de la misión que ahora me ocupaba, un número cuya marcación sería mi primera tarea de la mañana y que repetí en mi mente mientras me quedaba dormido como si fuera un mantra o una fórmula mágica y que al despertar a primeras horas del lunes traté infructuosamente de recordar, lo que me produjo un momentáneo estado de pánico que sólo superé al releer la hojita colocada sobre el aparato telefónico. Ya acicalado y listo para bajar a desayunar, con mi cabeza a mil por hora y desesperado por el lento paso del tiempo, esperé a que dieran las ocho de la mañana para marcar el 534-14-21 que ahora no olvidaría por nada del mundo y que timbró apenas un par de ocasiones antes de que una chica respondiera, la indiscutible voz de Margot Highmont ante la que asumí mi tono más respetuoso y neutro, aunque el culito me temblara de emoción en lo bajo, para decirle que necesitaba concertar una cita con ella a fin de conversar sobre algo que prefería no abordar por teléfono; pronto supe que mi princesa estudiaba una maestría en restauración de obras artísticas en una escuela de Coyoacán adscrita a la UNAM, por lo que sus únicos días libres eran los miércoles y los fines de semana, de ahí que de inmediato le propuse que desayunáramos el mismo miércoles, pues probablemente el fin de semana yo viajaría de regreso hacia San Salvador, propuesta que aceptó con la mayor naturalidad, con la que además me dijo que ella también vivía cerca del centro de Coyoacán y que podíamos vernos a las nueve de la mañana en un restaurante llamado Los Bigotes de Villa, ubicado frente a la plaza central de esa localidad. Encantado quedé de que ella tomara las riendas para decidir donde sería nuestro encuentro, encantado por ese carácter desenvuelto y resolutivo que asumí como un excelente presagio y que me llevó casi flotando hacia el restaurante del hotel, embobado, regodeándome con el recuerdo de su voz y disfrutando desde ya el espléndido miércoles que me esperaba, con una sonrisa idiota que no me abandonó hasta que regresé a mi habitación para comenzar a hacer las llamadas relacionadas con la investigación sobre la muerte del ex-embajador Alberto Aragón.

A las nueve en punto de la mañana marqué el número de la oficina del embajador Jaime Cardona resignado a padecer el calvario kafkiano que merece aquel sacrílego que intenta entrevistarse con un político mexicano, ni por asomo se me ocurrió que el propio aludido levantaría el auricular y me preguntaría las razones por las cuales quería conversar con él, nunca hubiera supuesto que me trataría con cortesía e interés cuando le referí la naturaleza de mi misión, más bien pensé que su reacción sería cautelosa, marcada por la sospecha, pero casi sin preámbulo, luego de aclarar que no podría recibirme porque en pocos minutos partiría hacia el aeropuerto y estaría fuera de la ciudad durante toda la semana, empezó a darme información sobre lo acontecido con el ex-embajador Alberto Aragón, como si hubiese estado esperando que alguien como yo apareciera, procedió a contestar todas mis interrogantes con rapidez y precisión: supe que el Muñecón había muerto de un paro cardíaco el lunes 20 de junio a eso de las cinco de la tarde en su habitación de la colonia Santa María la Ribera, delegación Cuauhtémoc (precisó el embajador Cardona, a mi pregunta expresa), que desde que llegó a México diecisiete días antes estaba muy mal, bebiendo

225

como endemoniado, con la brújula perdida, en un estado mortalmente depresivo a causa del robo de su auto y de sus pertenencias que sufrió apenas al arribar a la ciudad de México, un estado del que ya no pudo reponerse y que sólo terminó con su muerte; supe que el embajador Cardona había visto a su amigo el Muñecón en dos ocasiones durante ese periodo, en ambas lo había invitado a comer y le había facilitado dinero para que sobreviviera, pero ya era muy poco lo que se podía hacer, el ex-embajador Alberto Aragón venía herido de muerte desde San Salvador y el robo de su carro y sus pocas pertenencias sólo fue el tiro de gracia, incluso estaba consciente de su próximo fin, pues en la segunda ocasión le pidió a su amigo del alma que ayudara a la Infanta en caso de que él falleciera, petición que el embajador Cardona cumplió pagando los gastos de la funeraria donde incineraron y permanecieron una noche las cenizas del Muñecón; supe que el embajador Cardona leyó la carta mostrada por la Infanta (y en cuyo poder dicho documento permanecía) en la que el occiso pedía con precisión que sus cenizas fueran lanzadas al mar en el puerto de Acapulco, un deseo también expresado verbalmente por el ex-embajador Alberto Aragón en esa segunda ocasión en que fue invitado a comer por quien ahora me relataba estos hechos, y que aparte de esa carta él no sabía de la existencia de testamento ni de ningún otro escrito; supe que el embajador Cardona no podía desgraciadamente proporcionarme el número telefónico de la Infanta, ni siquiera sabía si ese número existía y menos si estaba en la agenda de su secretaria, quien llegaría a la oficina hasta una hora después, sólo ésta podía darme una información precisa al respecto y yo podía llamarla más tarde. Antes de despedirse y reconfirmarme que no había nada oscuro en la muerte del Muñecón sino su impulso autodestructivo y su firme determinación de pagar con la misma moneda a aquéllos que lo habían despreciado en El Salvador, el embajador Cardona me dijo que su amigo había sido un gran tipo, demasiada persona para ese pequeño país que no supo reconocer sus virtudes, un ejemplo de honradez y de bondad.

A punto estuve de soltar las lágrimas una vez que colgué y permanecí en mi habitación conmovido por semejante caso de beatitud incomprendida, pero no tuve tiempo para el lagrimeo dada a la urgencia por transmitir a la reportera Sandrita el nombre de la delegación política precisa en que había muerto el ex-embajador Alberto Aragón, a fin de facilitar sus gestiones para conseguirme las actas de defunción en el Ministerio Público y en el Servicio Médico Forense, con ese propósito de establecer contacto directo de una buena vez con la reporterita que el Negro Félix me había vendido con tanta picardía estaba a punto de marcar el número telefónico de *El Independiente* cuando caí en la cuenta de que apenas eran las nueve y veinte de la mañana y que a esa hora ni el personal de limpieza estaría en el diario, por lo que opté por llamar al propio Negro Félix a su teléfono celular para que éste enviara el mensaje a Sandrita, y cuál no sería mi turbación cuando lo primero que escuché fue que nuestro común amigo Ramiro Aguirre había sido ingresado de urgencia al hospital la noche anterior, mientras nosotros conversábamos en el bar del Sanborn's de La Fragua precisamente sobre el deterioro de la salud de nuestro amigo, éste era conducido al hospital en extremo grado de gravedad a causa de que su hígado había

227

tronado, tal como ahora me lo decía el Negro Félix presa de la mayor agitación: el hígado le tronó al compadre Ramiro, lo metieron al hospital del Seguro Social ubicado por el Parque de los Venados, yo voy para allá a informarme de su estado, te llamaré en cuanto tenga noticias, no te preocupés, yo le haré llegar el dato a Sandrita, vociferó mientras conducía hacia el nosocomio. Lelo permanecí un rato sin reponerme de la mala nueva porque tal como el Negro Félix me había descrito el aspecto de Ramiro en las últimas semanas resultaba evidente que sus posibilidades de sobrevivir eran escasas, consternado estuve tirado en la cama rememorando las aventuras vividas junto al compadre Ramiro, en especial cuando años atrás viajé a San Salvador patrocinado por mi querida Diana Raudales para investigar lo que realmente estaba detrás del aparente suicidio de su hermano, el capitán Luis Raudales, labor que realicé gracias al apoyo de mi compadre quien ese entonces se desempeñaba como corresponsal de *El Independiente* en San Salvador y que no pude culminar debido a las amenazas que oficiales del ejército vertieron en mi contra si continuaba investigando el caso, rememorando esa ocasión cuando mi compadre Ramiro prácticamente salvó mi vida y la de una pareja de infelices que me ayudaban en las indagaciones al pedir el apoyo de un alto personero de la embajada mexicana para impedir que los milicos nos hicieran daño. Pero en medio de la consternación y del asombro producido por el hecho de que yo llegara a México a investigar la muerte de un alcohólico en el preciso instante en que mi compadre Ramiro se desmoronaba carcomido por su alcoholismo, penetró en mi mente el recuerdo de Margot Highmont como una música dulce e hipnótica que me mantuvo abstraído durante quién sabe cuántos minutos, flotando en un nirvana donde ella y yo nos fusionábamos en uno solo, alejados de esa horrible realidad donde la muerte se filtraba por el mínimo resquicio, hasta que la brusca campanilla del teléfono me hizo volver en mí para escuchar la agitada voz del Negro Félix, quien me espetó que el estado del compadre Ramiro era gravísimo y quizá irreversible, según le había dicho la madre de éste en la sala de espera del hospital, donde ahora estaban sin poder hacer nada porque hasta las siete de la noche era la hora de visita, nada podía hacer tampoco yo por mi viejo amigo Ramiro Aguirre, me dije antes de proponerme continuar con mi agenda de trabajo en la que el siguiente paso era llamar al mayor René Béjar, el otro buen amigo mexicano del ex-embajador Alberto Aragón, cuyo número telefónico me había sido proporcionado por doña Regina Rengifo vda. de Quiñones y a quien tampoco pude encontrar cuando telefoneé la mañana del sábado desde la oficina de Jeremy Irons, un oficial destacado en la Secretaría de Comunicaciones y Transportes reacio a tomar mi llamada (tuve que pasar por dos secretarias y luego me plantaron cinco minutos a esperar a que él se desocupara), renuente a encontrarse conmigo (esta semana imposible, repórtese el próximo lunes a ver cómo está mi agenda, ladró), molesto por mis interrogantes y de cuyas respuestas sólo pude sacar en claro que él no se había reunido con el ex-embajador Alberto Aragón desde el regreso de éste a México, que únicamente habían hablado por teléfono en dos ocasiones, la primera cuando al Muñecón le robaron el carro y pidió a su amigo ayuda para tratar de recuperarlo y la segunda, unos tres días antes de la muerte del ex-embajador, en la que éste le solicitó dinero prestado, dijo el tal mayor Béjar, con tono castrense, cortante, y sin darme más chance colgó, dejándome con la bocina pegada a la oreja y las perras ganas de escupirle un insulto que no alcancé a articular, ni siquiera en mi cerebrito alebrestado, porque mi capacidad de reacción estaba menguada por las intensas y contradictorias emociones de las últimas horas (mi tan esperada conversación con la princesa Margot, la devastadora noticia sobre el internamiento del compadre Ramiro) y también por la alteración de mi sistema nervioso a causa de la prolongada abstinencia alcohólica, de ahí que para evitar quedarme rumiando mi rabia decidiera hablar de inmediato con la secretaria del embajador Cardona, quien me dijo que no tenía un número telefónico de la Infanta, era ésta la que llamaba en todo momento durante los avatares causados por la muerte del ex-embajador Alberto Aragón. Un mal sabor de boca me dejó esa mañana no por el trato perruno a que me sometió el milico con total impunidad sino por la distracción que me impidió en ambos casos preguntar a mis interlocutores si tenían información sobre la relación de Jeremy Irons con el Muñecón.

Que el tiempo es una mala broma en todas partes –y no sólo en las provincias olvidadas por Dios– pensé al entrar a las cuatro en punto de la tarde al viejo edificio sede de *El Independiente* donde me estarían esperando el Negro Félix y la reportera Sandrita, que el tiempo puede corromperse hasta el hedor me quedó claro cuando pasé de la calle Ignacio Mariscal al degradante vestíbulo del edificio donde don Joselito me reconoció con fingida simpatía, no en balde yo había pasado diariamente por ese vestíbulo durante el año y medio en que laboré en ese periódico saludando siempre al infranqueable portero a quien ahora miraba exactamente igual que años atrás –con las mismas canas untadas de gomina, la misma jeta amarga y el mismo atuendo: traje oscuro, camisa blanca, corbata azul y zapatos negros brillando por el lustre– y quien pese al saludo no me permitió pasar sin antes pedirme que dejara una credencial y firmara el libro de visitantes, porque yo ya no era un empleado de la casa, y el mundo para don Joselito se dividía entre los empleados de la casa y los visitantes, a quienes ahora yo pertenecía, por lo que antes de abrirme la puerta me advirtió que el Negro Félix aún no llegaba, pero que Sandrita sí estaba en la sala de redacción, hasta donde él recordaba, y procedió de inmediato a llamarla, no tanto para confirmar su presencia como para preguntar si realmente yo tenía cita con ella, a lo que Sandrita seguramente respondió que me estaba esperando, pues en seguida subí las escaleras, evitando como siempre el viejo y estrecho ascensor capaz de producirme la peor claustrofobia, hasta alcanzar el segundo nivel donde estaba ubicada la sala de redacción, con pocos reporteros a esa hora y a ninguno de los cuales yo conocía –mi cubículo había estado en el tercer nivel, en la sección internacional–, pero entre quienes pude reconocer a Sandrita con no poca estupefacción: una prieta chaparra y regordeta, con la tez rugosa por el acné, que vino a mi encuentro mostrando sus frenillos y ante quien apenas pude controlar mi desconcierto. Pinche Negro Félix, me la había hecho de nuevo, por alagartado, sólo un imbécil como yo pudo creer que una reportera inteligente de la sección metropolitana pudiera ser guapa, bien merecido me lo tenía. La saludé, sin embargo, con el mayor entusiasmo, como si fuese la hermana menor de la súper modelo Naomi Campbell, y solícita me entregó la copia del acta de defunción del ex-embajador Alberto Aragón que acababan de enviarle por fax desde el Ministerio Público de la Delegación Cuauhtémoc, la cual leí de inmediato a vuelo de pájaro –después la estudiaría con atención– en busca de los dos datos que requería con urgencia y que tal cual encontré: el teléfono de la Infanta y la dirección del sitio donde había muerto el Muñecón. *Yes*, exclamé, golpeando el aire con mi puño derecho, como hacen en las películas gringas. Coqueta su sonrisa de frenillo, Sandrita me dijo que en un rato le enviarían copia del acta de la autopsia del SEMEFO, donde hacían constar las causas de la muerte del interfecto. Le pregunté por qué le habían realizado autopsia si su muerte no había sido violenta ni había duda al respecto; respondió que así dicta la ley cuando no hay un médico privado o del Seguro Social que certifique el deceso. Me apropié de su teléfono para llamar a la Infanta, al eslabón perdido, a esa nena que había padecido la muerte de un amante seguramente mayor que su padre, a la viuda inasible para todos los supuestos amigos salvadoreños del ex-embajador Alberto Aragón, la llamé con el propósito de concertar una cita lo más pronto posible, en la que me tendría que hacer un relato minucioso sobre los sucesos relacionados con el fallecimiento de su amante, para salir de una buena vez de todas las dudas en torno al caso, para cerrar de una buena vez el caso con todas las pruebas que entregaría a Jeremy Irons, para desafanarme completamente de esa investigación y dedicar mis energías a la conquista de la princesa Margot, una empresa que me estimulaba sobre manera con el corolario de que fuera el propio Jeremy Irons quien me pagara el tiempo invertido en la seducción de su hija. Me respondió una mujer que no podía ser la Infanta, demasiado vieja su voz, a quien pregunté por la señorita Iris Pérez Orozco. Quién la busca, dijo la mujer. Me identifiqué como el licenciado José Pindonga. De dónde la llama, insistió la mujer. Le dije que se trataba de un asunto personal que concernía exclusivamente a la señorita Pérez Orozco, ¿es usted?, pregunté. Soy su madre, me advirtió, aunque en seguida llamó a la susodicha, y por fin me encontré hablando con la Infanta, la presa gracias a la cual yo había viajado a esa ciudad: le expliqué que venía de San Salvador y necesitaba reunirme con ella ahora mismo de ser posible, para abordar un asunto de especial interés y que prefería abordar de manera personal; me dijo que hoy era imposible, vivía en Ciudad Netza, lejísimos, donde parió Cristo; le propuse que comiéramos el siguiente día, a las dos de la tarde, en el restaurante del hotel Embajadores, sobre Reforma casi esquina con Insurgentes; me dijo que ahí estaría. Bingo, exclamé luego de colgar, mientras observaba que Sandrita traía entre manos la copia de la autopsia hecha al ex-embajador Alberto Aragón y escuchaba a mi espalda la voz del Negro Félix diciéndome con el mayor de los regocijos que por lo visto yo ya había hecho migas con la reportera y que seguramente no había tenido ningún problema para reconocerla, el muy chistosito, fijándose en las copias que yo tenía en mis manos y preguntando si todo estaba ya resuelto gracias a la eficiencia de Sandrita, invitándome a pasar a su cubículo, mientras me tomaba del brazo para decirme, quedito y compungido, que el compadre Ramiro carecía de salvación, se lo había dicho el médico, su estado era irreversible, ni un milagro lo salvaría, era cuestión de horas o de pocos días, debíamos estar en el hospital esta misma tarde, a las siete en punto, cuando empezaba la hora de visita, porque dada la gravedad del interno sólo podríamos subir a verlo en turnos de dos y durante pocos minutos.

Tuve que someter a mis peores fantasmas de infancia para entrar al hospital donde el compadre Ramiro agonizaba y donde evoqué recuerdos relacionados con la muerte de mi progenitor que aquí no abordaré, sólo la necedad del Negro Félix me convenció de esperar nuestro turno para subir al sexto nivel donde podríamos entrar por pocos minutos a la habitación en la que nuestro amigo común sufría la crisis final de una cirrosis que jamás había querido tratarse y ante cuyo embate nunca estuvo dispuesto a renunciar a la bebida, un tipo que bebía de la manera más autodestructiva y con el firme propósito de acabar con su vida, tal como nos dijo amargamente la mujer que permanecía cual guardiana frente a la puerta de la habitación del compadre y que se presentó como su madre, una mujer que hablaba de su hijo con amargura, sin llanto ni dolor incontrolable ni autoconmiseración, sino destilando una especie de rencor contra la debilidad de quien había heredado el mismo vicio y ahora moría de la misma forma que su padre, ya se lo había advertido una y otra vez, dijo la mujer, pero de tal palo tal astilla, nada se podía hacer contra el destino de un necio, continuó ella con un tono en el que dominaba el reproche ante la estupidez del compadre Ramiro y la resignación ante la muerte inminente, mientras nosotros esperábamos conmocionados a que ella terminara su monserga y nos dejara pasar a la habitación del agonizante, aunque en verdad yo había empezado a sentirme más que incómodo, con ganas de correr hacia el ascensor, salir del hospital y buscar una cantina donde zamparme un buen trago, porque las palabras de esa mujer, el tufo antiséptico y esa atmósfera impregnada de enfermedad y de muerte revolvieron mis fantasmas de infancia a tal grado que sólo la firme decisión del Negro Félix, quien giró el picaporte y me tomó del brazo, pudo obligarme a entrar al cuarto donde el compadre Ramiro yacía inconsciente, con mangueritas que penetraban en sus brazos, en su boca y en sus fosas nasales, inflamado del abdomen como si estuviera a punto de parir, con rastros de sangre en la barbilla y en la blanca bata –porque a decir de su madre el hígado prácticamente le había estallado a media tarde y el pobre compadre casi muere ahogado por los borbotones de sangre–, respirando con dificultad, amarillo y cadavérico, como para que el Negro Félix y yo permaneciéramos demudados, inmóviles, con los ojos fijos en aquel cuerpo del que se escapaba un leve gemido, un sordo y profundo gemido de dolor apenas perceptible que me hizo pensar que el compadre Ramiro, a pesar de su estado de inconsciencia, estaba sufriendo horriblemente, una idea que compartí con el Negro Félix, y entonces, en ese preciso instante, cuando cuchicheábamos sobre el gemido de dolor, de pronto el compadre Ramiro se incorporó con brusquedad abriendo los ojos y la boca con tremenda expresión de terror, como si la muerte le hubiera atizado la más dolorosa punzada en el hígado, se incorporó con los ojos aterrorizados durante dos o tres segundos y luego cayó de nuevo inconsciente, dejándonos al Negro

235

Félix y a mí con la piel de gallina, despavoridos, porque esa expresión de terror que nunca olvidaré era suficiente para hacerme salir en estampida, huyendo de la última broma macabra que el compadre Ramiro me había guardado.

10

Cuando a las dos de la tarde del martes me senté en el restaurante del hotel Embajadores en espera de Iris Pérez Orozco, más conocida como la Infanta entre los amigos del ex-embajador Alberto Aragón, confirmé que mis nervios estaban muy alterados no por el ajetreo del trabajo ni por las intensas impresiones de los últimos días, sino a causa del síndrome de abstinencia alcohólica del que hasta entonces y de golpe tuve conciencia, era el hecho de cumplir quince días sin beber una gota de alcohol el que me producía ese estado de irritabilidad que crecía a medida que pasaban los minutos y la Infanta no se presentaba a la cita que habíamos claramente concertado, era ese síndrome el que me exasperaba mientras bebía agua mineral con un chorrito de limón sintiendo en lo más profundo de mi ser que lo que en verdad me apetecía era un vodka-tonic, varios vodka-tonic para deshacerme de una buena vez de esa exasperación que apenas pude contener hasta que vi que el capitán del restaurante conducía hacia mi mesa a una chica rechoncha que no podía ser otra más que la Infanta, una chica de tez blanca, rostro redondo, labios carnosos y rasgos poco finos quien ahora estrechaba mi mano desagradablemente sudada por mi ansiedad de abstinente alcohólico, una chica que aparentaba sus veinticinco años de edad y que en absoluto me pareció desagraciada como para echarse encima a un viejo alcohólico cuarenta años mayor, sólo una profunda perturbación psíquica o emocional pudo hacer que esta chica se convirtiera en monaguillo de un viejo decadente, me dije mientras la escuchaba hablar y me fijaba con especial detenimiento en sus gestos y en su estado de ánimo marcado por cierta fatiga tras la lozanía, en su excesivo luto pudoroso que la obligaba a usar pantalón negro, blusa negra manga larga y de cuello cerrado, pese al verano. Le expliqué mi contratación por parte de Jeremy Irons, insistí en que mi misión era llevar a mi cliente la versión que ella me diera de los hechos y le pregunté si no tenía inconveniente de que grabara esa plática. Me dijo que podía grabar lo que quisiera, que Henry había sido el único amigo en San Salvador que no abandonó del todo a Alberto y que ella le estaba agradecida; pidió una limonada con agua mineral. Le pregunté por qué habían regresado de San Salvador a México, así, a boca de jarro, para obligarla a desentumecerse, a que comenzara a hablar sin preámbulos del ex-embajador Alberto Aragón, aunque la información que en verdad a mí me interesaba se la sacaría en seguida, cuando ella estuviera ya con la suficiente calistenia, y no ahora que empezaba la letanía en torno a las dificultades financieras que pasaron en San Salvador, a la falta de apoyo que enfrentó Alberto –así le decía ella– por parte de supuestos amigos que a la hora de la verdad se escabulleron de la manera más vergonzante, una letanía de quejas que era sin duda el punto de vista del ex-embajador Alberto Aragón, la versión de la parte afectada sobre los mismos hechos que ya me habían relatado la Sapuneca y doña Regina Rengifo vda. de Quiñones, pero sin la indignación que la Infanta le imprimía a su relato y que apenas menguó cuando el mesero trajo su bebida y preguntó si ya estábamos listos para ordenar nuestros platillos, una indignación bastante afectada, según me pareció, en la que ella misma estaba dejando de creer, porque detrás de los sucesos sufridos en San Salvador sólo estaba la ingenuidad del Muñecón, seguramente un borracho sentimentaloide creyente en la amistad de políticos zamarros, me dije antes de traerla de regreso a México, a los dieciséis días transcurridos entre la llegada y la muerte de su vetarro amante, a la otra historia, la que comenzaba cuando un borrachín exhausto recalaba en la ciudad de México luego de cruzar dos fronteras y de conducir su auto sin descanso durante dos días, un paladín de la dignidad que optó por refugiarse en la pequeña habitación para servidumbre de un viejo edificio de la colonia Santa María la Ribera, desde donde hizo un heroico esfuerzo por recomponer su vida y resistir los embates del destino, esfuerzo que desgraciadamente no bastó para frenar el deterioro de su cuerpo minado por la tristeza y el alcohol, me contaba la Infanta mientras sorbíamos la sopa de poro y papa y yo pensaba que esta muchacha regordeta quizá no probaba verga desde hacía bastante tiempo, dada la circunstancia de que un vetarro en las condiciones del Muñecón seguramente no era un as de las erecciones, ni el mejor afrodisíaco para un chica sobre cuyas virtudes sexuales comencé a preguntarme, algún atractivo secreto debía tener para que un dandy como el ex-embajador Alberto Aragón, aún entero y quizá pujante, la escogiera como compañera de vida, sólo un fuerte atractivo sexual pudo convencerlo de que esta chica regordeta entrara a su cama para quedarse hasta la muerte (de él, por supuesto), me dije mientras sorbía la última cucharada de la sopa de poro y papa y me fijaba en los labios carnosos de la Infanta, en su espaciosa cavidad bucal, en los movimientos de su boca al hablar, elementos estos que me hicieron intuir el secreto de su virtud, pero por estar regodeándome en mi intuición apenas puse atención al relato sobre los ataques hepáticos padecidos por el ex-embajador Alberto Aragón, a la tristeza que invadió a la Infanta a medida que me contaba la agonía de su ex-amante, los delirios que padeció en los últimos días, tirado en el camastro del cuarto de azotea, abandonado por todos menos por ella y por su amigo, el embajador Jaime Cardona, que les prestó dinero para sobrevivir esos días, y por el Flaco Pérez, un viejo amigo salvadoreño del Muñecón radicado desde hacía muchos años en la ciudad de México y a quien ella nunca había tratado, pero el único que visitó el cuarto de azotea un día antes de que Alberto falleciera. Entonces la interrumpí: ¿tenía de casualidad el número telefónico del Flaco Pérez? El mesero puso sobre la mesa un plato de lengua a la veracruzana para ella y un filete en salsa de chile chipotle para mí. Por supuesto, dijo, buscando su bolso de mano, del que sacó una libreta que, según me explicó, había pertenecido al ex-embajador Alberto Aragón y la cual quise hojear, como curiosidad, como si al pasar sus páginas fuera a desentrañar algún misterio, cuando esa conversación con la Infanta daba por cerrado prácticamente el caso y también la misión para la que me había contratado Jeremy Irons, porque en la muerte del Muñecón no hubo misterio, sino miseria, dolor y abandono, y una vez terminada la charla con esta chica rechoncha tendría todos los elementos para elaborar el informe que le presentaría a mi cliente, y el resto de la semana podría dedicarlo con especial concentración a cazar a esa princesa con la que desayunaría al día siguiente, una belleza fina y estilizada, según mis recuerdos del retrato que por unos segundos había visto en el despacho de Jeremy Irons, todo lo contrario de esta chica rechoncha que ahora me explicaba, sin dejar de comer con especial apetito la lengua a la veracruzana, los sucesos relacionados con el fallecimiento de su ex-amante: el domingo 19, en la noche, unas horas después de la visita del Flaco Pérez, Alberto había llorado, sin aspaviento, nada más un par de lagrimones corrieron por sus mejillas cuando le dijo a la Infanta que pronto todo acabaría, que ella debía seguir fielmente los pasos indicados (la incineración y el lanzamiento de sus cenizas en aguas marinas de Acapulco), que recurriera al apoyo de Jaime y del Flaco para los trámites y pagos de su muerte, ellos ya conocían la última voluntad de Alberto y habían ofrecido ayudar a la Infanta, que llamara a la Sapuneca a San Salvador para darle la noticia del fallecimiento hasta que ya hubiera lanzado sus cenizas a las aguas para que ninguno de sus compatriotas fuera a tener la brillante iniciativa de querer repatriar sus restos, eso le dijo ese domingo en la noche, en la peor de las postraciones, a tal grado que la Infanta propuso partir de inmediato hacia el hospital, propuesta desechada por el Muñecón, quien entonces le advirtió que se dejara de sandeces, que él moriría en ese cuchitril de azotea y no padeciendo las torturas de un hospital público; la tarde del lunes 20 Alberto comenzó a quejarse de unas náuseas tremendas, incluso en dos ocasiones lo condujo al servicio para que tratara de vomitar, pero al regreso del segundo intento él cayó en la cama, apretándose el pecho con ambas manos, abriendo los ojos y la boca de la misma forma como el compadre Ramiro lo había hecho para asustarnos la noche anterior, y en pocos segundos quedó muerto, dijo la Infanta haciendo a un lado su plato en el que apenas quedaba rastro de salsa. Me pregunté cómo había hecho esa gordita para hablar y comer al mismo tiempo con tanta eficiencia, porque yo sólo había engullido la mitad de mi filete, y el recuerdo de Ramiro en el cuarto de hospital había barrido mi hambre, de ahí que cuando ella ordenó un postre de arroz con leche yo le pidiera al mesero que retirara mi plato y me trajera un café exprés, para escuchar ahora el relato de las vicisitudes padecidas por la Infanta una vez que constató que el Muñecón era cadáver, momento en el que sin embargo le pedí que esperara unos segundos a que yo le diera vuelta al cassette, después de lo cual ella procedió a contarme que pronto bajó en carrera al teléfono de la esquina a llamar al Ministerio Público para que enviaran la ambulancia que recogería el cadáver, a llamar al embajador Cardona y al Flaco Pérez para informarles del fallecimiento, a llamar a Blanca, la vieja empleada del ex-embajador Alberto Aragón que le había facilitado esa habitación de azotea y quien estaba al pendiente de su antiguo patrón, y en seguida regresó a la habitación de azotea donde el ex-embajador Alberto Aragón estaba tendido como resignado a la larga espera que lo llevaría por los pasillos burocráticos del Ministerio Público y del Servicio Médico Forense hasta terminar horas después en la funeraria donde pronto se convirtió en cenizas bajo el duelo de las únicas cuatro personas que lo acompañarían (la Infanta, el embajador Cardona, el Flaco Pérez y Blanca), en un velorio que no fue velorio sino un breve acto simbólico, en el que de pronto aparecieron unos sujetos extraños, unos vagabundos encabezados por un tipo con una deformidad en el rostro, quienes preguntaron por Alberto y en seguida se fueron, al enterarse de que se le estaba incinerando y que no habría velorio sino ese acto simbólico, luego del cual la Infanta tomó la urna con las cenizas y, gracias a la ayuda económica del Flaco Pérez, partió hacia Acapulco, sin perder el impulso, porque tampoco quería llevar la urna a la casa de sus padres, quienes nunca habían tenido simpatía hacia Alberto, partió a medio día y llegó a Acapulco ya entrada la noche, se registró en el hotel más decente y cercano a la estación, donde pasó una noche extenuada pero sin dejarse desinflar por la tristeza, porque aún tenía que cumplir la última voluntad de Alberto. Entonces me preguntó si yo alguna vez había pasado una noche junto a una urna con las cenizas del ser querido. Me agarró descolocado, pensando en el apetito entusiasta que no la abandonaba, pues recién terminaba el arroz con leche y tuve la impresión de que ella podría repetir toda la comida sin la menor reticencia. Por supuesto que no, dije, azorado, y de inmediato imaginé lo que sucedería si Rita Mena fallecía en Madrid: su familia se encargaría de todo y yo literalmente no tendría vela en ese entierro, a excepción de las condolencias de los contados amigos que sabían de nuestro romance, incluso mi asistencia al velorio de Rita sería mal vista por su padre, a quien me costaba imaginar autorizando la cremación del cuerpo de la niña de

243

sus ojos, mucho menos entregándome una urna para que yo fuera a tirar sus cenizas al mar. Le pregunté a la Infanta si le apetecía comer algo más; dijo que sólo tomaría una taza de té. Y continuó con su relato: antes de quedarse dormida, en la habitación del hotel, estuvo hablándole a la urna, contándole a Alberto cómo habían sucedido las cosas luego de su fallecimiento y detallándole el plan para la mañana siguiente, cuando ella saldría muy temprano hacia la playa de Caleta, donde rentaría una lancha exclusiva que la llevaría lo más mar adentro posible, lejos de los excursionistas y de los deportistas acuáticos, a un lugar solitario bajo el creciente sol matutino donde pudo esparcir las cenizas sin otro testigo que el lanchero, frente a aquella inmensidad de las aguas donde dijo el último adiós a Alberto, antes de que le cayera encima la peor tristeza de su vida, murmuró con los ojos llorosos, moviendo la bolsita del té dentro de la taza, con el tono mustio de quien termina de relatar la tragedia de su vida. Yo debí haberla acompañado hasta ese punto final de la historia, cuando las cenizas del Muñecón caen sobre las aguas bajo la mirada lánguida de la Infanta y la curiosidad del lanchero, porque el trabajo para el que me habían contratado terminaba ahí –apagué la grabadora–, pero yo aún quería averiguar precisamente por qué Jeremy Irons me había contratado para investigar la muerte de su amigo, ¿qué clase de relación hubo entre mi cliente y el ex-embajador Alberto Aragón?, ¿qué facturas pudieron estar en manos de éste para que aquél estuviera tan preocupado de certificar su muerte?, ¿sabía ella algo al respecto? La Infanta se quedó por primera vez pensativa, soplando la taza de té humeante que mantuvo cerca de sus labios, como si de pronto la hubiera metido a una habitación oscura y no supiera por donde caminar, hasta que por fin musitó que a ella todo le parecía bastante normal, Alberto y Henry habían sido amigos desde la adolescencia, nunca perdieron el contacto pese a que Alberto vivió buena parte de su vida fuera del país, incluso durante el último regreso a San Salvador Alberto rentó una casa preciosa frente a la de Henry en la colonia Escalón, para estar cerca de su mejor amigo, hasta que sobrevino la crisis y tuvieron que mudarse a la casita de la colonia San Luis, una crisis durante la cual Henry fue el único que nunca les cerró la puerta, hasta los dólares con los que Alberto hizo el viaje de regreso a México habían sido prestados por Henry, ¿de dónde sacaba yo que podía haber algo turbio en aquello? Mientras esperaba la cuenta, le pregunté si de casualidad portaba en su bolso alguna fotografía del Muñecón que pudiera mostrarme, apenas había visto un par de retratos de otra época, propiedad de la Sapuneca y de doña Regina Rengifo vda. de Quiñones, y me gustaría ver los más recientes, de ser posible los últimos, precisé, a lo que la Infanta respondió positivamente, sacando de su cartera tres retratos que puso sobre la mesa, en dos de los cuales ella estaba junto a Alberto, posando en el patio de la casa de Jeremy Irons, me dijo, y luego señaló el otro, una de esas fotos para pasaporte que, según ella, era la última que se había tomado el Muñecón una semana antes de abandonar San Salvador, en la que ya se le miraba carcomido y derrotado, y que observé con detenimiento antes de preguntarle a la Infanta si tenía más copias de esa foto, si yo podía quedármela, porque era muy extraño estar trabajando sobre una persona de la que uno ni siquiera tenía un retrato; ella me dijo que la tomara, dos copias más estaban en su álbum. Y no, su difunto amante no había escrito más que la carta en la que expresaba la voluntad de que sus cenizas fueras esparcidas en el mar, no había otro escrito más que esa carta que ella guardaba como un tesoro personal y que por ningún motivo me prestaría. Crucé el lobby del hotel junto a la chica rechoncha vestida de negro, ansioso por despedirme de ella, por deshacerme de la historia del ex-embajador Alberto Aragón, por sentarme a redactar de inmediato el informe que entregaría a Jeremy Irons –junto con las actas del Ministerio Público y del SEMEFO, y la grabación de la plática recién sostenida con la Infanta– para acabar de una vez con ese caso, sabedor de que si dejaba pasar varios días me costaría un huevo y la mitad del otro sentarme a redactar ese informe, por lo que subí de prisa a mi habitación, encendí la *laptop* que conservaba de mi época de periodista, coloqué la foto del Muñecón sobre la mesa, apoyada en el pie de la lámpara, y me senté a escribir de un tirón el texto destinado a Jeremy Irons, sin otra interrupción que una llamada telefónica de Diana, quien preguntó cuándo volveríamos a vernos y a quien le respondí que en estos días estaría muy ocupado con el trabajo y la llamaría el jueves.

Nadie tan contento como yo cuando a las siete de la tarde me encontré con el Negro Félix a la entrada del hospital donde agonizaba el compadre Ramiro, nadie tan contento como el hombre que ha finalizado exitosamente su labor y que ahora dispone de todas sus energías y todo su tiempo para dedicarse a la conquista de la princesa objeto de su pasión, porque aunque nunca me hubiera encontrado con Margot Highmont, a medida que pasaban las horas y se acercaba el momento de mi cita con ella, me sentía tremendamente excitado, rebasado por el deseo y las expectativas, de hecho desde el mismo instante en que puse punto final al informe sobre la muerte del ex-embajador Alberto Aragón no pude dejar de pensar en mi próximo encuentro con la princesa Margot, comencé a pasearme por la habitación con ganas de llamarla y escuchar su voz, comencé a pasearme como león enjaulado hasta que marqué su número para constatar que nadie respondía, sólo el mensaje impersonal de la grabadora, no es extraño entonces que haya llegado al hospital más que por solidaridad con el compadre Ramiro, con el objeto de distraerme, de controlar la ansiedad que me producía saber que a la mañana siguiente por fin estaría con ella, porque a decir verdad la sola posibilidad de entrar al cuarto de hospital del compadre Ramiro me ponía los pelos de punta, el recuerdo de la expresión de terror en el rostro de mi amigo era poco estimulante como para repetir la visita, nada quería evitar yo con tanta decisión como volver a enfrentar un susto de esa naturaleza, tal como le dije al Negro Félix mientras subíamos en el ascensor, que yo no entraría al cuarto de Ramiro por nada en el mundo, que si él estaba dispuesto a entrar yo con gusto lo esperaría en el pasillo, una posición lógica, desde el punto de vista que se viera, pero el Negro Félix quiso llevárselas de guapo y en cuanto salimos del ascensor comenzó a fastidiarme diciendo que yo era un miedoso, un mariquita espantado por el espectro de un hombre agonizante, así dijo el muy guapo, como si yo no le hubiera visto la jeta de espanto que puso cuando el compadre Ramiro se incorporó en la cama con aquellos ojos desorbitados, por suerte la madre del moribundo estaba frente a la puerta de la habitación y no hubo necesidad de quedarme en el pasillo, ya que ella nos dijo que aprovecháramos a pasar, el compadre Ramiro estaba consciente, despierto, capaz de hablar, aunque con mucha dificultad, nos lo dijo sin ninguna emoción, con el mismo rostro severo de la noche anterior, como si el hecho de que su hijo estuviese recuperándose no significara mayor cosa para ella, abriendo la puerta para que entráramos al cuarto en el que ahora percibí ese tufillo a muerte que despertó de nuevo mis peores fantasmas de infancia, cuando mi padre agonizaba por un error de los médicos en un cuarto del Seguro Social de San Salvador, despertó a esos murciélagos del recuerdo que apenas tuvieron tiempo de aletear antes de que el compadre Ramiro abriera sus ojos y fijara su vista en nosotros tratando de reconocernos, una mirada perdida pero paradójicamente aún con cierto destello en el momento en que intentó articular palabra, con aquel enredo de mangueras penetrando en su boca y en su nariz. «No quiero morirme. Deben cambiarme de hospital, primo, aquí los médicos no están haciendo lo suficiente», alcancé a escuchar en medio de su balbuceo, al agacharme hasta casi pegar mi oreja a su boca, frase que me alarmó en extremo, por lo que se la comenté de inmediato al Negro Félix para que hiciéramos algo a fin de salvar la vida de nuestro amigo, y la reacción del Negro Félix fue hacerme a un lado y acercar su oreja a la boca del compadre Ramiro, quien seguramente repitió la misma petición de ayuda, porque entonces el Negro Félix me dijo que debíamos hablar con la madre de Ramiro para comentarle la situación, para buscar la forma de llevarlo a un hospital privado donde pudieran darle la atención requerida. Y sólo estuvimos un par de minutos más contemplando al compadre Ramiro, quien a veces abría sus ojos y movía su boca para balbucear variantes de la misma frase sobre la necesidad urgente de cambiarlo de hospital pues en éste no estaban haciendo lo adecuado para salvar su vida, sólo estuvimos un par de minutos diciéndole al compadre Ramiro que se tranquilizara, ahora mismo haríamos las gestiones para llevarlo a un hospital privado donde tendría el mejor tratamiento, que no se agitara ni se preocupara, le dijimos antes de salir al pasillo para hablar con su madre al respecto, pero cual no sería nuestra sorpresa cuando la señora nos respondió sin el menor entusiasmo que ella ya había escuchado esa cantaleta —así la calificó, como cantaleta, con desprecio—, no sólo la había escuchado de labios del compadre Ramiro sino también del padre de éste, ambos corroídos por el mismo tipo de cirrosis, ambos con la misma compulsión autodestructiva y sordos a las peticiones de que visitaran a un médico antes de que su padecimiento alcohólico fuera irreversible, y ambos cobardes a la hora de enfrentar la muerte que con tanto ahínco se habían buscado, achacando a los médicos la incapacidad de curar lo que a esa altura resultaba incurable, pidiendo que los cambiaran de hospital cuando no había hospital donde pudieran salvarlos, dijo la madre de Ramiro con una especie de rabia ante lo que ella llamó la imbecilidad genética que le había tocado en suerte con su difunto marido, una década atrás, y con su hijo mayor, en estos momentos. Demudados y cabizbajos salimos del hospital en busca de un sitio donde tomar un café, porque al Negro Félix no le apetecía su brandy de siempre

249

luego de la conversación con la madre del compadre Ramiro y tampoco estaba dentro de mis planes romper mi dieta alcohólica la noche anterior al esperado encuentro con la princesa Margot.

11

El Negro Félix me llamó a las ocho y media de la mañana del jueves para comunicarme que el compadre Ramiro había muerto en la madrugada de ese día y que sus restos serían llevados en las próximas horas a la funeraria Gayosso de la colonia San Rafael, el Negro Félix en verdad me despertó con esa sorpresiva llamada para darme la noticia del fallecimiento de nuestro amigo común y proponerme que nos encontráramos en la funeraria al mediodía luego de su junta de editores en el periódico, la inoportuna llamada del negro Félix me sacó abruptamente del más placentero y profundo sueño, del reposo requerido después de ese glorioso miércoles en que desde las nueve de la mañana hasta la medianoche estuve con la princesa Margot, sin separarme de ella un segundo, viviendo una jornada intensa e inolvidable que comenzó con los tanteos del desayuno en el restaurante Los bigotes de Villa, frente a la plaza de Coyoacán, y que continuó a lo largo del día –con dulces vagabundeos, incursiones en librerías y museos, degustación de aperitivos, comida regada con vino y larga sobremesa– hasta terminar en esa misma cama de la que ahora yo no quería salir pese a la llamada del Negro Félix, pese a la noticia de la muerte del compadre Ramiro, esa misma cama de mi habitación en el hotel Embajadores donde me quería quedar regodeándome en el recuerdo de cada uno de los momentos vividos con la princesa Margot, donde de hecho me quedé otra hora más bajo las cobijas, embelesado con los recuerdos y olisqueando el lado de la cama donde ella había reposado, esa cama de la que excluí de tajo la noticia de la muerte del compadre Ramiro que sólo hubiera arruinado sin ningún sentido el estado de satisfacción y cosquilleo en el bajo vientre que me produjo descubrir el olor de la princesa Margot, un estado de placidez que traté de prolongar lo más posible, hasta que comencé a dar vueltas en la cama porque la enfadosa noticia de la muerte del compadre Ramiro machacaba una y otra vez la puerta de mi cerebrito calenturiento y no tuve más remedio que abrirle para que entrara con su morbidez mientras yo me ponía de pie para pasar a la ducha, lo que equivalía a cambiar de canal o a desenchufarme de la conexión erótica para enchufarme en la necrológica, en lo cabrón que había sido el destino del compadre Ramiro cuyo alcoholismo de una década atrás me había producido admiración porque le permitía moverse con la mayor tranquilidad en medio de los tiros y las intrigas de la guerra civil salvadoreña, pero que ahora se había convertido en una mortal vara de medición para aquellos que bebíamos con desenfreno, un alcoholismo ciertamente heredado –tal como nos lo había explicado su madre– pero precipitado por una tragedia amorosa ocurrida seis años atrás en San Salvador, donde el compadre Ramiro se había enamorado de una guapa trigueña llamada Irma, un espécimen a quien nunca conocí pero cuya historia iba de boca en boca en el mundillo periodístico, socióloga de profesión, laboraba en la universidad jesuita y tenía ciertos vínculos con la guerrilla gracias a los cuales conoció al mítico corresponsal de guerra que en ese entonces era Ramiro Aguirre, un romance que pronto los condujo al matrimonio y al embarazo, a la vida en común en la que Irma descubrió el infierno cotidiano que significaba compartir techo y cama con un alcohólico empedernido como el corresponsal extranjero al que pronto quiso meter en cintura, con resultados obviamente deplorables, ya que para Ramiro la bebida estaba por encima de todas las cosas, incluida la esposa y la niñita a la que paradójicamente él decía querer por encima de todas las cosas, una vida en común en la que el compadre Ramiro pronto descubrió el infierno cotidiano que significaba compartir techo y cama con una mujer desquiciada y celosa que pretendía obligarlo a dejar la bebida y mantenerlo encerrado para que no se fuera de putas como había hecho a lo largo de su vida, una situación intolerable para una mujer con el férreo carácter de Irma, quien año y medio después del casamiento ya había regresado a casa de sus padres con la niña y todos sus bártulos, con el alma corroída por el odio hacia el compadre Ramiro, y también una situación intolerable para el corresponsal de guerra que sólo podía liberar sus tensiones mediante la bebida y la juerga nocturna y que dio gracias cuando por fin se vio libre de la sargento y la bebé que tanto lo constreñían, de ahí que la separación apenas fuera el capítulo inicial de una telenovela en la que Irma llegó a aborrecer a Ramiro (y a todo lo que oliera a él, incluida la izquierda política) a tal extremo que no sólo le prohibió tener cualquier tipo de contacto con su hija, sino que despojó a la niña del apellido paterno y pronto se juntó con un ex-capitán del ejército con quien partió a vivir a Estados Unidos, sin dejar el menor rastro, haciendo trizas el orgullo del compadre, precipitándolo en la pendiente de autodestrucción que esta madrugada había terminado mientras yo dormía luego de la jornada paradisiaca con la princesa Margot, ajeno al fin de la tragedia que ahora rememoraba bajo la ducha, aprovechando la potencia estimulante del chorro de agua muy distinta al chorrito tembleque con que me tocaba bañarme en mi departamento de la colonia San Luis, estregando mis genitales con la pastilla de jabón de tal forma que pronto comenzó a insinuarse la erección a través de la cual el recuerdo de la princesa Margot se posesionó otra vez de mi mente, frotando mis genitales tal como ella lo había hecho con singular maestría, juguetona, pícara, mordisqueando aquí, lamiendo allá, succionando acullá, con una gracia y un encanto hasta entonces desconocidos para mí.

Estaba aún en la habitación del hotel, preparándome para salir hacia la funeraria, cuando recibí otra llamada telefónica que me hizo precipitarme hacia el aparato con la certidumbre de que se trataba de la princesa Margot, quien no había resistido la tentación de comunicarse conmigo pese a haberme advertido que ese jueves estaría ocupada en la escuela de restauración desde muy temprano en la mañana hasta entrada la noche, sólo podía ser la princesa Margot reportándose para decirme que se había abierto un pequeño hueco en su agenda y que podíamos encontrarnos a media tarde en un lugar de Coyoacán cercano a su escuela, o ya de plano en el departamento que compartía con una amiga y al que prefirió que no fuéramos la noche anterior, pero cuál no sería mi decepción al escuchar la voz de un tipo que se identificó como el ingeniero Pérez, el amigo salvadoreño del ex-embajador Alberto Aragón a quien yo había buscado infructuosamente la tarde del martes luego de que la Infanta me proporcionara su número telefónico y quien hasta ahora correspondía mi llamada, un tipo que pese a los más de veinte años vividos en México aún no perdía el acento salvadoreño ni las mañas del conspirador que interroga con rigor a su interlocutor para reconfirmar que no haya emboscada en la propuesta de sostener un encuentro, que me preguntó una y otra vez sobre los motivos por los que yo había sido contratado para investigar la muerte del ex-embajador Alberto Aragón, cuando ésa era precisamente la razón por la que yo quería reunirme con él, para que me diera pistas que me permitieran descubrir las motivaciones últimas de Jeremy Irons, algo que por supuesto no le comenté, menos cuando propuso que tomáramos un café a las doce horas de ese mismo día en el viejo Café Habana, porque a las seis de la tarde él tomaría un avión hacia Yucatán donde trabajaba en la construcción de una carretera.

Cinco minutos después de las doce entré al Café Habana en busca de un cliente que estuviera leyendo la edición de ese día de *El Independiente*, tal era la contraseña acordada con el Flaco Pérez –que el primero en arribar se ubicara cerca de la entrada y desplegara sobre la mesa la edición del diario en el que el compadre Ramiro no trabajaría más–, una contraseña propuesta por el Flaco Pérez con el sigilo de un viejo conspirador y a la que yo no me opuse a sabiendas de que en ese antro infectado de periodistas y polizontes habría más de alguno con *El Independiente* sobre la mesa, no me opuse porque en verdad yo asistía a esa cita sin mucho entusiasmo y más bien movido por la inercia de la investigación sobre la muerte del ex-embajador Alberto Aragón cuyo informe yo ya había redactado, el entusiasmo por averiguar las razones ocultas que llevaron a que Jeremy Irons me contratara para investigar la muerte de su viejo amigo ahora había sido desplazado por un nuevo entusiasmo gracias a mi relación con la princesa Margot, esta chica manjar de los dioses acaparaba mi atención y ya me había dado muchos indicios sobre la relación entre su padre y el ex-embajador, de hecho a lo largo del día en varias oportunidades abordamos el tema y a medida que nuestro trato fue más íntimo logré que ella me diera información que confirmaba mis sospechas, como la circunstancia de que su padre tenía una actitud ambivalente o esquizoide –así la calificó ella– hacia su amigo de adolescencia, pues si bien en público lo trataba con la alegría y la familiaridad propia de los viejos amigos, en privado siempre se refería al Muñecón con desprecio y rencor, como si éste le hubiera hecho una jugada turbia, me dijo la princesa Margot, aclarándome que ella había tratado muy poco al ex-embajador Alberto Aragón, debido a que éste vivió mucho tiempo fuera de El Salvador y sólo en contadas ocasiones coincidieron en casa de su padre, quien inclusive no quiso dejarla venir a estudiar la maestría a México mientras el Muñecón residía aquí, precisó, dejándome ver que el descubrimiento de esa probable jugada turbia no era algo ajeno a su interés, a tal grado llegó a sincerarse conmigo cuando plácidamente conversábamos en la cama después del jadeo que me confesó su sospecha de que el Muñecón hubiera cortejado a su madre, una confesión que abrió de pronto mi imaginación a un sinnúmero de posibilidades pero en una dirección concreta, aquélla que apuntaba a que Jeremy Irons me había enviado a constatar que el ex-embajador Alberto Aragón hubiera tenido la muerte ingrata que en el fondo de su alma le deseaba por haber intentado traicionarlo, o de plano por haberlo traicionado, con la madre de la princesa Margot, una idea que en ese momento satisfizo mi curiosidad sobre el caso, mi necesidad de encontrar una explicación a la labor encomendada, y con la que mi compañera de cama también estuvo de acuerdo, aunque ponía en evidencia el carácter mórbido de su padre y el carácter casquivano de su madre, de ahí que yo perdiera el entusiasmo y asumiera como un puro trámite la conversación que sostendría con el chiquitín de ojos rasgados y cabello de escobetón a quien no me costó encontrar sentado con *El Independiente* sobre la mesa y que de un brinco se puso de pie para tenderme la mano cuando le pregunté si él era el ingeniero Pérez, un gesto eléctrico, preámbulo del acelere que me esperaba, porque el famoso Flaco Pérez se movía, hablaba y reaccionaba como un nervio pelado, un alambre al rojo vivo cuyos gritos y ademanes llamaban la atención de los demás comensales incluso en un local amplísimo, de techos altos, numerosas mesas y rumor permanente como el Café Habana, donde me explicó que el ex-embajador Alberto Aragón, Henry Highmont y él se conocían desde que estudiaban la primaria en el Liceo Santaneco, amigos de toda la vida, participaron juntos en grandes aventuras, como la invasión armada desde Guatemala contra la dictadura del general Martínez en 1944 y el golpe de Es-

257

tado contra el gobierno del coronel Lemus en 1959, bebieron y rotaron chicas en los mismos clubes, hasta que la política fue distanciándolos, porque el pinche Henry se hizo maricón de derecha, Alberto se convirtió en sirviente de los turcos que controlaban el partido comunista, mientras que el Flaco Pérez organizó el principal golpe de Estado contra la tiranía militar en 1972, el único golpe de Estado en la historia del país del que no estuvieron enterados ni la CIA ni los comunistas, vociferó antes de soltar una carcajada y pegar tremendo golpe sobre la mesa, que además de llamar la atención de los comensales hizo que la mesera viniera de prisa y asustada a atendernos, como si el señor que ahora se convulsionaba con esa risa nerviosa hubiera estado muy molesto por la lentitud del servicio, cuando en verdad el Flaco Pérez desde que comenzó a hablar permanecía ajeno a todo lo demás, únicamente concentrado en su relato cuyos énfasis eran seguidos por silencios luego rotos por el manotazo y la carcajada, una especie de rutina actoral con la que me contó los avatares del golpe de Estado de 1972 debido a cuyo fracaso él tuvo que exiliarse en México desde entonces, sin volver jamás y por nada del mundo a El Salvador, me dio cada uno de los detalles sobre ese golpe de Estado con un manejo narrativo propio de quien ha contado esa historia infinidad de veces ante los públicos más diversos, de quien ha estilizado su técnica narrativa a tal nivel que hubo un momento en que me abstraje totalmente de lo que él decía y sólo me fijaba en sus gestos y percibía los altibajos en los decibeles de su voz, un juego de abstracción que pronto me sacó del Café Habana y por un extraño proceso de asociaciones me llevó a mi cuarto de hotel, al cuerpo delgado y de curvas perfectas de la princesa Margot tendido de costado en mi cama, con la sedosa pelusilla dorada que brillaba en su coxis y en sus nalgas firmes y redondas, mientras yo me regodeaba dentro de su coño frotando mi verga por todos sus rincones, y en seguida comenzaba a jugar en su ano, un juego suave y melodioso que pronto dilató su esfínter y me dejó penetrar a sus más íntimas delicias, el recuerdo de mi verga deslizándose dentro del ano de la princesa Margot que antes yo había lamido con tanto fervor me produjo de inmediato un amago de erección que sólo pude evitar gracias al golpe de realidad que significó el nuevo manotazo del Flaco Pérez sobre la mesa, luego de haberme relatado los pormenores de la conspiración golpista de 1972 y cuando se disponía a iniciar la explicación de las diferencias políticas entre el Muñecón y él, diferencias que los llevaron a un distanciamiento de muchos años y que apenas terminó unos días antes de la muerte de aquél, cuando el Flaco Pérez recibió una llamada de auxilio del viejo amigo que había regresado a México derrotado y en la miseria, el viejo amigo a quien visitó el día anterior a su fallecimiento, en el cuchitril donde vivía, ya carcomido por el alcohol y quién sabe qué otros males, porque yo no tenía la menor idea de las toneladas cúbicas de alcohol que había ingerido el Muñecón a lo largo de su vida, de las veces que el Flaco había intentado convencerlo de que abandonara la bebida, de que ingresara a un grupo de Alcohólicos Anónimos como el propio Flaco había hecho veinticuatro años atrás, pero el ex-embajador Alberto Aragón nunca dio su brazo a torcer y a las diferencias que los separaban hubo que sumar el abismo entre la sobriedad y la embriaguez, vociferó el Flaco Pérez, apurando su café expreso y haciéndome temer que hubiera detectado en mi aliento algún rastro alcohólico y que pudiera lanzarme una monserga a favor de la abstinencia, por eso me apresuré a preguntarle a boca de jarro si el Muñecón había intentado seducir en algún momento a la esposa de Jeremy Irons, una pregunta realmente milagrosa ya que logró detener por un momento la incontinencia verbal con que me estaba arrollando el Flaco Pérez, quien se quedó pensativo durante varios segundos que yo aproveché para hundir más la estocada, al preguntarle si había habido una relación amorosa entre el ex-embajador Alberto Aragón y la señora Margot de Highmont, a lo que el Flaco Pérez respondió primero con el desconcierto y luego con la más aparatosa gestualidad de la tarde: cómo se me podía ocurrir semejante cosa, jamás Margot se hubiera metido con el Muñecón, si bien ella fue la chica más linda y deseada de su época desde muy joven se hizo novia de Henry y permanecieron unidos hasta que el cáncer se la llevó, el Flaco Pérez antes que nadie se hubiera dado de cuenta de semejante desliz por haber sido amigo íntimo y confidente de la esposa de su amigo Henry, y aunque el Muñecón haya intentado seducirla ella nunca lo hubiera aceptado, vociferó con la mayor contundencia para que no me cupiera la menor duda. Salí del Café Habana con la sensación de haberle arruinado el día al Flaco Pérez, con la certeza de que él estuvo enamoradísimo de Margot de Highmont y ésta jamás quiso corresponderlo, que la sola posibilidad de que sí haya correspondido los embates del Muñecón (tal como su hija, la princesa Margot, acababa de corresponder los míos) bastaba para enardecer al chiquitín de ojos rasgados y cabello de escobetón que sufriría tremenda rememoración mortificante.

Caminé desde el Café Habana hasta la funeraria en la colonia San Rafael bajo un sol casi tan abominable como el que sufría cotidianamente en San Salvador, caminé sudando sin decoro por culpa de la camisa blanca manga larga, la corbata negra y el saco de lana azul oscuro que me había puesto para asistir al velorio donde ya me estarían esperando el Negro Félix y la demás banda de *El Independiente*, pero no fue sino hasta que entré a la funeraria de la calle Miguel Schultz cuando caí en la cuenta de que en ese mismo sitio habían incinerado el cuerpo del ex-embajador Alberto Aragón, hasta que caminé entre los corrillos de periodistas que ya se habían presentado a despedir al compadre Ramiro comprendí que en ese mismo sitio habían permanecido unas pocas horas los restos del Muñecón en compañía de cuatro íngrimas personas, hasta que saludé a varios ex-colegas conocidos (incluida la bienaventurada Sandrita) pude sopesar el grado de soledad y abandono en que murió el ex-embajador Alberto Aragón, lejos de su tierra y de quienes se decían sus amigos, el hecho de que me tardara tanto en descubrir que se trataba de la misma funeraria era evidencia de que el embelesamiento causado por la princesa Margot me había sacado de la realidad, tal como comentó con sorna el Negro Félix luego de que le relatara mi aventura del día anterior, burlándose de que yo cayera tan fácilmente en lo que él llamó la «pendejez amorosa», haciendo gala de mi apellido con la mayor desfachatez, porque –según el diccionario– Pindonga significaba «mujer amiga de callejear», me recordó el Negro Félix, y en seguida me advirtió que no

acababa de terminar mi calvario por causa de Rita Mena
cuando ya me estaba metiendo en la boca de una loba
más grande, tal como él la miraba, una chiquilla rica y
caprichosa que me utilizaría como el trapo que tenía a
mano para limpiarse su húmedo coño y que luego tira-
ría sin ninguna consideración al tarro de la basura, una
chiquilla de la que yo me prendaría como imbécil en
una nueva vorágine de sufrimiento inútil mientras para
ella la aventura conmigo no había sido más que eso,
una aventura con un tipo de clase inferior gracias a la
cual se había burlado de su padre y de la que se jactaría
frente a sus amiguitas millonetas, me dijo el Negro Félix ante mi creciente encabronamiento, porque yo no le
había contado mi *affaire* con la princesa Margot para que
él me recetara consejos y diera rienda suelta a su espíritu catequista, sino que mi intención había sido compartir con un amigo la alegría de una exitosa seducción,
y no cualquier seducción, sino de la más maravillosa
chica que me había llevado a la cama, de una flaca en-
cantadora con la que tenía muchas cosas en común, con
quien me había sentido en la mayor confianza, tan es
así que me permití beber de nuevo un par de cervezas y
un tequila como aperitivos y media botella de vino con
la comida, porque tuve la certeza de que estaba en la ruta
que me permitiría romper el cerco tendido por Rita Mena
y enfilar hacia una cumbre esplendorosa, le dije con otras
palabras al Negro Félix, para quien lo único positivo de
todo mi relato era que yo había vuelto a beber, que ahora
podríamos ir a comer a una cantina para sacarnos la tristeza y el hedor a muerte que nos había dejado el compadre Ramiro, cuyo cuerpo hinchado y putrefacto yacía
apretado en el féretro a pocos metros de nosotros, re-

nuentes a verlo por última vez, a diferencia de los reporteros que no habían padecido el numerito del hospital y de otros deudos presentes entre quienes distinguí a dos tipos y una jovenzuela de pinta sospechosa que seguramente eran los mismos a los que se había referido la Infanta como los desconocidos que llegaron a preguntar por los restos del ex-embajador Alberto Aragón a esta misma funeraria la noche que lo estaban incinerando, reconocí a tales sujetos porque uno de ellos padecía una deformidad en el rostro, una bola tumefacta en la mejilla izquierda similar a la que me había descrito la Infanta, tres sujetos que ahora estaban viendo el cadáver del compadre Ramiro y quienes quizá eran malandrines de la zona que incursionaban en los velorios con fines nada honrados, me dije antes de proponerle al Negro Félix que nos largáramos de ahí para que se quitara esa resaca de padre y señor mío que lo tenía sudando como chancho afligido, que nos lanzáramos de una vez a El Matador, la cantina donde yo bebería estrictamente dos vodkas-tonic mientras comíamos, a fin de que nadie dudara de que la relación con la princesa Margot marcaba el inicio de mi nueva vida regida por el autocontrol y los equilibrios.

Ni quince minutos teníamos de haber entrado a la cantina cuando vi aparecer a los tres sujetos extraños que habían despertado mis sospechas en la funeraria, apenas había tomado un par de sorbos de mi primer vodka-tonic cuando seguí con la vista al trío que venía a sentarse precisamente a una mesa contigua a la nuestra –con tal suerte que el tipo de gafas de carey y con la deformación en la mejilla izquierda me quedó de frente, el otro de perfil y la chica de espaldas–, los seguí con tanta atención que el Negro Félix me preguntó qué onda, si los conocía, echándoles un vistazo rápido, sin percatarse de que se trataba de los mismos sujetos que estaban en la funeraria, así lo obnubilaba la resaca que padecía, por lo que lo puse en antecedentes de la fugaz presencia de estos tipos en el velorio del ex-embajador Alberto Aragón y hacía apenas un rato en el del compadre Ramiro, y de mi sospecha de que se presentaran en los distintos velorios de esa funeraria con fines truculentos, quizá para olfatear a las víctimas que luego asaltarían, nada era improbable en los tiempos que corrían, quizá les había llamado la atención que viniéramos a la cantina y esperaban que nos emborracháramos para en seguida tratar de timarnos, le advertí al Negro Félix, quien ahora volteó a verlos con más atención y me preguntó qué mierda era la que tenía ese tipo en el rostro, el bulto horrible que le deformaba la mejilla izquierda, a lo que yo por supuesto no pude responder. Fue en ese preciso instante, cuando el Negro Félix volvió a ver con mayor detenimiento a nuestros vecinos y el tipo del bulto en la mejilla le correspondió con igual interés la mirada, cuando se produjo el momento mágico que cambiaría nuestra tarde, el reconocimiento mutuo que los hizo ponerse de pie y preguntar uno al otro si se trataba de la persona que creían, para después dar un grito de sorpresa y abrazarse con efusión, mientras el trigueño de rostro afilado, la chica de cara hombruna y yo permanecíamos en ascuas, porque el tipo del bulto en la mejilla había llamado al Negro Félix bajo el viejo seudónimo militante de «Felipe», antes de proferir una serie de expresiones soeces que delataban su pura estirpe salvadoreña, expresiones que fueron debidamente respondidas por mi amigo periodista y ninguna de las cuales carecía del fraternal «hijodelasmilputas» que llamaba la atención de los comensales de las otras mesas y que pronto nos hizo pasar a las presentaciones, gracias a las cuales supe que el tipo del bulto en la mejilla se hacía llamar Calamandraca, el otro Fito y la chica Yina, que habían sido parroquianos del Bar Morán junto con el compadre Ramiro y que sólo hasta poco antes, gracias al cantinero, se habían enterado de la muerte de nuestro amigo común, por eso habían venido de prisa a la funeraria, sin haberse acicalado como correspondía, dijo el tipo que se hacía llamar Fito, con los gestos propios de quien tiene un esponjoso supositorio zampado en el culo, y como aún permanecíamos de pie, en seguida propuso que juntáramos las mesas, lo que al Negro Félix y a Calamandraca les pareció estupendo, pero a mí no terminó de gustarme dada la desconfianza que a primera vista me habían producido esos sujetos, a la cual ahora se sumaba el sospechoso hecho de que fueran salvadoreños y que casualmente uno de ellos, quien parecía el jefe, conociera al Negro Félix, algo demasiado insólito como para que yo bajara la guardia, así se lo dejé ver con una mirada al Negro Félix, quien se acercó para decirme en corto que el tipo autodenominado Calamandraca había sido su compañero de comando urbano durante la Ofensiva General lanzada por la guerrilla en enero de 1981, se trataba de un buen cuate, dijo, yo no debía preocuparme, información que nada más agudizó mis sospechas: ¿cómo era posible que el compadre Ramiro compartiera cantina con estos sujetos y nunca se los hubiera mencionado al Negro Félix?, me pregunté mientras acomodábamos las mesas de tal manera que Calamandraca quedó en la cabecera, el Negro Félix a su derecha, Fito a su izquierda, yo a la derecha del Negro Félix y Yina frente a mí con su rostro hombruno marcado por la viruela, una panorámica poco propicia para calmar la ansiedad producida por esa situación inexplicable, tan inexplicable como el hecho de que ellos se hicieran presentes en la funeraria cuando estaban incinerando los restos del ex-embajador Alberto Aragón, tal como me lo había contado la Infanta, de ahí que sólo dejara pasar unos minutos escuchando el recuerdo de una de las aventuras insurreccionales compartidas por Calamandraca y el Negro Félix –y que gracias a la obsesión repetitiva de éste yo ya sabía de memoria–, sorbiendo mi vodka-tonic, evitando al máximo el rostro descorazonador de la chica llamada Yina, antes de preguntarles a boca de jarro si de casualidad ellos habían asistido al velorio del ex-embajador Alberto Aragón, en verdad dirigiendo la pregunta hacia el cabecilla Calamandraca, quien volteó a verme en medio del silencio que se hizo en la mesa –porque hasta el Negro Félix quedó sorprendido y demudado– y me dijo que sí, que cómo lo había sabido, que yo no estaba ahí cuando ellos llegaron, interrogantes que por supuesto no respondí sino que volví a inquirir de dónde conocían al ex-diplomático, porque eran ellos quienes tenían que explicarse, y entonces Fito dijo con su modito marianconcete que de la cantina, por supuesto, al igual que al compadre Ramiro, a quien conocieron primero y quien los acompañó en aquella ocasión a la funeraria donde ahora reposaba. ¡¿El Muñecón y el compadre Ramiro se habían conocido?! Fue cuando el Negro Félix llamó al mesero para que nos trajera otra ronda, tanta coincidencia merecía un brindis con copa nueva, exclamó, y en seguida les informó sobre mi investigación en torno a la muerte del ex-embajador Alberto Aragón, mientras yo apuraba el resto de mi vodka-tonic realmente sorprendido por el azar, maravillado por la historia que ahora contaba Calamandraca sobre el encuentro casual en una cantina llamada El Despertar con un tipo elegante pero carcomido por la resaca y la paranoia, una especie de dandy fuera de lugar que se les desmayó en plena calle y cuyos avatares y tragedia supieron más tarde, una vez que se recuperó y lo llevaron a La Morán, donde despachaba el compadre Ramiro, un viejo vanidosillo y salivoso que en una ocasión los invitó a su cuartucho de azotea aprovechando la ausencia de su compañerita de vida a quien ellos nunca trataron, dijo Fito, mirando a Yina, para que ella explicara con un estilito tímido y atropellado cómo la tarde fatídica se acercó al edificio de Santa María la Ribera para tener noticias de don Alberto y encontró más bien una ambulancia y a los agentes del Ministerio Público que iban por el cadáver del ex-embajador Alberto Aragón, mientras yo la escuchaba y trataba de imaginar el encuentro de éste y del compadre Ramiro en esa cantina llamada La Morán a la que pronto debíamos trasladarnos, en honor de los difuntos, no sin antes beber la tercer copa que me precipitó en una jornada que tendría consecuencias nefastas para mi cuerpo y mi espíritu.

12

No podía creer lo que la princesa Margot me estaba diciendo ese viernes a mediodía cuando por fin logré localizarla en su departamento de Coyoacán luego de insistentes e infructuosas llamadas a lo largo de la mañana, no quería dar crédito a las palabras que taladraban mi oído y cimbraban todo mi ser ya de por sí tembleque a causa de la resaca marca diablo que no me había logrado quitar ni con dos Bloody Mary bien cargados que bajé a beber al bar del hotel, me negaba a aceptar los argumentos que la princesa Margot blandía para acabar con nuestra incipiente relación en la que yo cifraba las mayores expectativas: que habíamos pasado un lindo día, dijo, un día intenso como pocos en su vida, pero que debíamos aceptarlo así, como un *affaire* único e irrepetible, ningún sentido tenía volver a vernos pronto, la posibilidad de establecer una relación amorosa era nula, que me la tomara suave, dijo, las diferencias entre nosotros eran inmensas y ella tenía ya una relación, una persona con la que en unos meses –una vez que ella terminara la maestría y regresara a San Salvador– se casaría, ese niño con apellido de abolengo al que apenas mencionó y en el que apenas reparé durante nuestro largo día y quien ahora aparecía con toda su contundencia, por nada del mundo ella estaba dispuesta a poner en peligro esa relación de cinco años ni mucho menos deseaba generar en mí expectativas que no habría manera de cumplir y me harían el mayor de los daños, dijo, que no me quedara clavado, yo andaba buscando la manera de curar la herida abierta por el súbito viaje de mi pareja a Madrid, pero si en verdad yo estaba enamorado debía dejar de inventarme relaciones imposibles, de buscar subterfugios que nada más posponían la toma de una decisión inevitable, aquélla que implicaba regresar a San Salvador a entregar mi informe de investigación a su padre, cobrar mis honorarios, comprar un boleto a Madrid y partir lo más pronto posible en busca del objeto de mi amor, dijo la princesa Margot, quizá con otras palabras, pero con semejante violencia y puntería. Fui incapaz de responder, no sólo porque la tristeza y el dolor me comieron las palabras, sino porque padecía el peor estado anímico, con mi espíritu convertido en un hoyo negro ante el cual no sentía más que angustia y vértigo, una resaca que ya conocía, producto de la mezcla del vodka-tonic y la coca de alta pureza que Calamandraca y sus secuaces nos compartieron antes de salir de La Morán hacia la funeraria donde velaban al compadre Ramiro, cuando media docena de copas borboteaban en mi estómago y brindábamos exaltados por el hecho de que dos amigos hayan compartido cantina y funeraria en tan breve lapso de tiempo, gritando vivas en loor al compadre Ramiro y al ex-embajador Alberto Aragón, con ganas de seguir bebiendo y esnifando el resto de la noche, tal cual hicimos, con el Negro Félix a la cabeza, quien una vez que se soltaba el cabello no había cristiano que lo metiera en cintura, haciendo una prudente escala, claro está, en el velorio del compadre Ramiro, de donde salimos de nuevo hacia la colonia Tabacalera, a recorrer los distintos antros de mala muerte, en los que bebí con la total certeza de que ya me había repuesto del percance padecido a causa de Rita Mena, de que gracias a la aparición de la princesa Margot yo había recuperado mis equilibrios y podía disfrutar de nuevo una noche de juerga sin mayor preocupación, seguro de que al siguiente día recobraría mi estabilidad por arte y magia de la princesa Margot, por eso cuando ésta me dijo que no volvería a verla, que no podía haber ninguna relación entre nosotros, que nuestro *affaire* no iría más allá de ese espléndido miércoles, fui incapaz de responder, de argumentar en favor del sueño que había acariciado y penetrado, de pedirle aunque fuera un último encuentro en que pudiera apelar su decisión y exponerle mis motivos, de reclamar, gritar o insultarla por estar abandonándome en el momento en que más la necesitaba, no pude sino guardar silencio mientras ella explicaba sus razones para el prematuro rompimiento, quedarme como ido, como zombi, como si todo eso le hubiera estado sucediendo a otro, y al final sólo logré articular una frase propia del imbécil inmovilizado por la angustia, la frase «bueno, si esa es tu voluntad» pronunciada con un tono de resignación del que me arrepentiría el resto de mis días, porque ahí estaba dejando ir como pusilánime a la única chica que hubiera podido cambiar mi futuro, y en vez de hacer el mínimo esfuerzo para retenerla sólo logré balbucear la más pendeja de las frases antes que ella me deseara suerte en la vida y colgara.

Fue hasta después de un par de minutos –durante los cuales permanecí como bajo los efectos de un shock, boquiabierto, sentado en el borde de la cama– cuando por fin reaccioné, tembloroso y desconcertado al principio, y enardecido por una correntada de rabia en seguida, rabia contra esa chiquilla de papá llamada Margot Highmont, rabia contra el puto mundo, rabia contra mí mismo porque no era posible que en menos de un mes volviera a meterme en una ratonera emocional por culpa de otra niña coño caliente, no era posible que a mis cuarenta años anduviera abriendo mis flancos como calzón de puta, no era posible que otra vez me sumiera en una alcantarilla de frustración y derrota por el súbito abandono de una nenita que había despertado mis ilusiones calenturientas, no era posible que recayera en ese mórbido estado de postración y sufrimiento inútil por una chica con la que apenas había hecho el amor en tres ocasiones y en una sola noche, una chica que pertenecía a un mundo tan ajeno al mío y al cual yo nunca accedería, no era posible que de nuevo empezara a beber para hundirme en una ciudad extraña donde ya nada tenía que hacer como no fuera preparar mis maletas, adelantar mi reservación para el vuelo que saldría al final de esa misma tarde y firmar la cuenta del hotel que la secretaria de Jeremy Irons pagaría desde San Salvador. Y de tal manera procedí, sin ninguna dilación, sin preocuparme por llamar a ninguna de las personas con las que había tenido relación en la ciudad de México –ni siquiera al Negro Félix, quien trataría de convencerme de que permaneciera unos días más y a quien no quería dar explicaciones por mi súbita decisión de partir–, sin detenerme un instante a pensar en nada que pudiera paralizar el impulso con el que de pronto me vi abordando el taxi que me conduciría al aeropuerto, donde tendría tiempo de sobra para quitarme la resaca que ya no era tal, porque la descarga de rabia había sido adrenalina pura y la tembladera angustiosa se convirtió en la sed de quien necesita un par de copas antes de agarrarse a trompadas con el señorito a quien más detesta, copas que tomé en el Bar Morado del aeropuerto repitiéndome una y otra vez las palabras «misión cumplida» como una especie de letanía que me mantuviera encendido, sin bajar la guardia, sosteniendo mi ánimo en el recuerdo de la exitosa labor de investigación realizada en pocos días y ante la cual no podía sino mostrarme autosatisfecho, mi primera misión como detective privado cumplida a cabalidad –aunque ya no me considerara detective privado y mi oficina estuviera desmontada–, repitiendo las palabras «misión cumplida» mientras me registraba en el mostrador de la línea aérea, cruzaba la caseta de migración y entraba a la tienda libre para comprar un litro de vodka Absolut, con la misma necedad con la que un monje repite su mantra, así repetía yo esa especie de ensalmo mientras me acomodaba en un banquillo del pequeño bar ubicado en una esquina de la puerta de salida número 19, observando con morbo a las turistas gringas y europeas que recorrían el corredor con los mínimos trapos, rebosantes en sus carnes, diciéndome que al final de cuentas en esencia éramos eso, carne para coger, y repitiendo la frase «misión cumplida» cada vez que la imagen de la niña Margot trataba de infiltrarse en mi mente con una insistencia a la que sólo pude oponer precisamente el sentimiento de la misión cumplida, porque haber fornicado con ella era el otro objetivo de mi viaje, el objetivo oculto, paralelo al propósito explícito de investigar la muerte del ex-embajador Alberto Ara-

273

gón, y debía felicitarme por haber cumplido ambos objetivos, desechando cualquier emoción al respecto, en especial esa emoción mórbida de la pérdida amorosa, porque al final de cuentas había matado dos pájaros con un tiro pagado por el propio Jeremy Irons, pensaba mientras bebía mi quinto vodka del día sentado en el banquillo del pequeño bar ubicado en una esquina de la puerta de salida número 19, observando más y más turistas hermosas y casi desnudas, espléndida visión que me reconcilió con la vida y me hizo comprender que había dejado atrás la resaca y ya iba de nuevo en otro avión, donde no le permitirían la entrada a ninguna de las putías que buscaban fastidiarme, repitiendo «misión cumplida» con la idea de que seguramente el Muñecón se había deshecho de la Margot madre con la misma facilidad con que yo me estaba deshaciendo de la Margot hija, el gran Muñecón que había antecedido mis pasos y cuyo retrato tamaño cédula extraje de mi billetera para brindar por última vez a su salud, la foto de un hombre canoso, carcomido por las arrugas y con la mirada triste y perdida, una mirada en la que me sumergí durante quién sabe cuántos segundos repitiendo «misión cumplida» hasta que de súbito tuve la revelación: ¡esa mirada yo ya la había visto, carajo, esos ojos habían estado gimiendo, gozosos, al alcance de mis labios hacía apenas cuarenta y ocho horas! De golpe lo comprendí todo: la ansiedad de Jeremy Irons por saber lo que había hecho el Muñecón durante sus últimos días, el odio soterrado hacia quien había sido su mejor amigo, la necesidad de saber si éste había dejado algún escrito en que revelara su secreto, el temor a que yo me encontrara con su hija Margot. Y, mientras la nave alzaba vuelo, fui presa de un júbilo morboso, una excitación que me llevó a frotar con fruición mis manos, ante la mirada perpleja de mis compañeros de asiento, porque tal descubrimiento era más que la cereza del pastel, una información con las mayores potencialidades, capaz de desatar mi imaginación a un grado tal que por un instante tuve la ilusión de que viajaba hacia Madrid en busca de la pérfida Rita Mena.

Epílogo

El hombre alto, canoso y elegante llegará a su finca hacia el final de la tarde, como todos los sábados, en el Jeep de cristales polarizados, junto al tipo que le sirve de chofer y guardaespaldas, con el ánimo de transcurrir un fin de semana tranquilo y alejado de la ciudad, con ganas de respirar el aire frío de la montaña, de caminar a ratos entre los pinares y los cafetales, de tenderse en el sillón junto a la chimenea a leer, a ver una película en la tele o simplemente a dormitar.

El hombre llamado Henry Highmont traerá en esta ocasión, sin embargo, un entusiasmo muy particular: esa misma mañana, en su despacho de la colonia San Benito, ha recibido al sujeto que contrató para que investigara la muerte de Alberto Aragón, quien le ha entregado un informe escrito y una cinta grabada con los pormenores del caso.

Henry será saludado por Inés –sirvienta de la finca desde que él tiene memoria–, pasará al lavabo, se pondrá su viejo suéter de chachemira y en seguida se acomodará en el sillón junto a la chimenea, con la carpeta del informe sobre las piernas, en espera de que Inés traiga el azafate con la botella de whisky, el sifón de agua natural y la cubeta de hielo.

Hasta que beba el primer sorbo y se sienta relajado por completo, Henry abrirá la carpeta y procederá a leer lo que más o menos ya sabe: Alberto se fue a morir a México, en la miseria y el anonimato, como último acto de lucidez y dignidad, como último gesto de desprecio a una sociedad que lo había repelido.

Luego de cada párrafo o de cada detalle, Henry detendrá la lectura y se quedará meditabundo, con la mirada perdida tras las puertas corredizas de cristal a través de las cuales podrá ver la neblina que baja al atardecer y cubre poco a poco los pinares, con esos sentimientos encontrados que siempre le ha despertado el viejo Alberto, el gran Muñecón.

Pensará que su conciencia está tranquila: hizo lo que pudo por ayudar a su amigo hasta que éste abandonó el país; pero no había salvación posible para quien ya tenía su sino marcado por el alcoholismo y la mala estrella política.

Terminará de leer el informe con una sensación extraña, como de gratitud, porque al final de cuentas Alberto no hizo la peor marranada en su delirio postrero, quizá borró aquella traición de su memoria, se llevó el secreto a la tumba. Y la pequeña Margot estará a salvo.

Beberá otro sorbo de whisky y hará a un lado la cinta grabada con la conversación en que la Infanta cuenta los últimos días del Muñecón, su muerte y el lanzamiento de sus cenizas al mar. No tendrá ganas ahora de escuchar la voz de esa muchacha torpe y un poco ridícula al lado de Alberto; quizá más tarde.

Y en el silencio de la casa azotada por el zumbido del viento, Henry sentirá cómo sube dentro de su pecho el dolor con que se acostumbró a vivir los últimos veintisiete años, la vieja mortificación que de pronto hiere como si fuera el primer día. ¿Cuándo?, ¿en qué circunstancias?, ¿dónde?, ¿por qué? Las preguntas de las que jamás obtendría respuesta, porque Margot nunca aceptó que hubiera habido adulterio, que el fruto de su vientre fuera ajeno. Y él también tuvo que aferrarse a esa mentira para conservar a la mujer que amaba y para que su vida no explotara en pedazos.

Henry se pondrá de pie y empezará a pasearse entre la chimenea y las puertas de cristal. Observará la pira de leños en el hogar, ordenada con esmero, con las astillas de ocote listas para que él encienda el fuego cuando así lo desee. Volverá a preguntarse si la carroña de esa mentira no fue la causa de que Margot cayera víctima del cáncer fulminante, si para guardar semejante secreto fue que el Muñecón comenzó a beber de forma tan autodestructiva. Nunca lo sabrá. Margot era firme, silenciosa, ajena a las explicaciones; y Henry careció del valor para sacarle una confesión a Alberto.

Abrirá la puerta corrediza de cristal y saldrá al patio, a caminar por los jardines de Margot, entre geranios y gladiolos, bajo el viento y la neblina, con la idea de que fue una tontería pensar que podría saldar cuentas definitivas con el Muñecón, cerrar ese enorme capítulo de su vida, y pasar limpio y fresco a otra cosa. La memoria es una tirana implacable.

Llegará hasta el borde de pasto, donde comienza el bosque de pinos, y en seguida volverá a la sala, al sillón junto a la chimenea, al vaso de whisky. Y no podrá impedir que la roña de la venganza quiera de nuevo carcomerle el pecho: con la muerte de Albertico, el Muñecón padeció un dolor peor, una especie de castigo por la barbaridad cometida contra su mejor amigo. Recordará fugazmente aquella tarde de copas, quince años atrás, cuando comentaban con el mayor Le Chevalier el peligroso retorno de los comunistas, incluidos Alberto y su hijo, ese jovenzuelo infectado por los soviéticos... Siempre le dio pavor pensar que una indiscreción suya hubiera podido ser importante para que decidieran asesinar a Albertico.

Ahora comenzará a cabecear, adormilado, preguntándose si habrá valido la pena gastar esos dos mil dólares para que el prieto patizambo confirmara el silencio de Alberto, la miseria de sus días postreros. Y un rato más tarde Inés se acercará a decirle que pronto estará lista la cena, frugal como siempre.

Ciudad de México, septiembre 2001-marzo 2002